文化散文
经典系列

范军 著

乾隆的惆怅

长江出版传媒　长江文艺出版社

图书在版编目（CIP）数据

乾隆的惆怅 / 范军著. -- 武汉：长江文艺出版社，
2020.1（2020.12 重印）
（文化散文经典系列）
ISBN 978-7-5702-1360-3

Ⅰ. ①乾… Ⅱ. ①范… Ⅲ. ①散文集－中国－当代
Ⅳ. ①I267

中国版本图书馆 CIP 数据核字(2019)第 240770 号

责任编辑：周　聪　　　　　　　　责任校对：毛　娟
封面设计：颜森设计　　　　　　　责任印制：邱　莉　　胡丽平

出版：长江出版传媒 | 长江文艺出版社
地址：武汉市雄楚大街 268 号　　　邮编：430070
发行：长江文艺出版社
http://www.cjlap.com
印刷：中印南方印刷有限公司

开本：880 毫米×1230 毫米　　1/32　　印张：8.875　　插页：4 页
版次：2020 年 1 月第 1 版　　　2020 年 12 月第 2 次印刷
字数：170 千字

定价：42.00 元

目　录

第一辑　乾隆的惆怅

晚唱：以秦朝为例

一

站在历史大规则的背后，审视一个王朝的走向或者说宿命，细心的人们或许可以看到一些关键的节点，以及依附在这些节点上的关键人物。

当然，对秦王朝所走过的若干节点来说，其起点是至关重要的，因为它决定了终点会停在哪里，甚至以一种怎样的方式停住。

没错，是出现了一个很重要的人物——他在这个王朝开始的时候，就烙下了极为深刻的印记。尽管很多年之后，几乎没有人知道那个叫嬴政的孩子拥有怎样的童年；更没有人会将他的童年和一个庞大无比的帝国命运做一个相关的联想。但是事实就是这么简单，简单到就像太阳从东方升起，在西方降落一样——当秦帝国的命运被交给一个从小心里有阴影的人去掌控时，孤独的孩子注定看不住铁打的江山。

一切不妨话说从头。

秦始皇嬴政的童年充满了不安全感。

因为他天生就是个人质。

他的父亲子楚在秦赵关系最为紧张的时刻被作为秦朝的人质留在了赵国。若干年后，子楚在赵国娶妻生子，这才有了小人质嬴政。

嬴政当然知道他的祖国是秦国，但是不可能回去看一眼。因为他是一个人质。

从小，他就有寄人篱下的感觉。

从小，他就有低人一等的感觉。

这是一种很痛苦的感觉。

如果这辈子，他终生被质押在赵国的话，这种痛苦将陪伴他一生。不过仅此而已，不可能再造成更大的危害。因为他毕竟只是一个人质。

但是命运的翻云覆雨手此时伸向了他——吕不韦出现了。吕不韦命中注定要将这个孩子的命运和一座江山的命运绑在一起。

只是，吕不韦没有想到，他的命运也被这个孩子给主宰了——若干年后，他成了秦始皇嬴政的阶下囚。当然这是后话。

吕不韦其实只是个商人。在这个世界上，商人有很多，但吕不韦是个非同寻常的商人。

他问父亲：如果能拥立一个国君上任，可获利多少？

父亲告诉他：其利千万倍，不可计也。

吕不韦于是抓住商机，开始行动。他以金钱开道，先后运作子楚和嬴政回秦国，又耗巨资运作子楚成为秦国国君。

吕不韦成功了，他果然获利千万倍，成为秦国的宰相。

这时的秦国，仅仅是战国七雄之一，国君庄襄王子楚在做了多年的异国人质之后乍登大宝，惊惧之余唯处处小心谨慎，只求安安心心过好下半辈子，哪有什么统一中国的宏愿；嬴政当时只有十岁，不爱说话，整天只拿惊惧的眼神四处看，谁都不知道他心里在想什么。只有吕不韦在四处圈地，发着狠地要将失去的损失夺回来。

一切的迹象都表明，此时的秦国只是个平庸的国度，看不出有任何发达的可能。

三年后，子楚死了，嬴政继位。但很快他就发现，大秦江山名义上是他的，实际上却是吕不韦和太后的。

该拿的主意他们替他拿了，不该拿的主意他们也替他拿了。

因为他还小，只有十三岁。十三岁的嬴政孤独地站在大殿中间，看所有的人忙碌，为自己忙碌，以大秦的名义。只有他想为大秦忙碌，却不知从何忙起。

十三岁真的太小。是个任人主宰的年龄。

嬴政只得等待。等待是他的宿命。在沦为人质的日子里，他在等待；现如今，他还需等待。

春天花会开，秋天叶会落。盛衰荣辱是天道，也是王道。

嬴政二十二岁的时候，终于结束了自己的等待。

这一年，他发动宫廷政变，罢黜了宰相吕不韦，软禁了他的母亲——一个绯闻缠身的太后，从而将秦国的命运牢牢地掌握在自己的手里。

此时的秦国人心动荡。因为嬴政不仅发动宫廷政变，还发表了一篇《逐客令》，意图将所有的外籍谋士、官员赶出秦国。让秦国成为秦国人的秦国，这是嬴政强烈的安全渴求。

看来外籍高官吕不韦的所作所为真的让嬴政心寒了。虽然没有吕不韦，嬴政这辈子肯定坐不上王位，但事关一个国家的安危荣辱，嬴政还是决定采取门户清理行动。

就在此时，吕不韦的门生李斯上了一篇《谏逐客令》，苦口婆心地告诉嬴政，秦国六百多年来之所以能逐步走强，靠的就是外籍谋士、官员的富国强民之策。从秦穆公时的百里奚、蹇叔到秦孝公时的商鞅再到秦惠王时的张仪、甘茂，秦国走向强大的每一个节点上都有外籍谋士、官员的大智慧。现如今大王下《逐客令》，这等于是把秦国的大智慧拱手送人啊。凡是圣明的君主都不会做这样的蠢事的。

李斯的《谏逐客令》用语辛辣，他因为又是吕不韦的门生，同时也是外籍谋士（嬴政曾拜他为客卿），所有这一切都让时人们担心：这个不知趣的家伙会不会人头落地呢？

谁也没想到，极度缺乏安全感的嬴政此时却表现出了难得的容人之量——不仅取消了《逐客令》，还封李斯为廷尉，同时重用大批外籍谋士、官员，为秦国随后进行的统一中国行动汇聚了足够的"外脑"。

看来青年嬴政的心理问题仅仅是强烈的不安全感，而他的老成、忍耐与宽容在此时恰到好处地浮出了水面。这样的品质在战国七子中是很少见的，家国命运的天平在悄然间倒向了秦国，那么秦国最终能抓住这次机会吗？

虽然若干年后，残酷的事实多次证明嬴政的心理问题还有残暴、多疑、自卑等诸多方面，但起码在其执政之前，嬴政的负面心理问题被隐藏得滴水不漏。这个高大英俊的帅哥处世低调、待人诚恳，非常有耐心地吸纳着那些对他成就霸业有用的人才：

比如尉缭。尉缭是来自大梁的兵法家。尉大兵法家擅长"用间"，主张以金钱开路，离间其他六国的君臣关系。尉缭认为，这样的作为远比流血作战要有效，成本也来得低。嬴政笑了，他非常欣赏尉缭的理论，觉得此人是个奇才。嬴政为了笼络他，和他同衣共食，但尉缭却吓得逃跑了。因为从嬴政的相貌中，尉缭看出了一个豺狼的影子：鼻子很高，眼睛很大，前胸突出，很像老鹰，声音粗哑，很像豺狼——此人内心残忍、无情而寡恩啊，用得着你时，可以当爷一样供着；一旦功成，一脚踢开是轻的，送你上西天那几乎是题中之义。尉缭跑了，但嬴政诚恳地把他找回来，强烈地向他展示一个君王的老成、忍耐与宽容，最终尉缭还是选择了乖乖为他卖命。

比如王翦。王翦是一代名将了，嬴政曾经对他有所轻视——秦国攻楚国之前，王翦曾提出非六十万人不可为，嬴政觉得太保守，让他回家养老。李信及蒙恬则表示带二十万大军就可南征，嬴政高兴了，就让李、蒙二人带上二十万大军上路了。但很快嬴政就不高兴了——二十万大军被打得屁滚尿流。嬴政这才明白，名将就是名将，轻视名将就是轻视自己的国家。他带着一脸诚恳，带着满腔悔意来到王翦家乡向他表示谢罪，并成功说服王翦再次出山，带上六十万大军杀向楚国。

王翦的眼光其实非常了得。和尉缭一样，他一眼就看穿了嬴政深埋在骨子里的残暴、多疑和自卑——别看这个君王一脸诚恳，真的把六十万大军交给自己，他放心吗？王翦于是在临出发前一再请求嬴政赏赐他庄园田地以作养老之需。有部将不解，说王大将军寸功未立，为何急着讨赏呢？王翦慨叹：我这哪是讨赏啊？我这是在表忠心，在讨自己死后的丧身之地！

嬴政笑眯眯地接受了王翦的请求，什么都不点破——为达目的，这个年轻的君王什么都可以忍。甚至，他可以没有自己的底线——从人质到君王，人生的大开大合都已经历，还有什么底线需要坚守呢？也许只有天下一统吧。

天下一统，异乡也就成了家乡。那个遥远的赵国将会成为大秦帝国的一个郡县，曾经的人质之辱也就一朝洗清了——这应该是青年嬴政抚平心理创伤的最好药方，也是他最后、最隐秘的人生底线。

但嬴政什么都不说，他只是安静地、低调地做着他认为该做的一切。一如童年时的他，在那些风雨如晦的日子里所做的那样。

二

　　天下终于一统了，在一个王者的自尊心和虚荣心被短暂地满足了之后，嬴政痛苦地发现，麻烦来了。

　　那些立有战功、手中握有雄兵的将领们要求封地，并顺理成章地成为诸侯王。但他们不明说，而是请丞相王绾为他们代言。王绾对嬴政说，现在的天下太大了，燕、齐、楚等地离我们这个国家的首都是如此的遥远，设立诸侯王实行有效的属地管理国家才能长治久安。

　　但李斯立刻反对。李斯告诉嬴政，分封诸侯建立各大小诸侯国，是国家乱之根源。为什么会有战国的混乱时代，原因就在于西周以来实行的诸侯封建制。诸侯王的权力大了，国君的权力就萎缩了。殷鉴不远，大王可要三思啊。李斯建议，实行郡县制，把全国划分为三十六郡，一切权力收归中央，实行中央集权。大王对这三十六郡实行直接管理。

　　嬴政听了这两人的意见后犹豫不决。他当然明白这两人都各自代表了其背后的利益阶层。立有战功、手中握有雄兵的将领们与大秦的外脑——大批外籍谋士、官员开始争利了。这平衡怎么搞，这国家怎么领导？伤脑筋啊。

　　如果倾向前者，诚如李斯所说，殷鉴不远，各诸侯国为了自己的利益势必要大动干戈，新一轮战国纷争将不可避免；如果倾向后者，那些立有战功、手中握有雄兵的将领们会不会心存不满，会不会现在就反戈一击，自立为王呢？特别是王翦，手上有六十万大军啊，要是杀回咸阳来，那一切都完了。嬴政突然觉得自己不够谨慎，几乎把一个国家的军队都交给一个陌生人去率领——这是最大的冒险。

最后，嬴政还是采纳了李斯的建议，对这个国家实行中央集权。这个曾经的人质事实上并不惧怕冒险。既然天生就是个人质，那就不可能不冒险——只有冒险才能突围，只有冒险才能有一线生机。

当然嬴政所担心的一切到最后并没有发生。这个世界上，循规蹈矩的人是大多数，敢于冒险的只有一小撮。立有战功、手中握有雄兵的将领们虽然无奈但也只能宿命地接受这个后来被称为秦始皇的人的安排。因为秦始皇嬴政喜欢安排一切，他不仅安排了当下的朝政时局，还安排了他千秋万代的子孙前程——他假设他们为秦二世、秦三世、秦四世、秦五世……秦N世……秦始皇嬴政真心地以为，大秦江山将永世长存，因为他首先尝试了世界上最先进的制度——中央集权制。一切都收归他的掌心，一切都可以一手掌握，江山再大，那也是一轴长卷山水画，打开与收拢只需提纲挈领。提纲挈领者谁，他秦始皇是也。以一人掌控千万人，以一人掌控万千江山，这才叫丰功伟业，才叫实至名归。

但嬴政没有想到，从此以后，他的帝王生涯就在路上了。《史记·秦始皇本纪》记载，在一统天下后的第二年，三十六岁的中年皇帝秦始皇就开始了他的巡视天下之旅。在他生命的最后九年间，秦始皇对他的国家进行了四次巡视。这样的巡视是充满艰辛的，因为交通工具并不发达，道路也不好走，更要命的是国家还不安全。始皇二十九年时，秦始皇在东巡至博浪沙时差点遇刺；始皇三十一年时，秦始皇在帝都咸阳巡视也受到了袭击！

秦始皇的辛劳还不止于此。《史记·秦始皇本纪》还记载："天下之事无小大皆决于上，上至以衡石量书，日夜有呈，不中呈不得休息。"什么意思呢？是说秦始皇的工作量极其巨大，每天批示的文书重达一百二十斤（一石为一百二十斤）。

这就是以一人掌控千万人，以一人掌控万千江山的代价！如果实行分封诸侯制，秦始皇嬴政何至于如此东奔西走?! 各大大小小的诸侯国自然会替他分担大大小小的政务。但嬴政在此时依旧表现出了他良好的心理素质——这一切的结果都是自己选择的，他愿意默默承受。

三

但接下来的几件事却让这个新兴的帝国呈现出一种诡异的气质：

一是修阿房宫。后人很难理解秦始皇为什么要修这么一座大而无当的宫殿。也许是秦始皇的代偿心理在起作用——我巡视天下这么辛苦，回京了得有个绝对放松的地方在等着我。当然这仅仅是猜测。不过这座宫殿的宿命似乎也昭示了一个王朝的命运——几年之后，项羽一把火烧掉了这座长达三百里，光廊道长度就有八十里的历史上空前绝后的大宫殿。大火连烧三个多月才将它烧干净。

二是修长城。修长城一个直接的原因是燕人卢生受秦始皇指派去海上找仙人指点大秦的国运，结果卢生带回来一句箴言——亡秦者胡。按秦始皇的理解，这个"胡"应该是指北边的匈奴。于是为了阻挡匈奴可能的进攻，秦始皇下令修建原赵、秦、燕、魏等国的城墙，将它们连在一起，从而使一个庞大的帝国画地为牢：一方面秦国不再具备七百年来生生不息的王道和霸气；另一方面，修长城要大兴土木，其劳民伤财之举为帝国的"猝死"埋下了伏笔。但是极度缺乏安全感的秦始皇当时并没有看到这一层警示。在宿命的道路上，这个性格复杂、充满自信的皇帝以人定胜天的决绝心态大步向前走，一如他四次横跨整个中国的巡视。

　　三是焚书。焚书事件缘起于大秦帝国一次最严重的政治斗争。秦始皇为了向天下展示大秦帝国的伟大成就，宴请了齐鲁一带以淳于越为首的儒学博士七十余人，并请他们对时局发表看法。秦始皇此举当然是想听好话，没想到淳于越不知趣，他以殷周两朝的长治久安和当前的时局做对比，批评中央集权累了皇上却不能治理好国家，希望秦始皇痛下决心，废除中央集权制，重新恢复分封诸侯制。秦始皇听了这些心里很是不爽，便请李斯评估此事，李斯想，这是阶级斗争新动向啊，必须无情打击！他因此建议皇帝对此类以古非今的事不可小看，因为它会动摇一个王朝思想统治的基础，并进一步左右民心，从而造成公权力的损害，所以有必要实行严厉的思想统治。李斯建议，除了史官保存的书以外，秦纪以外的书应该全部烧毁，不用烧毁的书只限于医药、卜筮、种树类的。秦始皇照此实行了，一个王朝终于只剩下一种声音、一种态度，秦始皇和李斯都以为，江山稳固了不少，但是他们没有想到，暗涌正在出现，正在悄无声息地冲刷着大秦江山最薄弱的部分，而他们对此却一无所知。

四是坑儒。坑儒事件可以说全面暴露了秦始皇性格当中残暴、多疑、自卑等诸多负面因素。那是在焚书事件发生后的第二年，一个阳光晴好的午后。秦始皇心情很好，因为他要在阿房宫中加建"始皇登天台"，当然关于具体的技术工作，秦始皇是不懂的，他虚心请教半仙卢生该怎么做。卢生告诉他，皇上的日常所居以及行为千万不要被他人知道，这样不死的仙药才能顺利求得。极度缺乏安全感的秦始皇对卢生的话那是深信不疑。他开始不相信任何人，甚至李斯也不被他信任，这让卢生感到惶恐不安。真是祸从口出，祸从口出啊，关于皇帝的隐私，他卢生知道的不比李斯少，皇帝现在喜怒无常，会不会在求得仙药后的某一天，突然心血来潮要处死他这个世界上最大的知情者呢？卢生害怕了，便找其他儒生抱怨此事，并说像秦始皇这样心胸狭窄、复杂多变的性格，再加上每天超负荷的工作，要想长命几乎是不可能的。

卢生没有想到，他的抱怨很快为自己引来了杀身之祸。秦始皇得知这一切后，震怒异常，派了御史审问与卢生有涉的儒生。结果这些儒生互相告发，最后竟引出四百六十多儒生与此案相关。秦始皇下令把他们全都活埋坑杀了——他要让地球人知道，凡是获悉其隐私的人，都得从地球上消失。这就是震惊一时的坑儒事件。

坑儒事件发生后，人们仿佛看到了长着另一副面孔的秦始皇。这个秦始皇是如此的狰狞，以至于不敢让人靠近。只有他的长子扶苏，为着大秦的江山社稷着想，劝父亲以仁治天下。特别是在天下初定，民心不稳之时，如此作为，恐生激变。但是扶苏很快也领略了秦始皇的狰狞，他被发配到了边疆，美其名曰监督蒙恬的北征军团。

四

如此一来，秦始皇更孤独了。在大秦的天下，他是一个孤独的统治者，也是一个孤独的行走者。统治是他的宿命，行走也是他的宿命，这个叫嬴政的中年男人带着他深刻而沉重的心理创伤，孤独而落寞地行走在数百万平方公里的土地上。没有人为他疗伤，他也不以为是创伤。秦始皇以看守大秦江山为己任，是当时世界上最大的麦田守望者。

每行走一地，秦始皇必要刻石为证。这些刻上文字的石块既是留给当世的，也是留给后世的。秦始皇是想向世人表明，当年的那个人质早已经死了，现在的他，是全世界最雄心勃勃、最有作为的男人。历史也确实记录了秦始皇的那些壮举。《史记》有载：

始皇二十八年：峄山刻石，泰山刻石，琅琊刻石。

始皇二十九年：芝罘刻石，芝罘东观刻石。

始皇三十二年：碣石刻石。

始皇三十七年：会稽刻石。

但最后，这个有刻石癖的男人再也刻不动了。因为他病了。

病的根源是天上掉下来一块陨石。

一块刻有文字的陨石。

上面据说刻着七个大字：始皇死而天下分。

这块陨石掉在原齐国东郡地区，秦始皇没有亲见。

所以他不知道这是神灵所刻还是有人在搞鬼。

但毫无疑问，这件事情的后果是极其严重的。大秦的老百姓开始议论纷纷，多数人相信这是神灵的启示，从而对大秦江山还能存在多久持怀疑态度。

唉，人心散了，队伍不好带了。秦始皇不再刻石——当威权不再有说服力时，刻再多的石头又有什么用呢？

他长叹一声，病从中来。

他也确实该病了。江山如此沉重，心灵如此孤独，铁打的人也扛不住。

但是巡视的队伍依旧浩浩荡荡，依旧威风八面，只是人们并不知道，在深深的辇车里头，屏风背后，一具不久于人世的躯体正虚弱地兀自支撑着。他在做出最后的安排，对国事，对身后事。

秦始皇下令，那个被发配到北疆的长子扶苏立刻监督蒙恬的北征军团回咸阳准备丧事，以备不测。这既是秦始皇的谕旨，也是他的遗嘱。因为他实在支撑不了多久了。秦始皇几近昏迷，他是在昏迷前的最后一刻，把这谕旨交给身边的宦官赵高的。

赵高当然明白秦始皇的意思，但他更明白一点，从此以后，麻烦大了。大秦的江山将注定风雨飘摇。

因为这件事情的逻辑不对。秦始皇明知，作为宦官，赵高是不可以插手朝政的，而李斯此刻也在陪伴秦始皇巡视途中，按照行政逻辑，授嘱这样的大事，秦始皇应该交给李斯来办。可皇上为什么不这样做呢？

原因只有一个，皇上不再相信李斯了，或者说，不愿意再采取李斯路线来统治大秦帝国了。皇上希望长子扶苏回来，继承大统。而大秦官员们都清楚，扶苏一向是赞成以仁治天下，反对李斯路线的。

扶苏和李斯是死敌。这一点不仅宦官赵高明白，秦始皇也明白。所以他才不敢把谕旨交给李斯去办，所以他才让扶苏立刻监督蒙恬的北征军团回咸阳，以备不测。备谁的不测，当然是李斯的不测了。李斯为相多年，在朝廷中是很有一番势力的。

秦始皇想得很周全，但他唯一没有想周全的是赵高的政治取向。宦官也是有政治取向的，宦官尤其需要政治取向，这是一种自我保护的本能。赵高曾经是秦始皇幼子胡亥的师傅，他一直把宝押在胡亥身上，特别是在某年某月的某一天，扶苏被发配到边疆之后，赵高相信，胡亥毫无疑问将是秦二世。但是现如今……

宦官赵高有些懊恼，而秦始皇则在他的懊恼心态下闭上了眼睛，永远地闭上了眼睛。赵高捧着这有些烫手的谕旨，茫茫然不知所之。大秦向左走还是向右走，一切取决于赵高的一念间。宦官赵高从来没有感觉到自己会在这一刻变得如此重要，这样的感觉甚至让他有些晕眩。

但很快他就不晕眩了。因为他做出了一个决定。一生中最重要的决定。他决定和李斯联手,一起做主自己的命运——从来就没有什么救世主,自己才是自己的救世主。

这个道理不仅宦官赵高懂,李斯更懂。这么多年来,李斯的人生就是刀口上舔血的人生。他一次次沉没,又一次次崛起。在大秦的星空下,他是陪伴心理疾患患者秦始皇孤独起舞时间最长的那个男人。秦始皇倒下了,他还要继续起舞,和秦始皇的继任者。因为起舞是他的宿命,他不想这么快就停止。所以他和赵高达成默契:李斯支持胡亥为秦始皇的继任者,并负责解决一切技术问题。比如由他来伪造秦始皇的遗嘱,并暂时隐瞒秦始皇的死讯,拖着他的尸体火速赶回咸阳。在赶回咸阳途中,李斯又解决了一个技术问题:用一车鲍鱼来混淆秦始皇的尸体由于天热腐败所散发出的腐臭味。

在秦始皇的尸体浩浩荡荡回京途中,还发生了两个历史小插曲。插曲一:楚地沛县某亭亭长刘邦被秦始皇车队的皇家气派所震翻,在冲天臭气中流着口水感慨:"大丈夫当若是。"插曲二:楚地某小股部队头领项羽则对此情此景颇为不屑,声称"彼可取而代之"。

但秦始皇注定是听不到了,旁人也不以为意,因为这是被历史存档的声音,它的意义要在若干年后才能体现出来。

五

秦始皇的尸体被运回咸阳。作为一个个体人,秦始皇的命运是到此为止了,但是对一个王朝而言,它的命运却存在很大的变数。

毕竟，扶苏是长子，他不为君而让幼子为君，于情于理都说不过去；毕竟，扶苏是和几十万大军待在一起。这几十万大军杀回京城来，是可以让江山变色的。

怎么办？在历史的紧要关头，当事人应该怎么办？

前面说过，李斯的人生是刀口上舔血的人生。他能一次次存活下来并不断地发扬光大，毫无疑问没有两把刷子是不行的。李斯决定做一做死人文章。他把秦始皇的玉玺和佩剑拿过来，交给他选择的最可靠的禁卫军领袖，并让后者带上精锐的禁卫军团，直扑北疆的扶苏所在的北征部队。

当然，仅有禁卫军团是不够的，因为这不是去 PK，而是去执行命令。谁的命令，死去的秦始皇的命令。李斯伪造了这份命令，要点有两条：一、缴了蒙恬的军权；二、逮捕扶苏和蒙恬，并赐死他们。至于秦始皇原来的遗嘱，李斯是永远不会让它见天日了。

这样一来，扶苏和蒙恬就面临着一个人生的选择：要不要相信这份命令？执不执行这份命令？

这既是一个人生选择，又是一个历史选择。历史的微妙之处就在于，它永远有悬念，而悬念的方向不是一般人所能掌握的。

而李斯却相当有信心。他相信自己基本堵住了历史的漏洞，在扶苏和蒙恬之间，他至少可以让扶苏先倒下。因为他为扶苏精心准备了倒下的 N 个理由。在李斯伪造的军令状中，他模仿秦始皇的口气这样写道：

唉，我巡视天下，为江山社稷万世长存祈求各名山诸神为我延长性命。可你们（扶苏和蒙恬）呢？统领几十万将兵在北疆多年却无寸功，还几次上书诽谤我，特别是扶苏，因为不能回京当太子而牢骚满腹。扶苏你就是这样身为人子的吗？简直是不孝之至！所以你可以自杀了，如果你还有一丝廉耻之心的话。而将军蒙恬呢？眼看扶苏不孝却不劝导他，反而利用他的这种情绪阴谋作乱，为人臣者如此不忠，这难道是一个良将所为吗？所以你也可以自杀了……

　　李斯伪造的军令状写得情理并至，一下击中了扶苏脆弱的心灵。他认为既然父皇说他不孝那看来是真不孝了。他决意最后行一次孝道，自杀以谢父皇。但蒙恬拦住了他。蒙恬驰骋沙场几十年，什么样的阴谋诡计没见过。他劝扶苏不要鲁莽行事，先见过秦始皇再说。扶苏却觉得无颜再见父皇，最后还是一死了之了。蒙恬坚持不自杀，要见过秦始皇再做决定。禁卫军领袖怕硬逼会酿出兵变，便夺了蒙恬的军权，将他关在阳周的军事监狱里——但最终，这个可怜的人永远见不到秦始皇了，历史在坚信人定胜天的李斯手里被瞒天过海地转移了方向，大秦王朝的接力棒诡异地落在毫无主见、一心追求口腹之欲的胡亥手里。这个王朝越发显得岌岌可危了。

六

　　胡亥第一次体会到，什么叫"爽"。

　　做皇帝的儿子特别是小儿子和做皇帝的区别就在于，前者不够爽，后者比较爽。

　　和他父亲秦始皇不同，追求口腹之欲的胡亥对权力没什么兴趣，而是对享乐情有独钟。他在把政事都交给赵高之后，就迫不及待地要巡幸天下了。

在胡亥眼里，几百万平方公里的土地上到底有什么宝贝、有多少乐子是他首先要搞明白的问题。

胡亥走了，国库里的钱也跟着他走了，和秦始皇巡幸天下不同，胡亥行走中国是以烧钱为目的的。胡亥是个清醒的现实主义者，他相信这个世界上，长生不老的仙药是不存在的，人生苦短，玩的就是现在，玩的就是心跳。钱是拿来干什么的，就是拿来烧的。他不仅在路上烧，还留一些在京城烧。现有的宫殿要扩建，没有的宫殿要造起来。活着享受用的宫殿要造，死了安葬用的宫殿也要造。比如骊山陵，胡亥就造得不惜血本。

李斯害怕了。见过大手笔的，没见过这么大手笔的。胡亥这么劳民伤财那是要把一个王朝往死胡同里赶啊。李斯不干了：这江山是你胡亥的，也是我们大臣的。这么胡搞下去，江山倒了，我李斯的明天在哪里？宰相李斯忧国忧民之心顿起，他联合右宰相还有御史大夫等人，上疏劝导胡亥不要胡来，要风物长宜放眼量。

胡亥生气了。他觉得李斯这是对他重用赵高的嫉妒。赵高此时已被胡亥封为郎中令，专门用来制约李斯。胡亥找到赵高，要他拿个主意出来。赵高是怎样的人啊，阴谋家，叛乱头子，他建议胡亥要用狠的。乱世用重典。要有当年秦始皇焚书坑儒的勇气和手段来反击一小撮官僚的蠢蠢欲动。要辞旧迎新，旧的官员不去，新的官员不来；不听话的官员不去，听话的官员不来。于是大秦官场刮起了恐怖风。很多官员纷纷落马并逃离咸阳。其中一些军队的高层领袖因涉嫌叛乱被发配到骊山陵做苦工，其手下的官兵也难逃此劫。

秦二世期间，先后被流放到骊山陵做苦工的前大秦官兵竟然达七十万人。

一个国家的武装力量就这样化整为零了，但胡亥并不在意。因为他看不出养这么多人光吃饭不干活有什么重大意义。让他们去骊山陵做苦工好歹能为大秦朝做点实事。胡亥乐观地作如是想。赵高也想得很乐观，他把禁卫军团也裁减了，总共只留五万人。他们的主要工作就是陪皇上狩猎，分作两派进行互殴，想方设法让皇上开心。

胡亥终于开心了，大秦王朝顿时一片欢声笑语。没有人看到一个王朝的危险正在日益逼近，除了李斯。但李斯也毫无办法。虽然在帮助秦始皇建立大秦王朝时他居功至伟，但那已经是过去时了，一切都物是人非，他李斯也从历史的聚光灯下走到舞台边缘，只能在一个幽暗的角落里默默担忧……

而陈胜吴广此时正从历史的斜角处拍马杀到，就快走到聚光灯下担当主角了。

七

一场大雨把一个王朝给下决堤了。

这是秦二世元年的七月，胡亥继承大统才几个月时间，还没有来得及把大好河山好好游览，一场致命的雨就在楚地稀里哗啦下个不停。

雨把陈胜吴广的心给下毛了。此时他们两人正奉命押运粮食到安徽蕲县去，如果误期，按照大秦法律他们将被处死——这法律也太不给人活路了，把不可抗力因素也作为处死人的一个原因。

只有反了。

不得不反了。

反了，可能还有活路；不反，只有死路一条。

但是真正造反是需要大公无私的理由的，如果仅仅为了自己活命，天下人是不会跟他们走的。陈胜、吴广想起了一个人——扶苏；还想起了另一个人——原楚国统帅项燕。如果这两人在，天下将不会如此残暴。

为拥戴扶、项二人揭竿而起——这是陈胜、吴广的认同，也必定是天下人的认同！

陈胜、吴广猜得没错，天下人果然认同了。不久之后，武臣自封为赵王，魏咎自封为魏王，田儋自封为齐王，当然还少不得那著名的刘邦、项羽揭竿而起，他们日后取代陈胜、吴广，真正在历史的聚光灯下粉墨登场了。

胡亥惊骇地发现，几乎是一夜之间，大秦又回到了分崩离析的战国时代。作为一个职业的美食家和猎色者，胡亥对这样的局面束手无策。他的人生不属于这样的时刻，胡亥第一次觉得，屁股下的龙椅是如此的发烫，烫得他一刻都不想再坐下去了。

但是坐龙椅容易，下龙椅难。大秦虽大，如果江山易手，怕是没有他的葬身之地。胡亥勉力支撑着，希望局势早日安定下来。不过事与愿违，局势非但没有安定下来，反而如火如荼了。在第二年的冬天，陈胜的身边竟聚集了几十万人马，由一个叫周章的人率领着，一路浩浩荡荡势如破竹，很快就攻到了骊山陵的东区。这让胡亥慌乱不已：禁卫军团只有区区几万人，这两年由于互殴又死了不少，怎么阻挡陈胜大部队的进攻呢？

关键时刻，财税官章邯献计了：骊山陵做苦工的前大秦官兵还有七十万人呢！此时不用更待何时？皇上不如大赦天下，一方面可以收买人心，另一方面有了救国之本。

胡亥同意了。当然在他心中，不是没担心过这些苦大仇深的苦工们会在阵前反戈一击。但是人生走到这般田地，一切赌的都是运气了。

胡亥这一回运气不错。七十万前大秦官兵虽然做了一段时间苦工，但毕竟是职业军人，具有专业精神。他们发起狠来，威力还是惊人的。结果是，周章的大部队被击溃了。咸阳的危机终于解除。

咸阳的危机解除了，不等于一个王朝的危机就此解除。在秦王室内部，一场党同伐异的大清洗运动在迅雷不及掩耳地进行。赵高突然对李斯发难，说此次叛乱以楚地最为严重，李斯作为楚人，逃脱不了嫌疑。特别是李斯的儿子李由，一直以来管辖着陈胜等起兵的地方，陈胜造反，李由是什么态度，在其中又起什么作用，为了帝国的安全，这一切不能不查。

李斯百口莫辩。在历史的责难面前，个人经常会百口莫辩，这是历史的不由分说。李斯被下狱了。李斯下狱，对于郎中令赵高来说，只是万路长征走完了第一步。他的目标是置其于死地而后生。赵高准备拉更多的人进来一起做一个局，以坐实李斯的死罪。他诬蔑右丞相冯去疾、将军冯劫串通李斯谋反。这两个人大呼冤枉，以死明志，但这一切都未能阻挡赵高搞死李斯的决心和意志。李斯最后被腰斩了，"弃尸于市"。

一个王朝重要的开创者之一就这样走完了自己的一生，但李斯之死被隐藏在胜利的喜悦之下，没有多少人意识到这是一个王朝的回光返照。特别是郎中令赵高，那真是高兴大发了。试看今日之天下，又有谁是他的对手？赵高甚至在考虑这样的问题：摧毁李斯易如反掌，摧毁胡亥是不是也易如反掌呢？这是一个大胆的想象，也是一个激动人心的想象。赵高简直要蠢蠢欲动了。

但是一个消息让他感到了败兴。

章邯不再进攻了。

因为没有粮草。

李斯一死，这条帝国的生命补给线就断了。因为这事一向是李斯在抓。关于粮草怎么调度的问题，郎中令赵高是两眼一抹黑。

在历史的节点上，一个大人物之死，往往会牵动全局。有句话是怎么说的——牵一发而动全身。赵高一声叹息：这李斯看来还真是个大人物，没有了他，大秦帝国就玩不转了。

但赵高决不承认自己的无能。遇到问题解决不了，我绕着走还不行吗？赵高对章邯补充粮草的祈求置之不理，反而指责他怠兵。章邯的派遣官司马欣回来告诉章邯："赵高用事于中，将军有功亦诛，无功亦诛矣！"章邯心寒了，终于下令：部队不再进攻，以自保为第一要义，以吃饱饭为当前第一诉求。

好在不久之后，大将王离看不下去，想办法弄了些粮草去支援章邯，这支大秦第一军团才没有饿死或阵前倒戈。他们在吃饱饭之后，开始挥师北上攻打已经宣布独立的赵国。历史的剧情在经过短暂的中场休息后又轰隆隆演将下去。一个名垂千古的地名在此时迫不及待地跳了出来，为这个王朝扑朔迷离的命运走向添加了些许新鲜的看点。它，就是巨鹿。

八

楚怀王是楚国造反大军的领袖。

名义上的。

因为他是原楚怀王的孙子，所以项梁就把他捧出来作为一个招牌以号令三军。

但是对于项梁、项羽两人，楚怀王还是有所戒备的。

当天下没有到手时，楚怀王作为一个标志性的人物，是有着他充分的利用价值的；当天下到手之后，楚怀王也就该腾出位置了。这是一种人生的悲凉，也是暴力美学的悲剧部分。

关于这一点，楚怀王很清楚。

所以，在楚国大军北上救赵的行动中，楚怀王做了这样的安排：任命宋义为大将、项羽为次将、范增为末将——项羽不可不用，但也不可大用，在他上面必须有人压着他。

楚怀王把宝押在老实、谨慎的宋义身上。楚怀王以为，当天下鼎定之时，大将宋义之功当在次将项羽之上，唯有如此，他的王座才是安全的。

但是楚怀王错了。在这样一个乱世，一个墨守成规、老实、谨慎的人注定不能胜出。宋义 PK 项羽，谁胜谁负真是难以预料。当这支各怀鬼胎的队伍行进到河南安阳时，宋义听说章邯部队的人数十倍于自己时，他不敢往前走了。

他将楚军驻扎在安阳，长达四十六天。

这四十六天是手足无措的四十六天，也是项羽心中怒火熊熊燃烧的四十六天。他终于一刀砍死了宋义，从而将楚怀王心头唯一的希望也给砍掉了。项羽未经楚怀王允许自任大将，还派遣一位姓蒲的将军带领两万人马先行渡河去解巨鹿之围。但是蒲将军不争气，他和他的两万人马成了肉包子打狗，有去无回。

站在历史的十字路口，项羽觉得自己真是个没有退路的人。宋义是他杀的，人间蒸发的两万人马是他派的。现如今，他不可能领着剩下的人马灰溜溜地回到楚地。他回不去了——他已经将自己逼到了人生绝境。

项羽选择了继续往前走。他让楚军全部渡河，然后把船给沉了，把行军时做饭用的锅给砸了，每人只带三天的口粮。三天之内，胜，他们可以见到第二天的太阳；败，他们去见阎罗王。项羽自豪地说：什么叫破釜沉舟？这就叫破釜沉舟！

当然历史的剧情演绎到此，还是存在很大的变数。章邯的七十万大军不是吃素的。项羽勇气固然可嘉，但在三天之内以少胜多，那还是有些天方夜谭的味道。好在范增站了出来，在历史的关键时刻站了出来。范增说，我们现在与章邯主力对决，那是以卵击石，不妨往西击其软肋——负责供应章邯粮草的王离军团。一来可以保证我们继续生存下去，二来章邯的部队一旦失去粮草，肯定军心不稳，到那时我们的机会就来了。

项羽采纳了范增的建议，很快就将王离军团干掉了。王离被抓，秦将苏角被杀。至于粮草那是全部没收。这个消息传到章邯那儿，他的七十万大军顿时嗡嗡声一片。章邯没有办法，只好把大部队拉到巨鹿南边的棘原扎下根来，试图和项羽的楚军进行最后一搏。

也只能最后一搏了，还能怎么样呢？一切都已失去，唯有这几十万大军在人数上还占优势。打赢了，天下还是大秦的；打输了，这天下可就是项羽的了。关于这一点，章邯看得很明白，他的七十万大军也看得很明白。他们忍着饥饿，跃跃欲试，要与楚军争高低。

这是最后的战争。最后的较量。

项羽却犹豫了。七十万是个天文数字，原以为七十万饿着肚子的部队不堪一击，但是困兽犹斗，这七十万人扑出来那是要惊天地泣鬼神的。项羽真是没有胜算。好在范增又支招了。范增说，我们现在唯一可做的就是继续扰乱对方军心。事实上他们已是惊弓之鸟。因为赵高主政以来，对这支部队的粮草供应那是不闻不问。据说司马欣在咸阳求见赵高而不得，据说赵高一直心存诛章之念。只要我们在这方面加强攻势，不仅可以扰乱对方军心，甚至还可以争取章邯投降。

项羽觉得有道理。这世界上最重要的工作就是争取人心的工作，最难的工作也是争取人心的工作。为达目的，项羽请出赵将陈余，让他向章邯做思想政治工作。晓之以理，动之以情，诱之以利：项羽许诺，如章邯倒戈，得天下后两人共分之。

但章邯却迟疑不决。不是他有什么道德障碍，非得效忠秦王朝不可——事实上秦王朝已经抛弃了这支一直以来为它效命的队伍；也不是项羽给的利不诱人——共分天下，那也算是半个皇帝或者南北朝了。章邯只是不相信会有这等好事等着自己。项羽的性格他很清楚。一个残暴的人，一个不择手段的人，一个野心勃勃的人。真得了天下后，这个人会让他章邯和他共分天下吗？章邯实在是不敢相信。

这边章邯还在思考，那边项羽却迫不及待地开战了。思考家章邯只得领着几十万茫茫然的士兵们边打边退，终于退无可退，在一次大败后章邯率领全军投降了项羽。

项羽看上去很守信用。他任命章邯为雍王，司马欣为上将军，命令他们统领秦军反攻咸阳。章邯突然有了一丝不舒服的感觉，他这是为项羽火中取栗啊。但是有什么办法呢？败军之将何以言耻，事情走到这一步，也只能硬着头皮往前走了。事实上不光是章邯，他所率领的整支秦军都有不舒服的感觉——窝囊，太窝囊了。

这支降军走得很沉默。这是重压之下的沉默。但尽管如此，毕竟还得往前走，如果不出意外，他们将很快到达咸阳，亲手推翻那个他们曾经为之效命的王朝。可谁也没想到的是，一根稻草出现了。

压垮骆驼的最后一根稻草在此时出现。

几天之后，二十万降军被项羽活埋，原因是他们想发动军变。

为什么要在投降之后又发动军变，项羽不清楚，章邯却很明白：同行的楚军一路上轻视侮辱这支可怜的降军，到最后，心理底线被突破，激变突起。在最关键的时刻，项羽以非常手段处置了这支想造反的降军。二十万生灵瞬间一命呜呼。

项羽的残暴震惊了这个摇摇欲坠的王朝。不管是胡亥还是赵高都明白，江山很快就要易手了，因为残暴之后，项羽正率着他的楚军日夜兼程地直扑咸阳。胡、赵都以为，项羽将是这个国家日后真正的统治者，事实上，项羽也是打心眼里这么认为。但是项羽却不知道，历史老人在这里却打了个伏笔，那个叫刘邦的沛县亭长此时带着另一支西征楚军先他一步到达咸阳，正和他展开江山争夺战呢……

九

在这个世界上有很多格言，但刘邦只相信一条：人心都是肉长的。

因此对于世事，甚至对于对手，他常怀悲悯之心。

所以，他与其说是军事家，不如说是慈善家。

刘邦带兵打仗以来，恪守"不争是争，不杀是杀"的原则，尽量避免和秦军进行大规模作战，而是一路收编那些有心来降的秦军——刘邦的队伍就这么逐步壮大了起来。

刚开始，有心来降的秦军不多。但是，当项羽以非常手段处置了二十万降军之后，刘邦惊讶地发现，他的队伍在迅速膨胀。因为地球人都知道刘邦心软，不杀降军。

刘邦在坐享其成。

但刘邦也有急的时候。当项羽的部队攻到函谷关之时，刘邦为了早日抵达咸阳，准备放弃进攻军事要塞宛城直扑咸阳。好在张良拦住了他。张良可以说是刘邦生命中的福星，就像范增是项羽生命中的福星一样，张良总会在历史的紧要关头明辨是非、看清方向，从而助刘邦一臂之力。张良说收服人心的工作要善始善终，如果不下宛城直接入关，弄得不好我们就会陷入秦军的前后包抄之中。刘邦醒悟，再一次对宛城的地方长官——南阳太守施展慈悲大法，迫使南阳太守在刘式悲悯面前败下阵来，同意和刘邦相约进攻武关。

武关在此时几乎成了一座孤城，因为咸阳附近的秦军纷纷弃暗投明，胡亥竟派不出像样的部队去增援武关。正在胡亥一筹莫展之际，一场针对他的政变迫不及待地发生。政变的发起者是赵高。赵高因为害怕胡亥看到国势这样一副烂摊子，迁怒于他，决定先下手为强，杀了他再说。赵高联合他做咸阳令的女婿阎乐（赵高不愧是个阴谋家，早安排他女婿做咸阳令，从而为政变埋好伏笔）以及他的弟弟赵成，一下子就把胡亥给做了。胡亥命丧黄泉，赵高本来想即位，但考虑了一下当前的形势，觉得还是先救火再说。他拥立扶苏的公子子婴为帝，试图借助扶苏在民间崇高的声望，救大秦于水火之中。

但是赵高很快就失望了。因为他发现老百姓对扶苏不再感冒，更别说扶苏的公子了。而子婴这人也怪，放着皇帝不当，偏偏要去做秦王。子婴认为，天下重新回到七国时代，其他六国均已叛秦，自己不能光顶着皇帝的空帽子招摇过市，还是脚踏实地领导秦国人民共同抗敌要紧。

可惜局面已经失控了。人民不听秦王的，一切的努力都是泥牛入海。赵高隐隐感到自己失策了。早知如此还不如自己当皇帝呢！赵高真是懊恼无比。就在此时，一个流言开始在咸阳到处传播，说赵高将和楚军讲和，"灭秦宗室而王关中"。这个流言在最后一刻要了赵高的命——子婴相信了流言，他和他的儿子在齐宫赐死了赵高，并灭了他的三族。这时候正是子婴当上秦王的第四十六天，刘邦和他的队伍已经宿命地攻破武关，直达灞上。他，即将和大秦王朝最后一任名义上的统治者子婴短兵相接了。

不过刘邦愉快地发现，他并没有和子婴短兵相接。

因为没有必要。

这个王朝现在是如此的虚弱，已经没有什么力量进行抵抗了。

子婴将自己捆绑好，手上还托着象征权力的天子印玺，跪在咸阳道旁。他的身边，是白马素车，他的身后，是一个王朝最后的遗老遗少。刘邦走到心如死灰的子婴跟前，真是不胜感慨：这才过了多久啊，一个王朝就这么稀里哗啦地倒下来了。万里长城雄伟壮观，阿房宫、骊山陵气派庄严，但它们都托不起一个王朝下坠的重量。刘邦上前扶起子婴，就像扶起一个王朝的前世今生。

刘邦最后没有接受那象征权力的天子印玺，他甚至没有选择住在咸阳，而是在封了咸阳的宫室府库之后，还军灞上，一心等着项羽及其他各路诸侯军抵达咸阳。不错，刘邦就是这样的人，有悲悯心，还有足够的耐心。为了一个目标的实现，他可以比任何人都执着，这一点看上去很像得天下之前的秦始皇。

只是，这天下真的会是他的吗？他身上的阳光品质是否可以转化成足够的能量击溃项羽身上的霸气呢？没有人看好这一点。在世人眼里，看上去有些懦弱的刘邦最多只能成为项羽身边的配角，大秦江山迟早是项羽的，因为他拥有无坚不摧的力量。这样的男人，才是未来王朝的主宰！

一个多月之后，项羽率领着他的大部队雄赳赳、气昂昂地来到了咸阳。

此时的项羽真是有"天下英雄，舍我其谁"的感觉。他甚至没有正眼看一下猫在灞上的刘邦，就直接闯进了咸阳。也许，刘邦在他的心目中，只是个看大门的——先进来看一下咸阳，然后就猫在灞上守着这座京城等着他项羽来。仅此而已。

项羽进得咸阳来，发出的第一道命令就是处死子婴和他身边的遗老遗少。项羽是以战地司令长官的名义来颁布命令的，他甚至没有知会那个遥远的楚怀王。在项羽心中，楚怀王这个名词已经结束了。永远地结束了。

项羽发出的第二道命令是火烧咸阳城。旧的不去，新的不来。凡是大秦王朝的一切，从现在开始都要推倒重来。阿房宫、骊山陵在大火中化为灰烬；大秦王朝的奇珍异宝都统统换了主人。这场改天换日的举动持续了三个月。三个月后，咸阳城面目全非；三个月后，天下人的心寒了；三个月后，刘邦的心中踏实了不少：传说中威风凛凛的项羽，不过如此。

项羽开始封王了。他自立为西楚霸王，取春秋霸王之意，隐隐有天下共主的意思。但他不明说，他让大家伙儿去感受。同时他把楚怀王迁到长沙，又暗中派人杀死了他。于是这西楚霸王的含金量又增加了不少。

项羽封魏王豹为西魏王，韩王成仍为韩王，原赵王歇被迁往北方，封为代王，燕王韩广被封为辽东王，韩广不服，项羽就索性派人杀了他——所有这一切，项羽其实都是做给刘邦看的。原来，他和刘邦早先有个约定，先入咸阳者为关中王。刘邦先项羽一个多月入咸阳，理应为关中王。但项羽却不想把这么一块风水宝地给他。项羽对刘邦说，巴蜀是关中故地，你到那儿去做关中王吧。

去还是不去，这是个问题。项羽已经把潜规则演绎得很清楚了：去者生，不去者死。韩广就是榜样。

刘邦没有说什么，他甚至是笑着离开项羽带着手下的人马来到山高水长的巴蜀。刘邦相信，一切很快会见分晓——秦始皇亡于暴力，西楚霸王也必将亡于暴力。在人性关怀与暴力征服之间，前者比后者更有力量。刘邦是人心征服师，他相信时间是站在自己这一边的。

天下的局势很快就乱了。项羽在杀了不听话的韩广之后，又杀了不听话的韩王成。他的杀无赦政策何时是个尽头？人人心中慌乱不已。这个时候齐国大将田荣站了出来，他准备浑水摸鱼。田荣提出反对田都为齐王的口号，将田都赶跑了，然后自立为齐王。

这是个拳头说话的时代，赵将陈余很快领悟到了这个时代的真谛。他联合赵国力量，把赵王张耳也赶跑了。陈余接下来把代王赵歇请回来，重新拥为赵王。项羽布置的权力格局就这样被田荣和陈馀这两个不按规矩出牌者给打破了。项羽当然不会善罢甘休，他要给他们一点颜色看看。

项羽生气了，后果很严重。项羽的军队以铁血手段很快打败了齐赵联军，然后是田荣被诛杀。项羽霸气地以为，天下从此该太平了，但他没想到，汉王刘邦就在此时出兵关中，为期四年之久的楚汉战争拉开了序幕……

四年之后，一切真相大白。就像刘邦当初所预料的那样，秦始皇亡于暴力，西楚霸王也亡于暴力。在人性关怀与暴力征服之间，前者比后者更有力量。项羽在垓下自杀，一代枭雄就此灰飞烟灭。刘邦厚葬了他，并赐予鲁公的名号。随后，刘邦封韩信为楚王，继续做着人心征服的工作，直到天下重新一统。

至此，大秦江山的最后归属问题才了无悬念。刘邦，这个不怎么会耍刀弄棍、整天一脸笑眯眯表情的小个子男人开创了属于他一个人的时代。这个时代是如此的辉煌，以至于很多年后，生活在这块土地上的人们都骄傲地采用了他的王朝名作为自己民族的名字——汉。

晚唱：以隋朝为例

一

当猝死的隋王朝在一片硝烟中成为任人评说的历史之后，历史佬儿也终于在一堆乱麻里理出了头绪——原来，这个王朝命运的路径选择最初取决于隋文帝的一个念头。

在这之前的隋文帝杨坚其实已经痛苦很长一段时间了。

因为杨勇不争气。

杨勇是他的长子。N年前，隋文帝就已按照嫡长制的原则立他为太子。

但这个太子却很另类。

比如他疯狂地喜欢马。为了这个疯狂喜欢他甚至用锦绣来装饰马鞍，全然不顾他老爹艰苦朴素的优良传统。

还比如他喜欢女人。当然，男人喜欢女人并没有错，但错的是他不喜欢父母为他明媒正娶的那个女人——太子妃元氏，而是喜欢工匠的女儿云氏。杨勇一不做二不休，干脆把云氏娶进宫来当小老婆。如此一来，太子妃元氏的地位就更低了。

杨勇这么干，不仅隋文帝皱起了眉头，他妈独孤皇后也皱起了眉头。因为独孤皇后喜欢元氏，她不忍见到这个儿媳受委屈。

　　话说人世间的事情经常是匪夷所思的。就在云氏娶进宫来没几天，元氏竟然死了。

　　死于心脏病发作。由于先前没有任何先兆，所以元氏之死就显得很突然。

　　也显得很可疑。

　　独孤皇后怀疑是那个工匠的女儿搞的鬼，而且得到了儿子杨勇的支持。

　　当然这仅仅是怀疑，因为没有任何证据能够支持这一点。但一个显而易见的事实是，从此以后，太子所在的东宫里传出的欢声笑语显得更欢快了。这是一种没有受到一丁点压抑的欢快，这是只有出身于工匠世家的人才能发出的欢快。独孤皇后几乎是忍无可忍了。

　　但她却无可奈何。因为这件事关乎她儿子的欢乐，她如果出手，那就意味着要一举剥夺儿子的欢乐——做母亲的，总是要替孩子着想。所以独孤皇后最后还是把欢快留给儿子，把委屈留给自己。

　　杨勇胡搞，隋文帝也是愤怒的，因为他对男女作风问题一向深恶痛绝。隋文帝和独孤皇后相爱几十年了，扪心自问他觉得自己还是对得起老婆的。当然在这一点上不能不说独孤皇后的性爱管理是很到位的，他的五个儿子都是她一人所生，没有给宫里的其他女人以可乘之机——但杨勇这孩子为什么就这么喜欢拈花惹草呢？隋文帝想不通。

更想不通的事情紧接着发生了。

杨勇二十岁这一年的冬至。早朝，百官们在皇宫中向隋文帝行礼，表示朝贺。隋文帝愉快地接受了朝贺。

当然这事情如果到此为止，那杨勇二十岁这一年的冬至将会过得很完美。但是节外生枝的是，百官们随后做出了一个错误的选择：他们在离开皇宫后纷纷赶往东宫向太子行礼！百官们可能以为，太子二十岁了，也该接受一下朝贺了。

其实，事情即便走到这一步，杨勇也还有挽救的余地。他可以选择闭门谢客或者离宫出走，以表明自己的心迹或态度。但是杨勇没有这样做，他做出了一个错误的选择：着太子服接受百官的行礼，同时奏响礼乐。

礼乐齐鸣，这些震耳欲聋的乐曲声不仅在东宫内飘荡，也在东宫外飘荡；不仅飘荡在太子的耳朵里，也飘荡在隋文帝杨坚的耳朵里。杨坚是真痛苦了。他还没死呢，太子就这么搞，是不是太迫不及待了？

在这个世界上，有些底线是可以碰的。

因为它柔软，一碰就弯，但就是断不了。

有些底线是不能碰的。

因为它坚硬，宁折不屈，一碰就断。

杨勇这一回是碰到了他父亲的底线。

但他不知道父亲的这一根底线是坚硬的还是柔软的。因为父亲没有明白无误地告诉他。父亲什么都不说。父亲沉默了。

生气的沉默。沉默的生气。

杨勇决定一探虚实。他派出探子跑到父亲的仁寿宫去设法摸清父亲心头的真实想法。杨勇想知道，他这个太子还能不能继续做下去。

这是一次致命的试探。

因为探子没有回来。

隋文帝抓住了这个倒霉的探子，然后从探子嘴里，他知道了长子的蠢蠢欲动。

但是意外的是，隋文帝接下来并没有采取什么雷霆万钧的举动。他依旧沉默。

生气的沉默。沉默的生气。

因为有一个难题隋文帝始终没有解决：废太子容易，立太子难。在他的其余四个儿子当中，谁会是新太子的人选呢？

隋文帝一时拿不定主意。

拿不定主意的时候就不拿，这是隋文帝的帝王之道。隋文帝不想在废立之间开启一幕骨肉相残的宫廷惨剧。这是一个为人父者的悲悯情怀。

作为一个皇帝，在皇权与亲情之间，隋文帝所能做到的差不多也就这么多了。

二

但是杨广却拿定主意要做一块疯狂的石头。

一块落井下石的石头。

杨广做杨勇的弟弟已经好多年了。

这毫无疑问是宿命的安排，因为他们的兄弟关系和血缘关系不是人力可以更改的。

这一点让杨广分外伤感。

杨广其实是杨勇的大弟弟，在他下面还有三个小弟。但是嫡长制的选君原则让他和皇位不可能发生任何关系。因为在这个原则下，哪怕是个废物、是个花花公子，但只要是皇长子，那他就是太子的不二人选。

所以杨勇是太子，而他不是。

杨广伤感就伤感在这里。因为他自认为太优秀了。他的个人品质和杨勇做比较，那真叫一个天上，一个地下。杨勇喜欢铺张浪费，可他厉行节约。在这方面，隋文帝是深有体会的。有一次他到晋王府（杨广十三岁时就被封为晋王，并被任命为并州总管）搞突击检查，有一个细节给他留下了很深的印象：王府的乐器都蒙上了一层厚厚的灰尘。联想到冬至日杨勇在东宫内接受朝贺时礼乐齐鸣，隋文帝真是感慨多多。

杨勇比较爱拈花惹草，但是作为弟弟的杨广在生活作风方面就严谨多了。在这方面，独孤皇后对他的印象很好。因为杨广经常和他的正妃萧氏在一起有说有笑地向她请安，一副举案齐眉的样子。

当然杨广最英雄的品质还在于他的军事才能是如此的出众。公元589年，年仅20岁的杨广成了这个帝国的最高军事统帅。他带领五十万大军开赴南方，以秋风扫落叶般的气势灭掉了陈。由此"天下皆称广以为贤"。

很难说在这场平陈战争中，隋文帝没有考察杨广作为新太子人选的意思。但是他还是什么都没有说，还是把自己深陷于耐人寻味的沉默当中。的确，和祖宗流传下来的伟大而要人命的"嫡长制"做一个PK，隋文帝还是没有足够的勇气。

杨广平陈时所取得的盖世奇功和许多年来韬光养晦所埋下的伏笔眼看着就要付诸东流，形势真是万分危急。就是在这样的时刻，杨广悍然决定：做一块疯狂的石头。

疯狂的年代里石头也疯狂。

优秀人物杨广当然不是一开始就要做一个冷面杀手，置他大哥于死地。只是生在帝王之家，兄弟之间不是你死就是我活。这是帝王之家的政治潜规则，也是生活潜规则。躲是躲不开的。杨广很难想象他大哥即位后不会对他下杀手。

因为他太优秀了。优秀的品德。优秀的事迹。他把陈朝都给推翻了，他会不会还要推翻其他什么东西呢？所以他注定会成为未来天子杨勇的头号攻击目标。

所以杨广要先下手为强。他必须首先对大哥发难。必须要让父亲下定决心，排除万难，重立太子。

这是杨广最后的机会，他果断地把握住了。

他不仅把握住了，而且还很有技巧地把握住了。杨广出招了。他首先让自己的心腹张衡设法拉拢首席宰相杨素，让杨素在废立太子的问题上做出非此即彼的表态。在巨大的政治利益面前，杨素选择了和杨广在一起。同时杨广在独孤皇后面前进谗言，声称杨勇为能顺利即位几次想杀害他。这让独孤皇后那是相当的愤怒。最后杨素晋见皇后，跪请她支持迎立新太子杨广。

独孤皇后终于拿定了主意。对长子的失望让她也坚定地和儿子杨广站在了同一立场上。一个致命的包围圈就这样在优秀人物杨广的运作下形成了。这是母亲、兄弟、宰臣三位一体结成的政治联盟，他们只要战胜隋文帝心头最后的徘徊，一个王朝接班人的命运就将彻底改写。

毫无疑问，杨勇感受到了政治联盟的压迫，但他却无力回击。他的生活智慧差不多都集中在儿女情长方面，他的政治智慧几乎为零。而他以太子身份做出的最后举动竟是请术士来占卜他父亲隋文帝的寿命！也许心地单纯的杨勇是想通过这种方法来知道自己还有多少时间可以与政治联盟进行斗争，但这种极其忌讳的做法最终让隋文帝彻底战胜了心头的徘徊，从而一举做出深刻影响这个王朝命运的重大抉择——中场换人！让杨广成为这个帝国的下一任领导人。

"自古太子，常有怙恶不悛的不才之人，皇帝往往不忍心罢免，以至于宗社倾亡，苍生涂地。由此看，天下安危，系于储位之贤否，大业传事，岂不重哉！皇太子勇，品性庸暗，仁孝无闻，亲近小人，任用奸邪，所做的错事，难以具述。百姓者，天下之百姓也。我虽然爱自己的孩子，也不敢以一己之爱伤害天下百姓的福祉，听任勇将来变乱天下。勇着即废为庶人，以次子广继之！"

武德殿内，杨广、杨勇伏地听诏。诏书由内史侍郎薛道衡宣读。薛道衡是个男低音，中气十足。他瓮声瓮气的声音在武德殿内四处撞击，引发了很强的共鸣音。这是这个新兴帝国一个稀松平常的正午，有着无数的失望和希望。但是满朝文武却一声不吭，各怀心思。作为现实的政治选择，他们心里可能想得最多的是以后怎么和新太子杨广接上线、搞好关系。而杨广却匍匐在地上，长时间不敢抬头。他的低调让隋文帝很是满意。隋文帝觉得，这样的一个接班人，是上天送给大隋的礼物。为了接受这一礼物，他毅然打碎了嫡长制的选君原则，从而把自己推到了风口浪尖上。现在看来，这是值得的。

但隋文帝却不知道，他何止是把自己推到了风口浪尖上，他是把他屁股底下的这个王朝也推到了风口浪尖上。因为貌似低调的杨广简直太能折腾了。

他最后把他杨家的江山活活给折腾没了。

三

杨广爱折腾那是因为他有宏大的理想。

政治理想。

在他之前的所有成就霸业的帝王中，父亲还谈不上是他的政治偶像。甚至秦皇汉武也不是他的政治偶像。

他的目标是超越他们。

如果不能绝后，那起码要做到空前。这是新晋帝王隋炀帝杨广的人生信条。

在他继位仅三个月，工程就轰轰烈烈地开工了。他发布命令，征召几十万民工在洛阳以北修建一条长达千里的防线，来阻止突厥骑兵对新都洛阳的攻击。紧接着，大隋帝国最浩大的工程——营造新都洛阳工程开工了。这次被征召的民工达几百万。与此同时，在这个帝国的东部，一条连接南北的大运河同时开工，又是多达百万的民工从全国各地被征发出来，日夜兼程奔赴通济渠……

工程如此浩大又如此密集，杨广一夜之间在大臣们眼里成了那个最熟悉的陌生人。大臣们都不理解这样的折腾有什么意义。在没有战争的情况下骤然迁都，突发奇想要挖一条大运河，他们不知道这个新天子为什么要如此的好大喜功。最主要的是，这个国家的劳力几乎都投入到政绩工程中去了，谁来种粮食呢？没有粮食，那是要天下大乱的啊……

但是杨广却不管不顾。

他将嘴唇抿得死紧死紧的，什么都不说。

什么都不说的杨广在体味做一个伟大帝王的孤独感。

自古圣贤多寂寞。杨广相信他也不例外。

事实上杨广的政绩工程还真的不是做给他自己看的，也不是做给天下苍生看的。他是做给历史看的。

杨广相信历史佬儿会记下这一笔。

因为当时的天下还实在不太平。国家统一才十二年时间，却已发生了四次重大的叛乱。其中的两次还是他杨广亲自带兵去镇压的。最要命的是最近一次，他的弟弟杨谅在山东举起反叛大旗，理由是反对杨广登基，为他大哥杨勇鸣不平。杨谅叛乱虽然被镇压下去了，却给帝国造成了重大损失——长安离山东实在是太远了，得到叛乱消息时，杨谅叛乱已持续了差不多一个月时间。这就像灭火，火势刚起时容易扑灭；熊熊燃烧后再去灭时就要付出巨大的代价。

所以杨广决定迁都。将帝国的中心从长安转移到洛阳。洛阳居天下之中，离江南和山东都相对近一点。这样起码在火灾起来时，扑火工作可以较快地进行。当然杨广也不是不知道迁都所要付出的巨大代价，但是为了大隋江山的千秋万代，杨广愿意做以身饲虎的那个傻瓜。

开凿大运河也是一样，杨广那叫一个用心良苦。统一了，他希望帝国的南方和北方要从对抗走向携手，要增进了解、互通有无，因此必须要有一个管道来做载体。但是管道不会从天而降，必须人工开凿，所以大运河工程也只能尽快上马。

要做的事实在是太多，又不能分个轻重缓急——在杨广看来，这些工程都是十万火急要上马的，所以他也只能是眉毛胡子一把抓了。

当然对于帝国的劳动力现状，杨广还是心中有数的。大业五年（609年），国家统计局报上来的材料说，该年度全国人口总计达四千六百零三万人。杨广估摸着他最多也就动用了其中的三分之一劳力（成年劳动人口）而已，应该在帝国的可承受范围内。

杨广决定：继续孤身走我路——让世人嚼舌头去吧，历史会证明谁对谁错。

四

皇权的确是这个世界上最锋利的权力。

皇权所向，无坚不摧。

在杨广逼人眼神的注视下，几大工程进展神速。周长近六十里的新都洛阳在不到十个月的时间里就初具规模，并在大业五年（609年）圆满建成。大运河工程通济段也只用了差不多半年时间就完工了！

杨广满意地闭上了眼睛，开始细细品味皇权的滋味。

但是他所不知道的一个事实是：大运河工程在著名酷吏麻叔谋的监督下，不到一年时间里，三百六十万民工竟然死了二百五十万。他们大多是被打死的或者活活累死、饿死的。他们死后，和大运河挖出来的石块、泥土一起，堆积在这条著名运河的两岸。

同样的，新都洛阳的地底下，也埋藏着无数屈死民工的尸体。

一个王朝的民心开始骚动了。

当生存底线被突破时，他们是准备和杨广做一番死磕的。

杨广依旧闭着眼睛，不为所动。他只是免去了所有民工们的皇粮国税。他知道，这些人要的实在不多，他们只是要一口饭吃而已。

杨广猜得没错，民工们的确要得不多。如果能吃上饭，在田里劳动和在工地上劳动并没有什么太大的区别。当然前提是不死人。

但是死人的事还是经常发生。因为工程实在太多，工期又实在太紧，而杨广又高高在上，不理会民工们的哭泣与呐喊。于是矛盾和冲突便一直以地火的形式在这个帝国的底层隐秘地存在着。它们在地底下逡巡、汇聚，等待着一个可能存在的突破口。

而这个突破口历史性地落在了帝国的东北方向，时间点则在杨广攻打高丽之时。

高丽问题是历史遗留问题。

一直以来，隋朝都是以宗主国的身份来对待高丽的。

但是高丽并不服气。开皇十八年（598年）高丽王高元竟然向大隋发起了进攻。

这是一次自不量力的进攻。因为高元很快就兵败辽西。但这又是一次危险的进攻，因为大隋并没有强大到令高丽心悦诚服。隋文帝愤怒了，他很快就发起了反击：三十万大军分水、陆两路同时进发，准备把高丽打个结结实实的，让它彻底地心悦诚服。

但是一个谁也预料不到的局面发生了。三十万大军惨败而归，在长安清点残兵败将时，死伤人数竟达十之八九！

天不助隋。大隋三十万大军在水、陆两路同时遭遇了极其恶劣的天气，狂风暴雨打趴了大隋的军队。

好在最后的结局差强人意：高元服软了，他派人送来了谢罪表，自称"辽东粪土臣元"。这样的举动和言辞让隋文帝的心情一下子变得很爽——他终于成了一个阿Q式的胜利者。隋文帝大度地表示，不再追究高元的过错了，两国重新恢复宗主国和宗属国的关系。

N年后，隋文帝带着他的文治武功与世长辞。但是，谁都没有想到，这个历史遗留问题开始浮出水面——在高丽，高丽王高元遭遇了信任危机。

因为他当年派人送谢罪表时自称"辽东粪土臣元"的称谓在N年后的今天，依然让高丽人感到羞辱。高丽人民希望高元硬起来！趁着隋炀帝刚上台忙得手忙脚乱之时正大光明地强硬起来，全面解除两国间宗主国和宗属国的关系，开创两国平等外交的新局面。

高元回首往事，也终于觉得当年的自称也太过无耻，贬低了自己不说，也把堂堂的高丽国给贬低了。他悍然决定硬气一回。

在高丽人民的目光注视下，高元强硬了起来。

但是他硬得并不直接，而是很间接。趁着突厥的启民可汗访问高丽之际，高元在与他进行亲切友好的交谈之时告诉他自己不想再当大隋的孙子了。高元明白，启民可汗一定会把他说的这句话转达给隋炀帝的。他想试探一下这个忙着搞政绩工程的中国皇帝究竟会拿他怎么样。当然，高元也不是没想过一个可怕的后果，那就是战争。但高元不相信这个刚上台就在大兴土木的皇帝会在此时开战。因为打仗打的就是钱、是人。大隋为了搞那几个大工程，隋炀帝已经连续四年在全国范围内普免钱粮，并且地球人都知道，这个庞大的帝国在那几个庞大的工程背后已经死了不计其数的人。

还会有人为这个不得人心的皇帝去送命吗？高元实在不看好这一点。

<h2 style="text-align:center">五</h2>

可惜高元看走眼了。

虽然大隋人民心里头一千个不愿意、一万个不情愿为他们的皇帝去送命，但是只要隋炀帝愿意就可以了。

因为起码到现在为止，那个历史的突破口还没有到来——尽管它已呼之欲出，尽管大隋人民的心理承受能力已到极限，但隋炀帝还是要赌一把——这事关一个帝国的体面和尊严。隋炀帝决定要用战争来教训一下那个不知天高地厚的高丽国，教训一下"辽东粪土臣元"。

关于战争的准备，隋炀帝是高标准和严要求的。他下令，要把大运河从洛阳一直开通到涿郡（北京）去，以便运送军粮。同时，隋炀帝还下令在东莱海口建造战舰。由于工期太紧，很多民工只能日夜站在水里不停地劳作，以至于腰部以下都长满了蛆。更有民工为了逃避那些生不如死的劳役，或自断手足，或逃到深山老林里开荒种地乃至啸聚成群——一个王朝的火山口已经隐约可见了。

但是隋炀帝视而不见。他的眼里只有战争。关于征高丽一事，父亲曾经的失败在他看来不是压力而是动力。说到底，隋炀帝还是喜欢打仗的。他喜欢打仗就像他喜欢搞大工程一样，内心里充满了激情和喜悦。

....

打仗玩的就是气势，就是不对等，就是骇你没商量。

大业八年（612年）的正月初一，一支史无前例、骇人听闻的大队伍从北京浩浩荡荡地出发了。这支队伍号称有两百万人，每天出发一支，一共发了整整一个月，才把队伍的出发仪式进行完毕。队伍长得一眼望不到头。同时这条巨龙还整出了震天动地的巨响：士兵们喊着响亮的口号，伴随着军乐队的锣鼓声往高丽进发，同时无数的彩旗在阵中飞扬，令人叹为观止。

更令人叹为观止的是，隋炀帝不仅在战略上藐视敌人，在战术上也藐视敌人。他请了各国的使节、武官随军观战，并向他们公布隋军的番号及进军计划，同时一一介绍隋军各部专职受降官——隋炀帝料定高丽军将望风披靡、不战而降！

隋炀帝的所作所为骇得这些"孤陋寡闻"的使节、武官说不出话来——见过行军打仗的，没见过这么行军打仗的。

但是这场不对等的战争却充满了诡异的气氛。

隋炀帝猜到了战事的开头却没猜到战事的结局。

高丽军竟然打败了号称有两百万人的大隋军。

最致命的那场战争发生在辽河岸边。三十五万隋军遭到了高丽军的四面包抄，最后慌里慌张逃回辽西时竟只剩下两千七百人。这样的战况着实把随军观战的各国使节、武官看傻眼了——是高丽军太强大还是隋军点太背，这支帝国的队伍再不会打仗也不可能打成这个样子啊?!

但是没有人会由此联想到一个帝国的人心向背问题。帝国看上去史无前例强大，可人心却已然史无前例涣散——在这一点上，高元真的猜对了：没有人再愿意为那个不得人心的皇帝去送命了。即便人到了战场上，心却依旧留在家乡，留在嗷嗷待哺的妻儿老母身上。

总想逃回来！哪怕只有一口气也要逃回来！

隋炀帝也隐隐感觉到了这一点。他再视而不见，活生生的战况也会让他明白过来。

但是隋炀帝的头却没有低下来。

因为这场战争已经不是他一个人的战争了，而是关系到他身后的这个帝国是不是还有脸面以一个强国的姿态屹立在世界的东方。所以他必须要赢回来。

他不仅是要为自己赢回脸面，也是为他的父亲、为他以后千秋万代的杨氏家族赢回脸面。在这一点上，隋炀帝觉得没有半点退让的余地。

因此，仅仅在半个月后，隋炀帝就悍然宣布：第二年要再征高丽。不把高丽人打趴下，绝不罢休！

隋炀帝宣布得很悍然，语气很重，听上去是那么的不容置疑。整个帝国一片鸦雀无声，似乎都在臣服于他的意志。隋炀帝心里一片释然——看来帝国的底线还是没有被突破，国力还可承受，人民还愿担当——当然隋炀帝也告诉自己：民力毕竟有穷时，二征高丽应该是最后的战争了。此战应该是毕其功于一役。此役之后，他要向全人类宣布，大隋将从此刀枪入库，马放南山，不再劳民伤财了。

但是接下来的情况却很不妙，因为一首流行歌曲在一夜之间风靡全国：长白山前知世郎，纯着红罗绵背裆。长槊侵天半，轮刀耀日光。上山吃獐鹿，下山吃牛羊。忽闻官军至，提刀向前荡。譬如辽东死，斩头何所伤。

这首歌曲的领唱者是自称"知世郎"的王薄，他在山东号召全国人民团结起来，高唱《无向辽东浪死歌》，坚决抵制隋炀帝的二征高丽政策。与此同时，窦建德和翟让起兵响应。隋炀帝这才明白，敢情刚开始的沉默是王薄们没醒悟，现如今，他们醒悟过来了，要和他这个皇帝对着干了，这让隋炀帝心里一阵忧伤——

唉，帝国的底线还是被突破了，火山口喷出了愤怒而不合时宜的岩浆。

那么接下来，这仗还要不要打呢？帝国的尊严和生存之间哪一个更重要？隋炀帝陷入了两难选择。

最终，隋炀帝决定：二征高丽政策不仅不变，还要坚定不移地贯彻落实。同时，对于国内叛乱事件要发现一起镇压一起。

总之，一切为了长治久安。一切为了千秋功业。在一次由全体内阁成员参加的平暴动员大会上，隋炀帝几乎是歇斯底里地喊出了上述口号。此时此刻，这个帝国已经发生了二十多起叛乱事件了。一些大臣开始对帝国的前途表示担忧，希望隋炀帝爱惜民力，暂缓征高丽。但是隋炀帝脸色铁青、态度坚决，一副世人皆醉他独醒的样子。

征兵工作在哭天喊地中进行，平暴工作也在腥风血雨中进行。

这个帝国的国民情绪已经紧张到了无以复加的程度。大臣们几次三番地求见隋炀帝，盼望他改弦更张，他却避而不见。隋炀帝把自己关在仁寿宫里，听任自己内心的风暴起起落落——直到大业九年（613年）春天的阳光，在一片不确定性中犹犹豫豫地照射到人间，照射到这个尚未发动第二次远征战争、国内却已燃起烽火的大隋帝国。

此时的大隋，终于又走到了历史的拐点处。

历史其实是有很多拐点的。

对站在拐点面前的当事人来说，每一个拐点就意味着一次非此即彼的选择。

如果历史可以假设的话，如果隋文帝地下有知的话，很多年后的今天，他可能会在九泉之下愤怒地涂改他当初面对历史拐点的那一次选择——废立太子太过草率。曾经一脸持重的杨广现如今不仅把帝国搞得民怨沸腾，而且还执迷不悟。

所有这些，都是晚年刚愎自用的隋文帝不曾悟到的。现在的天下是他的二儿子杨广的天下——一切尽在杨广掌握中。

一切又不是杨广可以掌握的。

因为二征高丽同样充满了很多未知数。最主要的一个问题是：这一次，大隋真的会有好运，打一个大胜仗回去吗？

历史佬儿看上去有点同情杨广。毕竟励精图治、建千秋功业在历史佬儿看来是好事，就不要让这个心力交瘁的皇帝再受太多的折磨了。这场战争于是就变得很轻松，杨广也充分发挥了他平陈时的军事天才——他命令辽东攻城部队将一百多万个布袋装满土之后堆成了高与城齐的大道，然后百万大军准备沿着这高高的大道冲进城去，活捉高丽王高元。

杨广将这样的军事行动命名为"众志成城"。的确，人多好办事，大隋军事家兼冒险家杨广以他匪夷所思的攻城战术迅速地将高丽军坚固的城墙"夷"为平地。胜利看上去唾手可得，而杨广心里也盘算着：待取胜之后，迅速回师国内平息那些在他看来不成气候的农民起义……

但是就在攻城即将进行时，一个来自国内的消息将他从云霄打到了地底下：贵族将军杨玄感趁他东征之机发动兵变，数万叛军直逼东都洛阳……

六

很多年来，杨广的心里有这样一个基本判断：农民起义不可怕，可怕的是贵族起义。

一般的贵族起义不可怕，可怕的是贵族将军起义。

因为他们专业啊。

所以杨广的心里不能不害怕。

尤其让他害怕的是杨玄感这个人。

因为，在所有的贵族将军中，杨玄感的分量是最重的。

杨玄感可不是一般的人，他是开国重臣杨素的儿子。成年后依恩荫之法他被任命为礼部尚书，封楚国公。

礼部尚书杨玄感是个文学中年，他喜欢结交文人。特别是那些名满天下的文人。但是在杨广看来，杨玄感却是用心险恶。

因为杨玄感结交的文人都喜欢非议时政。从杨府里传出来的那些指点江山的声音太过庞杂，以至于隋炀帝杨广搞不清楚其中哪些是文人的声音，哪些是杨玄感的声音。这让隋炀帝心烦意乱。

心烦意乱之后就是恼羞成怒。因为隋炀帝突然觉得杨家的势力过大了，而杨素也越来越倚老卖老。隋炀帝决定：要想个法子让杨家懂得收敛。

但是天意弄人。还没等隋炀帝想出法子来，杨素就去世了。这让隋炀帝很不解恨。于是就在杨素去世不久后，隋炀帝在一个半公开场合愤愤地骂道：杨素即使不死，必有一日全家诛灭！

隋炀帝骂得很解气，但这话传到重孝在身的杨玄感耳朵里，却让他感到分外心寒。

君要臣死，臣不得不死。杨玄感原本也没有谋反之心，只是隋炀帝说的这句威胁性很强的话让他觉察到：反了，可能还可以自救；不反，只有死路一条。

于是，在跟随隋炀帝讨伐吐谷浑时，杨玄感准备动手了。他想制造混乱然后偷袭隋炀帝的行宫，一举刺死隋炀帝，回京后他再领头拥立隋文帝第三子杨俊的儿子秦王杨浩为新帝。

但是，杨玄感的计谋没有得逞。

因为他的叔父杨慎制止了他。杨慎只问他一句话：如果杨浩不肯为新帝，你怎么收场？

杨玄感愣住了。

这个问题他还真没想过。杨慎告诉他：在这个世界上，干任何一件事情，十拿九稳是不行的，一定要十拿十稳。多了解对手一分，你自己的安全就会多一分。这件事情，等时机成熟再干吧。

杨玄感觉得他叔父的话说得太对了，他决定沉下心来等待。

此后的杨玄感让隋炀帝刮目相看。

他怎么也想不到，这个曾经在暗地里想刺杀他的人竟会变得对大隋如此忠心耿耿。

最难得的是，杨玄感不再和文人们在一起，而是时刻想和他这个皇上在一起。杨玄感处处谨小慎微，做事沉稳低调。

隋炀帝当然不知道杨玄感为什么一夜之间会痛改前非。他凭直觉以为是自己曾经说的那句重话让杨玄感学会了怎么做人，而那个发生在杨玄感和他叔父间关于刺杀的谈话隋炀帝却是永远不会知晓了。因为杨玄感伪装得滴水不漏。

当然隋炀帝对杨玄感的看法改变还缘于兵部尚书段文振向他打了保票——杨玄感可堪大任。隋炀帝甚至给杨玄感定了性：将门必有将，相门必有相，此言不虚。

满朝文武也是笑看杨玄感步步高升，没有人知道他其实是隐藏在大隋宫殿深处的一条冬眠的蛇。

而冬眠的蛇注定要醒来。只要春雷响起。只要惊蛰来临。

隋炀帝二征高丽的时候，杨玄感的叔父告诉他：时机成熟了，可以有所作为了。

时机确实成熟了，因为天下的人心已经乱了。

当烽火起来的时候，聪明的人要做的事就是煽风点火。

但杨玄感做得更绝，他竟玩起了釜底抽薪。

抽的是大隋的薪，他要把隋炀帝和他的百万之师晾在高丽上任其自生自灭——当时的杨玄感被任命为隋军的运输大队长，在黎阳负责督运粮草，以支援东征的隋军。

可以说在某种程度上，杨玄感可以决定大隋军的生死存亡：战争期间，粮草决定一切。

而杨玄感也确实出手了。他借口漕运的水路已被农民军切断，拒绝将粮船发往高丽。

此时的隋炀帝还蒙在鼓里，他只是催促杨玄感早日扫清障碍，将粮船发往高丽。

但是隋炀帝是注定等不到那些他盼望已久的粮草了。因为杨玄感悍然起兵，攻打洛阳去了。

隋炀帝在辽东城外"众志成城"，杨玄感在洛阳城外也是众志成城。无数的百姓从四面八方奔向他，希望他是人民的大救星。一时间拥护他的人竟有十万之众。杨玄感在这样的历史时刻对他叔父真是佩服得五体投地——什么叫时机成熟，这就叫时机成熟！

面对劳苦大众们一双双热切的目光，杨玄感顿生领袖之感。他慷慨激昂：我身为上柱国，家累巨万金，至于富贵，无所求也。今者不顾破家灭族者，但为天下解倒悬之急，救黎元之命耳。

毫无疑问，这样的话语是这个时代最具煽动力的。几乎每天都有几千名时刻准备抛头颅、洒热血的人从全国各地跑过来找他，要跟着他一起干。洛阳城外，反对这个王朝的力量在迅速堆积和膨胀，他们让这座刚建不久的城市战战兢兢，颇有朝不保夕之感。

就是在这样的时刻，隋炀帝接到了杨玄感政变的急报。

七

带着百万之师离开高丽的时候，隋炀帝感受到了一种浓浓的惆怅。

这是历史的惆怅。

这是一个人和他深陷其中的时代的惆怅。

当二征高丽的胜利近在眼前之时，历史却不给他这个机会了——杨玄感政变让他下了回师令。

先保住老巢，再图东山再起。

但隋炀帝实在不能确定他还有没有东山再起的机会。因为他这是赶回去灭火。火灭了，江山还在，也许还可以东山再起，卷土重来未可知；可要是熊熊大火将洛阳烧了个精光，他还真不知道自己的明天在哪里。

隋炀帝真切地感受到他深陷其中的时代是一个昏庸的时代。昏庸的是人民，清醒的是他杨广，受伤的也是他杨广。而最大的冤屈则在于——他无处话凄凉。

当然这样的时代不都是悲剧。悲剧的一半是喜剧。这一回的喜剧主角是高丽王高元。大隋军胜利在望时突然间全部撤走，高元并不知晓发生了什么事。他唯一可以确定的事实是：他和他所在的国家又一次死里逃生了。城墙外洒落一地的土袋子看上去充满了历史的玄机，意味深长，无人能解。

高元猜测：大隋这个国家肯定出大事了。否则他们不会这么惊慌失措。但是，究竟能有怎样的大事让百万大军掉转方向呢？高元猜破脑袋也没有得出答案。

百万大军赶回洛阳时，杨玄感的部队已经把卫玄的部队打败了好几次。

卫玄是大隋朝的刑部尚书，在杨玄感围攻洛阳时，他带领几万人从关中驰援。

但是他很快就败下阵来。因为杨玄感太身先士卒了。

事实上这样的PK还真是不对等：卫玄保的是大隋朝，使命所在，责无旁贷；杨玄感保的是他的身家性命，整个一拼命三郎的态势。

所以卫玄拼的是力气，杨玄感拼的是性命，卫玄当然要败下阵来。

但是，当杨玄感面对大隋朝的百万大军时，他拼什么都无济于事了。

因为他被前后夹击了。

因为隋炀帝也在拼他的身家性命，一个王朝的身家性命。

最后的结局是杨玄感败了。他死在他的弟弟杨积善手下——在最后的时刻，杨玄感的身边除了他弟弟再没有其他人跟随——百万大军消灭了他的其他追随者，他只能请求弟弟杨积善帮他一把，让他可以为这一次的政变买单，以他那早已伤痕累累的身躯，为一个王朝最后的晚餐买单……

八

只是隋炀帝并没有感受到作为一个胜利者的喜悦。

这场历史的大PK其实没有胜利者。二征高丽他功败垂成，杨玄感的政变虽然被打压下去了，但它无疑是一个巨大的伤口，把大隋朝仁寿宫内皇权与相权的对垒与断裂赤裸裸地展现在世人面前——这个王朝从此没有宁日了。隋炀帝注定要成为这个火光冲天时代气喘吁吁的灭火者。而灭火者的命运无非只有两种：一、火灭了，呈现在眼前的是一个王朝巨大的废墟；二、灭火不成反被大火吞噬，灭火者成为一个王朝最后的殉葬品。

最要命的一点是帝国的野火灭不胜灭。隋炀帝每天都能接到各个郡报上来的农民起事或者部队兵变的消息。刚开始他还下旨要求打压，但是到最后他发现这不是个办法——隋炀帝以为必须要有一场重大的胜利来重新凝聚民心，来强化他统治的权威。

隋炀帝把目光又瞄向了高丽。他要三征高丽。

当然隋炀帝的雄心壮志再一次遭到了大臣们的质疑，帝国大厦在熊熊燃烧，当前的头等大事应该是灭火而不是奔向远方去从事一场并非紧迫却又劳民伤财的战争。大臣们不明白，一个宗属国的臣服与否为什么在隋炀帝的眼里会那么重要，以至于对国家近在眼前的生死存亡问题都不管不顾。他们一致认为，不是隋炀帝疯了，就是他们疯了，要不就是这个混乱的时代发疯了。

但是隋炀帝还是在一片质疑声中带着一个王朝最后的残兵剩将出发了，身后，是一个王朝的一片哗然和风起云涌。隋炀帝不知道他还能不能回来，回来之后，这个已经离心离德的王朝是否还属于他。他的表情是孤愤的，他的眼中是有热泪的。他自认为是为帝王世家的尊严而去，他是宁为玉碎，不为瓦全。但是——没有人理解他。

高元做梦也想不到隋炀帝还会卷土重来。

此时的他已经很明白大隋的国内发生了什么，他觉得是个人都不会不管不顾的。

但是隋炀帝不是一个人。

或者说不是个有正常思维能力的人。

他看上去像个疯子。疯子想得到的东西那是不计后果要得到的。

高元一声叹息，决定把隋炀帝想要的胜利给他。

因为他是个正常人，不和疯子一般见识。

事实上，高丽国也实在是支撑不住了。前两次战争已经拖垮了这个国家的国力。在当前形势下，只有投降才能暂时保住这个国家。

隋炀帝终于凯旋了。

他把这次"胜利"定义为"有志者，事竟成"。他希望全体人民与他共享这次胜利，希望离心离德的大隋能从此同舟共济，共创美好、和谐的明天。

但是人民很不给他面子。那些起事的农民竟然在光天化日之下抢劫他的御驾。在从涿郡赶回洛阳的途中，隋炀帝就这样被抢去了四十二匹他心爱的御马！

接下来发生的事更让他瞠目结舌：隋炀帝在洛阳摆开架式要召高丽王高元入朝，高元却只当他放了个屁。

这让隋炀帝很不爽。三征高丽的胜利果实也就在这不爽当中化作了泡影——其实要认真追究起来也谈不上有什么胜利果实——高丽王高元的所作所为更像是一次有目的有预谋的诈降，虽然他这事做得很不地道。

隋炀帝在不爽之余很有上当受骗的感觉，但他却只能无可奈何。

因为不可能再征高丽了，这一回，不仅是人民起来造反，连北方的突厥也在蠢蠢欲动，时刻准备南下浑水摸鱼。

大业十一年（615年）八月，隋炀帝的部队又出发了，这一回他的目标是塞北。他想搞明白突厥人到底要干什么，突厥骑兵的实力究竟有多强。很快地，隋炀帝就搞明白了。因为他和他的部队被突厥骑兵包围在山西雁门，动弹不得。

历史的玄机在这一刻总算被隋炀帝看破了。一直以来，他以为他和他身后的王朝是命运的宠儿，却不料命运伸出翻云覆雨手，最后将他轻轻地抛弃。从宠儿到弃儿，隋炀帝坐了一把历史的过山车，他晕晕乎乎昏昏沉沉，不知道今夕何夕，明天太阳是否还升起。

最重要的，他还能不能看到明天的太阳，他身后的王朝还有多少个艳阳天。

九

好在历史佬儿比较照顾隋炀帝——他有惊无险地回到了洛阳。

但是从此以后，隋炀帝变了一个人——从一个有为中年变成了颓废中年。这一点，大隋朝的文武百官可以做证：在大业十一年（615年）雁门之围前，我们的杨广那是天天上朝，夜以继日地处理政务；雁门之围后，杨广就懒得上朝了，政务是能拖就拖。最主要的一个变化是，昔日滴酒不沾的隋炀帝杨广突然成了酒皇帝，他狂热地爱上了各地出产的名酒。此后的大隋朝，他是最敬业的品酒师，也是一个著名的黑夜比白天长的人——杨广不是在喝酒，就是在酒桌旁昏睡。

不仅如此，隋炀帝杨广还狂热地喜欢上了美女。年轻时他为了帝王霸业没时间去软玉温香抱满怀。现如今，年华渐渐老去，江山眼看就要易手，他怎能不奋起直追，把失去的欢乐找回来。杨广决定：不再待在洛阳了，下半辈子要在江南温柔乡里度过。他在这一生中最后一次举全国之力为自己建造了一个奇丽无比的温柔乡。地点就在江苏常熟。不过，这个有着十六离宫的宫苑在几年之后便成了杨广的葬身之地。

有些人注定是要开辟新时代的。

李渊就是这样的人。

李渊有着显赫的家世。他的七世祖是西凉的开国君主李嵩，祖父李虎在北周时被封为唐国公。李渊和他父亲一样，世袭了唐国公的爵位。但是他的好运气并没有就此到头，到了隋朝，不管是隋文帝还是隋炀帝都对他青睐有加。杨玄感造反时，李渊就受到了隋炀帝的重用，参与了镇压工作。

但是，谁也没想到，就是这样一个人，也会产生造反的念头。

事实上，在这样一个混乱的年代，任何不甘平庸的人都会产生造反的念头。

杨玄感是这样的人，李渊也是这样的人。

李渊之所以要镇压杨玄感，那是因为当时的他觉得时机还没有成熟。

可是大业十三年，也就是公元 617 年的春天，李渊发现他走到了一个命运的拐点上。

这一年春天，他被任命为太原留守。而此时的隋炀帝却跑到遥远江南的离宫内感时伤怀去了。

大隋的权力出现了真空。大隋的军事防线有了撕裂的可能。李渊果断地下手了。他在太原举起了反旗，并且领着三万大军向关中进发。

很多年后，如果需要总结的话，李渊的成功应该是有迹可循的。他之所以一路攻城略地，战无不胜，不仅在于时机选择得好，还在于他团结了一切可以团结的人——李渊以"人众土地归唐公，财帛金宝归突厥"为条件，最大限度地争取了突厥人对李渊造反所能给予的政治上和军事上的支持。

这是真正的里应外合，也可以说是里通外国。但是胜利者是不受谴责的。这一年的十一月，李渊领着他的二十万大军出现在了长安的街头上。

四个月后，隋炀帝杨广停止了呼吸。他在江南离宫被他的卫士所杀——国家溃败到这个程度、皇帝颓废到这个程度，连他身边的人都忍无可忍了。

一个短暂的王朝就此拉下帷幕。一个曾经有着万丈雄心却又操之过急的帝王再也不可能有所作为——事实上早在三征高丽归来后，隋炀帝就自我阉割了他的万丈雄心。

晚唱：以北宋为例

一

趴在历史的门缝边缘，看一个王朝的花开花谢盛极而衰，最明白的看法是从它的开场看起。

其实，北宋这个王朝的开场是非同寻常的。

就像京剧舞台上的亮相，赵匡胤一上来走的就不是常规的路子。他半推半就地让那件黄袍披在自己身上，咿咿呀呀开唱一段霸王戏，一个王朝就这样不明不白地开张了。

好在赵匡胤的全局控制能力比较强。他带着赵式的非典型性思维，带着陈桥那些有功之臣的理解与不理解，急中生智地演绎了杯酒释兵权，强行"排除"了一个帝国臆想中的危机。这样精彩的桥段，看客是不得不齐声叫好的。

当然看客始终还是捏着一把汗。因为真实的危机依旧存在。西夏、契丹还有南方的那些小国，在随后的五十多年里，它们一直像定时炸弹一样，时刻挂在北宋的头部、腰间以及其他敏感部位，令这个王朝到底战战兢兢、如履薄冰——只是这些，演员赵匡胤都已经无暇顾及了。作为一个开场的头角，赵匡胤可以说不落俗套地完成了他的表演。这就够了。至于他的子子孙孙们能不能将戏接着演下去，并且演好它，这要看他们的演技如何。他赵匡胤是不想管也管不着了。

没想到接下来出场的是赵匡胤的弟弟赵光义，以及他的皇子皇孙们。他们依次出场，开始了中规中矩的表演。但是他们的表演大多乏善可陈，看得看客们昏昏欲睡，直到1068年，十九岁的宋神宗坐到了这个位置上。

宋神宗时代的北宋已经是内忧外患了，但是十九岁的宋神宗却想有所作为。

因为十九岁是激情洋溢的年龄。

也是天地任我行的年龄。

年轻的宋神宗充满豪气地问年长的宰相富弼：国家怎样才能富强？边患何时可以尽除？富弼却向他叹气：皇上刚刚即位，应该布德行惠，这个国家二十年之内最好不要打仗。因为打不赢也打不起啊。

宋神宗刚开始不明白，但很快他就明白什么叫"打不赢"和"打不起"了。因为国家军队里到处都是注水兵，所以"打不赢"。那什么叫"注水兵"呢？"注水兵"说起来由来已久，北宋一向执行"荒年募兵"政策；荒年时饥民激增，为了不让这些饥民造反，政府决定花钱买平安，把他们都收编为军队，但他们光吃粮不打仗，便形成了"注水兵"。神宗时的国家军队多达一百五十万人，却基本上没有什么战斗力，稍有战斗力的都派出去布防西夏、契丹还有南方那些小国的进攻了，剩下的就只能靠国家养着；而"打不起"是因为国库里没钱了。国库里的钱主要是两大用途：一是养兵；二是养官。"养兵"上文已述，这里说说养官。北宋的官员队伍比较庞大。真宗时有一万多人，到仁宗时就达两万五千人，最后到神宗这儿就突破三万了。虽然政府几次喊着要精减人员，可每次精减过后，人数不减反增。庞大的官员队伍使北宋的财政负担不堪其累，国库要不空虚那是不可能的。

宋神宗真切地感受到，历史走到了一个拐点上，不改革是不行了。

如果闭着眼睛再继续将局面往下拖，内忧外患一旦激变，这个先天不足的王朝很容易就这么死翘翘。

但是改革就能救国吗？北宋的改革说起来也不是自神宗始。若干年前就有范仲淹改革了。但范仲淹是个谨小慎微的人，他的体制内太极拳根本就掀不起什么波澜，很快地，他就收手了。仁宗时代的包拯则以三司使总领的身份厉行改革，他在调查了全国范围内土地兼并情况之后，提出要重新丈量土地的口号，目的是让大地主大权贵们如实交税。但是包拯的口号没有被落实，这个喜欢使铡刀的铁面高官痛苦地发现，很多人对他的改革举措阳奉阴违。大地主大权贵们团结起来跟他干，而仁宗总是心太软，心太软，把所有问题都自己扛，结果包拯的改革无疾而终——他的铡刀再锋利，也铡不了一个国家的软弱和彷徨啊。

由于改革总是雷声大雨点小，总是以激情始以党争终，从而成为了官场生态新陈代谢的促进剂，于是北宋王朝的改革在神宗时代就成了一个人人避谈的关键词。只有神宗自己还对它充满极大的热情。

这个时候，王安石开始声名鹊起。

王安石是改革派的理论大师，以大谈改革为荣，以墨守成规为耻。

最重要的，他有白眼向天的性格。一向生活在理想和逻辑世界当中，追求完美，不通人情世故，也不屑于人情世故。

这样的性格，神宗喜欢——因为一个过于讲究人情世故的人，是不能做改革者的。当然，从另一方面来说，神宗的性格和王安石有点像，喜欢充满激情地做一件看起来很美的事。

所以，神宗有意向要让王安石来主持改革大计。神宗为稳妥计，问宰相韩琦，王安石当宰相怎么样？神宗问韩琦话的时候后者正在打点行李。这个三朝元老在以前的 N 次改革中当了很多次替罪羊，这一次，他一听神宗又要改革，头都大了，死活要告老还乡。神宗留不住，只得准他辞职。但没让他还乡，而是安排他做相州节度使。韩琦停止了动作，抬起他饱经沧桑的双眼，一字一句说了以下这句话：王安石为翰林学士有余，居宰辅地位则不足。

若干年后的事实证明，韩琦那饱经沧桑的双眼没有看走眼，王安石为人处世的性格更多时候是适合做一个改革理论家而不是实干家，但当时的神宗哪能看透这一层。他只以为韩琦这么说是酸葡萄心理在起作用，不能理性、冷静地评价他的后继者——神宗确实想

68

对王安石委以重任。于是，他又找到老宰相曾公亮，要他说说对王安石的看法。曾公亮说：安石真辅相才，心不欺罔。

神宗这下高兴了，看来大宋王朝还是有心明眼亮之人，有有容乃大之人。他在心里暗下决定，曾公亮可以留下来，和王安石一起主持改革。志同才能道合。曾公亮和王安石，应该是志同道合之人。

二

在文人扎堆的北宋，王安石的名声一向淹没在司马光、欧阳修、苏洵甚至苏轼等人中间，更别提年长于他的范仲淹了。

但是公元 1069 年，王安石就像一颗大彗星，拖着长而明亮的大尾巴呼啸而来，搞得北宋政界文坛无人不知，无人不晓。

这一年也是熙宁二年，王安石四十九岁。在经过近一年时间的考察和考虑之后，神宗下定决心，排除万难，任命王安石为参知政事（相当于副宰相），主持改革大计。

但是神宗万万没有想到，即便在他的委任状下达之后，反对王安石的声音依旧此起彼伏。

首先出来反对的是当年以弹劾文彦博一举出名的唐介。唐介说王安石"虽好学却泥古不化，议论迂阔而不切实际"，这样的人出来改革，天下要为之大乱。唐介此时的身份也是参知政事，和王安石同级。这两个人如果不和，改革注定要胎死腹中。想到这一层，神宗的头都大了。为了力保王安石，神宗决定对唐介所说的任何话都如风过耳。唐介见说不动皇上，就跑去找曾公亮。曾公亮刚开始无动于衷，但不久之后他就被说动了。几个月后，曾公亮和王安石说再见——他要告老还乡。曾公亮走之前对神宗说，我钦佩王安石的为人，但我反对他激进的改革，所以对不起，我不能再陪他走下去了……

另一位反对王安石的人是御史副相赵忭。赵忭此前和王安石有过节，作为御史，赵忭经常和王安石为一些空洞的理论问题争得不可开交，两人有些不愉快。现如今，赵忭见皇上如此器重王安石，觉得在朝廷再待下去也没什么鸟意思，便找了个借口要出知杭州。神宗乐得朝廷少一个反对派，很痛快地答应了他的请求。

还有一位反对者是官员吕诲。吕诲写了弹劾王安石的奏章，指责王"大奸似忠，大诈似信"，这一下神宗生气了，你用这些词骂王安石不等于骂我吗？人是我提拔的，难道我眼睛瞎了?！神宗于是下手条要吕诲撤回弹劾的奏章，没想到吕诲不仅不撤还又新写了一份措辞更强硬的奏章，神宗一气之下就让他走人了。

这些反对者级别虽然不算低，但影响似乎都不大。在朝野影响最大的反对者应该是司马光了。司马光人品其实很不错，是个忠厚长者。王安石改革之前，神宗曾经向司马光询问对他的看法。司马光说："介甫（王安石）独居天下大名三十余年，才高而学富，难进而易退。……介甫不起则已，起则太平可立致，生民咸被其泽也。"这样的评价，不可谓不高。但此后不久，司马光对王安石的看法大变。由于河朔闹灾，朝廷拨了些抚恤，国库开始空虚，司马光便建议国家要勤俭节约。按常理讲，司马光的建议是没错的，但王安石却认为他谨小慎微，不想着开源只想着节流，不是大丈夫所为。王安石甚至尖锐地指出：国用不足是因为没有理财之人。善理财者，民不加赋而国用自饶。

王安石就是这样，一点不通人情世故。不管司马光曾经对他有过多高的评价，他该说的话就是要说。好在司马光不是小肚鸡肠之人，他并不恼怒于王安石迂直的态度，而是对王氏理论提出了质疑。司马光说：天地所生货财百物，只有一个定数，不在民间，就在公家。不取于民，将焉取之？

司马光的疑问可以说清晰地呈现了两个人之间关于经济理论方面的巨大分歧，王安石没有明白无误地回答他的这个问题。事实上王安石也没法做到明白无误。王安石只是大致搞明白了一个方向，水深水浅还得试水者自己去亲身体会呢。不过在当时的情境下，有一点已经很明确了，那就是司马光不愿意做王安石改革的一路同行者，而只愿意做他改革理论的一路争锋者。针对王安石改革均贫富的目的，司马光以及苏辙都认为贫富自古不均，这两者互相依存，就像阴阳乾坤万世永存一样，是天下稳定的基础。如果贫者要变富，富者要趋贫，势必会天下大乱。面对这样激烈的反对，神宗终于有些摇摆不定了。唉，司马光毕竟不是吕晦，他的声音代表了一个阶层的强烈欲望，更何况司马光本人就出身于陕西望族，轻视不得啊。神宗一声叹息，在熙宁三年（1070 年）过完年刚不久，下了一道谕旨：禁止青苗钱对富户的抑配。这道谕旨等于对"青苗法"的实施打了个大大的折扣，让理想主义者王安石的心情大为郁闷。

王安石一郁闷，马上就表现了出来。他称病不来上朝，还上奏说要辞去现有职位。王安石的所作所为其实非常符合一个理想主义分子的性格特征，追求完美，偏激，容易走极端。但王安石所做的一切在司马光看来却多少带有向皇上示威的意思。司马光是谁，他是翰林学士，行使着代皇上批复奏疏的权力。当他看到王安石那充满意气用事的辞表时，一向充满正义感的司马光就代表神宗皇帝义正词严地批评了他。王安石这下是真的生气了，他再次上了一道辞表，非常正式地表示要辞职不干。神宗一看这两人针尖对麦芒地干上了，那叫一个头大，但考虑到目前还是以改革大业为重，便旗帜鲜明地支持王安石，以"诏中之语，失于详阅"的手札，隐约批评了司马光。

　　司马光顿觉心灰意冷，觉得在当前格局下，不如言去。他九上辞表，一心求去。终于，在王安石改革正轰轰烈烈的关键时刻，司马光归居洛阳，著书立说，成了这场外强中干改革的一个沉默看客。他绝口不提政事，也不再评价王安石的为人。他看似退避到一个王朝舞台的边缘，不再做出激烈的动作和丰富的表情，但是历史却没有遗忘他，几年之后，王安石改革失败，退隐江湖时，司马光东山再起，又成一时人杰。

　　不过，所有这一切与历史有关的剧情，王安石当时都懵懂不知。他唯一能感受到的是神宗微妙而多变的心态。司马光九上辞表，一心求去，重重打击了神宗敏感而脆弱的神经。帝王之道在于平衡万事万物。对于一权独大的王安石，神宗开始生出戒备之心。他不顾王安石的反对，大力提升御史中丞冯京和三司使吴充的地位，而这两人都是坚决反对新法的人。王安石明白，这场改革怕是要无疾而终了。

老天也不作美。就在此时，天象露出了狰狞的面目。从熙宁六年（1073 年）七月到熙宁七年（1074 年）四月，京城滴雨未下，朝野纷纷传言，这是老天爷对王安石改革的不满，只有废止改革，天象才会正常。而一个叫郑侠的官员则适时向神宗密献《流民图》，称只要停止改革，十天之内肯定会下雨，如若没雨，他郑侠愿献上人头以抵欺君之罪。面对这一切，神宗心情真是异常复杂，改革是他倡导的，有官员反对他倒不怕，但是天象有异，却是他这个天子始料未及的——因为这牵涉到他执政的合法性，不可不防。四月初六，神宗神情严肃地下诏宣布：暂停《青苗法》《募役法》《方田均税法》《保甲法》等八项新法的实行。

诏下后不久，倾盆大雨就从天而降。神宗当时震惊异常，呆若木鸡。王安石也在雨中呆若木鸡。这场带有警示意味的雨可以说彻底浇灭了一个理想主义者心头熊熊燃烧的改革之火。王安石一声叹息，泪如雨下。

改革的最后失败其实来自王安石集团内部。因为这个在史上被称为"熙宁新党"的王安石改革集体汇聚了一批来路不明、各怀理想或野心的人。他们在王安石的旗帜下，在历史狐疑的眼神背后，从事着这场注定要失败的改革。他们是——

吕惠卿。这个人特别值得注意，因为他的仕途生涯和王安石的仕途生涯恩怨交集，是对王安石个人命运影响最大的人。吕惠卿有很强的组织能力，王安石是经过欧阳修的推荐才对此人如获至宝的，在这场改革的开始，吕惠卿也确实对王安石投桃报李，王安石改革中的《青苗法》和《募役法》就是他牵头搞出来的，但是到最后，野心家吕惠卿背叛了王安石，也背叛了这场改革。

程颢。理学家。当朝著名哲学家周敦颐的学生。注重经世致用之学，主张恢复古法，强调抑制豪门大户，是王安石改革集团最初的理论旗手及策划人。刚开始王、程二人在改革理论上的分野还不算大，但随着改革的深入，程颢以王道仁义之心求发展的改革理论和王安石取法先贤富国强兵之术求发展的改革理论发生了激烈的碰撞，两人打起了口水战。王安石说程颢"公之学如上壁"；程颢回击王安石"参知之学如捉风"。口水战打到了这个地步，已经超出了学术探讨的范畴，严重阻碍改革的进一步深化。争论的结果是官大一级压死人，程颢负气出走。

苏辙。苏东坡弟弟。"熙宁新党"的小字辈，加入时还不到三十岁，因此改革的热情最高，改革的态度最积极。但苏辙对吕惠卿搞的《青苗法》是反对的，他主张不妨采用唐朝刘晏的"常平法"来代替《青苗法》，以给农民真正的实惠。苏辙充满热情的建议当然不会被采纳。苏辙只得勉为其难地去执行《青苗法》。由于在执行的过程中问题丛生，再加上父亲苏洵、大哥苏东坡的极力反对，苏辙随后退出了"熙宁新党"。

曾布。曾布是王安石好友曾巩的弟弟，时任翰林学士兼三司使，在王安石改革集团中的主要任务是和吕惠卿一起策划相关法案。由于吕惠卿不容人，曾布因此与他结怨。但导致曾布走人的直接原因还不是吕惠卿，而是另一个姓吕的——提举市易司务的吕嘉问。吕嘉问与吕惠卿走得近，存在一些说不清道不明的经济问题。神宗因此密令曾布去调查此事，曾布一时头脑发热公报私仇，回来向皇上汇报时夸大了吕嘉问的罪行。神宗一怒之下，将此二人都革职了。王安石改革集团从此没有了曾布的身影。

其实抛开具体的人事不谈，单从历史的大法则入手，也可看出这场改革实在是以一人敌千万人的游戏。王安石设置的《青苗法》规定：政府在插秧期以低利贷借资金给自愿的农民，农民收获时再以两分利息还给政府。此举的目的就是要利用政府的资金，杜绝豪门大户的高利贷，这样一来，豪门大户失去了获利的机会，自然要将怨恨集中到王安石身上了。

当然《青苗法》的问题还不在于此，这个"法"最大的问题是操作性极差。《青苗法》虽然规定政府只取两分利息，但农民最后实际付出的包括手续费在内的各种费用却高达七八分，这样一来竟比高利贷还高出许多，农民从《青苗法》中没有取得什么好处，自然也就无法从这场改革中受益了。史料记载，有一个文盲农民，为了填申请表，花钱请书吏，拿到衙门去申请，私下里又塞给相关官员好处费，最后一算利息，好家伙，竟然达到原定标准的三十五倍！王安石改革至此竟有了黑色幽默的意味，焉能不败？

还有《方田均税法》。一直以来，豪门大户兼并大量的土地却不纳税，王安石却要丈量他们的田地，追查田地真正的主人，再要他们如实纳税，这种以一人敌千万人的游戏，无异于虎口夺食，王安石也因此得罪了天下的豪门大户，注定会在日后为一个理想主义者的悲剧命运埋下伏笔。

以上两法是和农业有关的。和商业有关的法案王安石也是处处和大商人大权贵"作对"。比如《市易法》规定：小商贩资金不足的，可用抵押品向政府申请借贷，外地商人的滞销品可委托设在开封的市易处以合理的价格代为销售。这样一来，官商勾结的垄断市场就被打破了，直接损害了大商人大权贵的利益，而王安石也很快尝到了复仇的滋味。他的被迫下野，在某种程度上说就是权贵们极力反对《市易法》实施的结果。

三

王安石走了，一个王朝轰轰烈烈的改革似乎就要这样草草收场，但是神宗却发现这场改革开场难，收场更难。

改革的缘起是因为存在内忧外患，为增强国力不得不改。而现在经过这一番充满争议的改革之后国力不但没有增强，还搞得举国形势一片混乱。一句话，内忧外患更严重了。如果就此不改革了，这个王朝将岌岌可危，如果继续改革以图自强的话，那么后王安石时代，谁是力挽狂澜之人?!

神宗思来想去，觉得还是非司马光莫属。司马光老成谋国，而王安石性格毕竟太偏激，差点误了国事——不，已经误了国事！神宗有了这一层考虑之后，马上下诏起用司马光。

但司马光却还在专心致志地著书立说，他在写那本著名的《资治通鉴》。直到元丰七年（1084 年），《资治通鉴》写完了，司马光才再次出山。只是司马光从洛阳出发的时候，神宗已经去世了；而他本人也已七十有一，改革接下来该怎么改，北宋人民心中都没底。

司马光来到京城，接见他的是只有十岁的宋哲宗。十岁的小皇帝什么都不懂，由神宗之母太皇太后垂帘听政。太皇太后是个守旧的人，她希望一切再回到从前。但是司马光对她说：先帝（宋神宗）之法，其善者，虽百世也不可变。毫无疑问，写完《资治通鉴》的司马光是个务实的人，他想在新法和旧法之间找到一个契合点，以避免社会的剧烈震荡，并最终使北宋这条破船还能稳稳当当地开下去。起码在他有生之年，司马光是不希望这个王朝变天的。

但是司马光很快就发觉，北宋这条破船绝对不可能稳稳当当开下去了。他的中庸之道让自己彻底成了一个孤独的人。首先向他叫板的是章惇和蔡确。章惇是前王安石改革集团的硕果仅存者，又是名儒邵雍的得意门生，苏东坡的至友。此人恃才傲物，却也深得欧阳修的赏识。在王安石归去后，章惇接过改革大旗，和宰相蔡确一起，力推新法。他们两个人牵制司马光的温和路线，并视其为头号政敌，这让司马光苦恼不已。而另一方面，太皇太后和她身边的旧派人物也对司马光的温和路线颇为不满，冷眼看他身陷尴尬境地而不出手相助。

为挽回大局，司马光说服文彦博和吕公著两位元老重臣和他一起力推温和路线，总算是将章惇等新党成员全部赶出京城，但是太皇太后和她身边的旧派人物却在此时复辟成功——鹬蚌相争，渔翁得利，筋疲力尽的司马光最终只捡拾了一地鸡毛，还有舆论对他的无情指责：前王安石改革派理论大师程颢说"司马光自比是药中人参、甘草，但这两种药，只能治轻病，重病就无能为力了"；前内阁重臣韩琦评价司马光内阁"才偏，规模浅"；而苏辙更表示"司马光才智不足，不可为领导人"。七十一岁的司马光终于病倒了。

很快，这个年迈的老臣也步王安石的旧尘，归去来兮。北宋王朝最重要的两个改革人物偃旗息鼓，不再是这段激情正戏的主角。高潮已经过去，高潮永远过去，接下来，这个王朝差不多可以看到那个呼之欲出的阴影了。

死亡阴影。

四

有些人注定会咸鱼翻身。

只要时机成熟。

章惇咸鱼翻身的时机在宋哲宗十八岁的时候成熟了。这一年，宋哲宗惊喜地发现，垂帘听政了八年的太皇太后与世长辞了，一个属于他的时代猝不及防地到来。他几乎没有做好一点准备，虽然他渴望亲政已经好多年。

对于他的父亲神宗，宋哲宗从小是当作偶像来崇拜的，他崇拜他的励精图治，崇拜他明知不可为而为之的勇气和决心。但是宋哲宗的崇拜在太皇太后那儿被粉碎了。太皇太后垂帘听政的八年就是粉碎宋哲宗偶像的八年，因此太皇太后一死，宋哲宗就豪迈地认定，一个属于他的改革时代开始了。他把这个时代称之为"绍圣"，取"绍述先圣遗业"的意思。

绍圣元年（1094 年），宋哲宗做的一项最重要的工作就是重新召回并重用包括章惇在内的新党，一时间整个王朝重新充满"改革啦……改革啦……"的蠢蠢欲动。但是怎么改革是个问题。人心散了，人心乱了，在这样的时代，究竟有没有一种理论来指引大宋往一个正确的方向走？章惇问道于陈瓘。

陈瓘是当时的名士。作为名士，陈瓘与章惇见面的地点与众不同，是在一条船上。陈瓘说，先生所问之事可以用这条船来说明白。这船如果左边超重了，它不容易前行，如果把左边的货物都移到右边，那右边超重了，它也不容易前行。明白了这个道理，先生主持朝政应该心中有数了。

章惇听了，长叹一声：道理我是明白的，但司马光是要清算的，不消除他的影响，接下来的改革就没法进行……

陈瓘不解：清算就是彻底否定啊，你真打算将船左边的货物都移到右边吗？那船就危险了！

章惇解释道：王安石改革的失败，是在成效还没完全出来时就被废止了，而司马光趁机作乱，这才是将船左边的货物都移到右边的行为，我们现在只需要继续坚持改革就可以了。

陈瓘闭上眼睛不再说话。他累了，不想做对牛弹琴的傻事。

坚持己见的理论家章惇开始按照自己的意志行事，他引进的左右手蔡卞（王安石女婿）、蔡京（蔡卞哥）则致力于成立"看评诉理局"，专为元祐时代有冤屈的人打抱不平。与此同时，那些元祐时代郁郁不得志的新党官员在成为这个时代的人气股之后开始奋发有为——司马光建立的温和政策被全部推翻，司马光时代的旧人被全部打倒，政策之争、路线之争很快就上升为党争。一些在元祐时代不小心跟错人、排错队的人现在则是加倍的忏悔，并且用实际行动来洗刷自己的“罪行”。比如台谏官周秩、张商英、上官均早先曾经写诗赞美过吕公著，现在他们毅然砸碎司马光和吕公著的纪念碑来表明他们的心迹。周秩还做得更绝一些，因为他曾经建议皇上追谥司马光号为“文正”，现在真是悔之莫及，便扒了司马光的坟对其鞭尸！这一幕，不仅旧派人物看得心寒不已，新党官员也是看得目瞪口呆——见过狠的，没见过这么狠的；见过没底线的，没见过这么没底线的；见过不要脸的，没见过这么不要脸的。

轰轰烈烈的改革就这样成了轰轰烈烈的党争。改革无人过问，人人想着陈年旧账，章惇的后背上便凝聚了哲宗不少幽怨甚至愤怒的目光。

就在此时，一次意外的胜利冲淡了党争带来的烦恼，哲宗对西夏用兵取得了一次小小的胜利，章惇借机将此次胜利往《保甲法》上引，称只有坚持改革，大宋才能国富民强。哲宗也兴奋，觉得要改革，到底少不了这个人。他对章惇是又拍又拉，诚恳地希望他戒除党争，专心改革。章惇心里也认为党争搞到这个地步，可以告一段落，接下来是该好好改革了。

但是人世间的事，意外是经常会发生的。

有意外的胜利就有意外的死亡。

公元 1100 年的正月十二，年仅 24 岁的哲宗皇帝意外得病并迅速死亡。章惇心里"咯噔"一下，觉得天要塌了。

天确实要塌了。在这样的时代，一个皇帝的存在与否直接决定了臣子们的生死荣辱。所谓一朝天子一朝臣，章惇太明白这里面的利害关系了。

皇太后向氏哭得很伤心。因为哲宗无后（曾经有过一个皇子但是夭折了），北宋王朝皇位接班人的问题让这位皇太后很是头疼。她找来章惇和曾布，一起讨论这个问题。向氏先提了一个人选：神宗十一子端王赵佶。皇太后向氏其实没有什么政治企图，她也不了解改革与否对目前的北宋政局意味着什么，她只知道赵佶有三个优点：一、孝顺；二、性格温顺；三、能书善画，多才多艺。作为一个让人放心的皇帝，向氏认为端王赵佶是可以胜任的。

但是章惇不放心。他何止不放心，简直感到揪心——艺术家赵佶一旦做了皇帝，改革毫无疑问要叫停。旧派人物将重新得势，新党成员包括他章惇将会死得很惨。想到这里，章惇对皇太后向氏说："端王轻佻，不可以君天下！"

章惇说这话时的身份是当朝宰相，说这话时的口气是急迫而不容置疑的。这让皇太后体会到了一种压迫感，她的眼泪突然就下来了，在一旁的曾布何等机灵，马上呵斥："章惇听太后处分！"

章惇无奈，只得跪倒在地，一切听凭这个看上去有些苍老的女人处分。章惇很清楚，他的命运其实在这一刻被彻底改变了。因为用不了一个时辰，未来的皇帝赵佶将会一字不差地听到章惇对他所做出的评价，他会怎么样呢？恼羞成怒或故作宽宏大量地一笑了之，都有可能。但有一点可以肯定，在将来的某一刻，皇上会随便找个借口把他赶出朝廷，章惇很清楚这就是他今后的命运。所谓"祸从口出"讲的就是这个道理……

但是不"祸从口出"又能怎么样？在这样的一个时代，人人都为鱼肉，只有宿命是刀俎，逃是逃不掉的。

章惇心如死灰。

五

章惇心如死灰的时候，曾布却在体会"福从口出"的幸福感。

一个人会说话不在于他滔滔不绝、口若悬河，而在于最关键的时刻说最恰当的话。"章惇听太后处分"虽然只有短短的七个字，但毫无疑问，它是曾布这一辈子说的最有价值的话。只要赵佶不出意外走马上任做皇帝，他就不可能不记得章惇在太后面前说的这句话。

曾布说这句话时已经做好彻底和章惇决裂的心理准备。虽然他们曾经同为王安石改革集团成员，但是世易时移，现如今一切都已是冰火两重天了。

和章惇一样，曾经在王安石改革集团混饭吃的曾布也是几经沉浮。在被神宗开了之后曾布流落江湖好多年，一直以吃饱饭为自己最高的人生追求。司马光上台时，曾经有一个机会无限接近他——司马光要曾布修改《免役法》，以此作为他重回中央工作的一个先决条件。但是曾布拒绝了，因为曾布明白一个人生道理，出来混，是需要一块招牌的，他曾布身上的招牌就是改革先驱，这样一块招牌就像人身上的胎记一样，是不可以随意涂抹的。曾布相信，只要愿意等，人人都可以迎来时来运转的那一天。

但是曾布没有想到，时来运转有时候并不代表功德圆满，因为每个人身上的招牌有大有小，时来运转的时候上天并不眷顾每一个可怜虫。以他和章惇为例，当哲宗亲政时，这两个当年的改革风云人物中受到重用的只是章惇，而他曾布虽然回到中央，却因人微言轻总被冷落在一边。章惇动辄以王安石改革理论的正统继承人自居，全面指导绍圣时代的改革大计，曾布翻身的希望是越来越渺茫了。

这就是命运！或者命左运右，或者命右运左，总是合不到一个拍子上。

曾布也曾经抗争过。在哲宗生命的最后几年，章惇的势力如日中天，曾布愤而上疏："自辅弼之臣到台谏之官，只知畏宰相，不知畏陛下。"宰相是谁，当然是章惇。曾布的意思是人人都怕章惇这个宰相却不怕皇上，皇上难道就不在乎君权旁落吗?!

但是哲宗默然不语。也许是曾布人微言轻，也许是哲宗无可奈何，曾布的弹劾如泥牛入海，没有半点回音。

曾布绝望地以为，人生就这个样子了，世事就这个样子了，一个王朝的命运走向也就这个样子了——直到哲宗突然去世，一个新机会触目惊心地出现在眼前。

曾布当然狠狠地抓住了这个机会，狠狠地抓住了端王赵佶那并不粗壮的大腿。曾布明白，这个风流才子的大腿很有可能是他生命中能抓到的最后的大腿了，而他曾布则借此迎来这一生中最辉煌的一次时来运转。

曾布猜得没错，已然成了宋徽宗的赵佶没有忘记他在最关键的时刻说的那句最有价值的话，曾布被任命为尚书左仆射兼门下中书侍郎，而章惇则被赶出了朝廷。随后章惇的左右手蔡卞、蔡京也被扫地出门。

一朝天子一朝臣啊！曾布颇有成就感地感慨万千。

其实，就像曾布不是吃素的一样，蔡京也不是吃素的。

蔡京的一生没有别的专长，只有一样本事：在任何朝代，只要没把他打死，他绝对会东山再起。

蔡京能做到永立潮头风骚常在。在王安石变法期间，他是新党成员之一；在司马光执政时，作为开封府知事的他又率先响应朝廷废除新政、恢复旧法的号召。即便要废除当时争议最大的《免役法》，他也是毫不犹豫地执行；哲宗亲政时，他又依靠弟弟蔡卞的关系，成为章惇新党的重要成员。

现如今，他被朝廷扫地出门，闲居杭州，但几乎所有人都相信，这小子肯定会东山再起。

蔡京也相信自己可以东山再起。

因为他画画得好，字写得好。

在这个世界上，画画得好，字写得好的人很多，但是很少有人好到蔡京这个程度——蔡京写的字和王羲之有得一拼，是当时数一数二的书法家。

而徽宗和蔡京有着同样的爱好。只要机缘巧合，蔡京相信自己会再入徽宗圣眼。

机缘很快就来了。

1101 年，一个叫童贯的首席宦官来到江南为徽宗寻访古字画，在杭州逗留一个月。这一个月时间被蔡京牢牢地抓在手里，成为他人生利益最大化的窗口期。一个月后，童贯成了蔡京的莫逆之交，他的手里捧着蔡京提供的大量古字画，一脸表功地跪在徽宗面前。

他是为蔡京表功，徽宗终于心软，为了艺术放弃政见的不同，诏回蔡京。

重回京城只是蔡京在徽宗时代仕宦生涯的第一步，以后的道路更长，任务更艰巨。

因为摆在蔡京面前的政局显得有些乱——同为宰相的曾布和韩忠彦正斗得热火朝天。关键时刻，蔡京向曾布表示，愿效犬马之劳。

曾布动心了。曾布之所以会动心那是因为看到了蔡京的价值——他现在可是徽宗的红人。如果蔡、曾联手，天下应该没有什么人可以为敌。曾布于是举荐蔡京为翰林学士，授尚书左丞。

但是曾布的弟弟曾肇却看到了一种危险的存在。他提醒哥哥要注意农夫与蛇的故事，而蔡京正是那条阴险的蛇——小心蛇咬人！曾肇几乎要呐喊出来。可曾布却心存侥幸。他虽然知道蛇肯定是要咬人的，但他也确信自己在徽宗眼中的价值——他曾经说过的那句最重要的话必将成为他的救命稻草。

几个月后，谜底揭晓。韩忠彦在蔡、曾的联手打击下回了老家，曾布却被莫名其妙地出知润州，从此远离权力中枢；而蔡京官拜尚书右仆射兼中书侍郎，成为权倾一时的宰相。曾布明白，自己还是被蛇咬了，他曾经说过的那句最重要的话不再起作用，现在起作用的是徽宗喜欢的古字画。从此以后，组建了一百六十多年的北宋将成为两个艺术家的狂欢乐园，一个王朝最后的盛宴已然开始，人人怀抱饕餮的理想，唯恐落后于他人。坐在主宾席上的，只能是徽宗和蔡京，而他曾布，怕是再没机会重返盛宴了。

不是没雄心，也不是没耐心，而是这个王朝再也不可能时来运转了。北宋政坛资深观察家曾布对这一点看得很清楚。

六

曾布走后，蔡京却摩拳擦掌要改革了。

作为一个没有底线的人，蔡京其实做任何事都是有可能的。

有些人是有所为，有所不为。蔡京是无所不为。只有如此，蔡京才能成为北宋政坛常青树。蔡京以改革先驱自居，继续落实《方田均税法》和《免役法》的实施，于不知不觉间将王安石时代的改革理论做了全面的阉割和置换。比如蔡京的做法是默许大地主的土地以多报少，从而将赋税转移给底层民众。还有规定豪户可以免出免役钱，这样一来底层民众所要承担的各项钱款竟是元丰时期的八倍以上。蔡京的伪改革直接把北宋王朝逼入死胡同，一个著名的词语"逼上梁山"成为那个时代弱势群体普遍的社会流行心理。

但是蔡京并没有善罢甘休。社会越不稳定，蔡京越以为是改革不彻底所致。他仿佛看到一个幽灵在四处游荡——那是以司马光为首的"元祐君子"的鬼魂在作祟啊，蔡京决定进行反击，对"元祐君子"来个总鞭尸。包括司马光、文彦博、吕公著在内的一百二十多名元祐时代的保守分子被鞭了尸。但很显然，蔡京意犹未尽，他接下来将章惇等人鞭尸。这样被蔡京鞭尸的人员前后共达三百九十多人，至此，蔡京的行为艺术才告一段落。

不过，徽宗对蔡京的行为艺术是不以为然的。他是个有洁癖的人，喜欢高雅艺术，喜欢寄情山水，不喜欢鞭尸。他对蔡京的变态行为真是不能理解，但他也明白，搞艺术的人总有一些怪癖，蔡京不鞭尸那就说明他不是真正的艺术家，如果真是这样，皇帝艺术家徽宗是绝不会重用他的。好在蔡京终于鞭了尸，并且将行为艺术与政治行为完美结合，这样的人，用着才放心。徽宗觉得用蔡京是用对人了。

蔡京对徽宗的艺术感受是了如指掌的。徽宗喜爱花石，可天下太大，他虽贵为天子，却不知道到哪里去找，这种痛苦，蔡京几乎可以想见。蔡京也痛苦了，这是一个艺术家对另一个艺术家的惺惺相惜。蔡京发誓，一定要不惜一切代价为徽宗找来天下最精美的花石。于是一场轰轰烈烈的"花石纲之役"打响了。这是一场真正的战争，指挥所设在"苏杭奉应局"，战场在淮河和汴河两岸，投入的人员达上百万，前后相接的船队长达千里，战争总费用达数百万两白银，战利品是花石，受益人是徽宗。

花石运回来了，为了使其成为真正的艺术品，蔡京任命童贯为工程监理，自己为艺术总监，为徽宗开建延福宫。延福宫美轮美奂，宛如仙境，但是徽宗却不满意，认为它缺乏人间烟火气。徽宗愿意永留人间。这样的心思，被蔡京捕捉到之后，蔡京又建造了万岁山工程，这万岁山充分表现了一个艺术家的浪漫主义遐想，高起点、高标准、高投入，比很多年后的颐和园还要上档次，徽宗非常满意，对蔡京的办事能力更加放心了。

但是徽宗不知道，万岁山已然成了这个王朝最后的大工程，一个王朝百多年来的积蓄已经被挥霍一空，帝国命悬一线，再也经不起任何的风吹草动。而此时，在遥远的江南，种树专业户方腊开始蠢蠢欲动，因为他的生存底线被突破了。

方腊是种漆树的。如果仔细考察他的林场的话，应该是在今天浙江省建德市附近。那个地方一向气候温和、雨水充沛，是种漆树的理想之地。

但理想之地遭遇非理想年代时，方腊的命运就会变得坎坷起来。苏杭奉应局的老大朱勔老是过来找碴，动不动就让方腊交这个费那个费的，搞得方腊和其他一些种植大户活不下去了，只好横下一条心来造反。

光脚不怕穿鞋的，方腊的造反事业很快有了起色。几万农民军轰轰烈烈地占领了富阳、杭州等地，杭州太守赵霆吓得弃城逃跑，其他的省级官员也跑的跑，死的死，浙江的局面乱成一团。几个月后，方腊惊奇地发现，他所率领的队伍竟占领了六个州、五十二个县，几乎可以成立一个小朝廷了。

方腊起事，北宋官员有惊慌失措的，也有痛心疾首的。御史中丞陈过庭上奏说："致寇者蔡京，养寇者王黼，窜二人，则寇自平。又朱勔父子，本刑余小人，交结权近，窃取名器，罪恶盈积，宜昭正典刑，以谢天下。"陈过庭话说得慷慨激昂，不过他也为这慷慨激昂付出了沉重的代价，被贬的不是蔡京、王黼等人，而是他自己。因为他不是艺术家，不懂得艺术家之间的惺惺相惜。徽宗和蔡京此后举全国之力，恶狠狠地镇压了方腊兵团。史载：在长达八个月的军事行动中，官民死亡人数达到了两百多万，北宋的国力大幅下降。

七

北宋国力在大幅下降的时候，金的国力在大幅上升。

金在辽的东北部，首领是一个叫阿骨打的人。阿骨打从小相信一个道理：人生是打出来的，天下也是打出来的。

因为辽国紧挨着金，阿骨打就先试着打它。

当然，在徽宗眼里，阿骨打这是在找死。因为辽国太强大了，强大到令大宋闻风丧胆——因为从宋太宗到宋仁宗，这个国家的军队对它征战是屡战屡败。实在是被打怕了。

但这一次，徽宗的嘴巴张大了。因为他看到了一个奇迹的诞生：金打败了大辽。辽国的东京、上京、中京纷纷被金占领。金国军团以迅雷不及掩耳盗铃之势在辽国的土地上攻城略地。

徽宗不得不相信这样一个道理：一个更厉害的角儿诞生了并在

笑傲江湖。

那么接下来，一个可怕的问题就摆在了他的面前：金国的胃口究竟有多大？在吃掉辽国之后，会不会一举吃掉大宋？

徽宗不敢肯定也不敢否定，他只有辗转反侧。当然辗转反侧并不代表这个浪漫的皇帝有多爱国，而是表明他开始为自己的皇位而担忧。

有了皇位才有一切，没有皇位什么狗屁艺术都将随风而逝。徽宗非常深刻地明白这个朴素的道理。

为了稳固皇位，为了艺术永世长存，必须想出一个阻止金国进入大宋国土的办法。

徽宗很快就想出来了。

因为他是艺术家。艺术家经常匪夷所思，艺术家经常第三只眼看问题想问题，经常会在死胡同里找出走出去的法子——徽宗想到的就是这样的法子。

具体地说：就是与金国结盟，南北夹击，联金灭辽。徽宗对蔡京说，我们要派使者到金国去，要充分展示本朝对金国的诚意，要让大宋和大金世世代代友好下去，同时要劝说金国接受我们共同作战的建议。风险共担，利益共享。只有这样，我们才是安全的。

蔡京跪倒在地，觉得这个艺术家皇帝真是富有想象力。

徽宗的异想天开加上蔡京的推波助澜，使得这场与虎谋皮的跨国军事行动顺理成章地展开了。使臣赵良嗣来到金国，代表大宋朝与金国政府共商灭辽大计。金国原则上同意两国共灭辽国后，燕云十六州归宋，其余部分归金国所有。"喜讯"传来，徽宗兴奋不已。一个百年来一直在辽国不平等条约下蒙羞讨生活的国度似乎一夜之间要翻身做主人，这让徽宗在惊喜之余不得不重新审视自己。他发现，多年来，自己可能把自己低估了——敢情我不仅是杰出的艺术家，也是杰出的政治家和军事家啊！徽宗觉得自己真是不容易。

南北夹击行动开始了。辽国很快崩溃，天祚帝仓皇西逃蒙古，只留下亲王耶律淳守燕京。不久，耶律淳因病去世，辽国群龙无首，徽宗一下子感觉到千载难逢的时机就在眼前。他命童贯为统帅，率领十五万精兵，杀气腾腾地直扑燕京。与此同时，徽宗和蔡京开始忙活盛大的庆功典礼。他们预计，胜利就像女人生孩子一样，是天经地义要到来的。

但是他们失望了。大宋十五万精兵在与辽国残兵败将的终极PK中竟败下阵来，几乎溃不成军，还好金国的大部队及时赶到，十五万精兵才没有全军覆没——大宋好歹保存了最后的面子。不过到最后，大宋也为这面子付出了沉重的代价。因为经此一役，金国无意间窥探到了大宋的外强中干，他们突然只肯同意归还燕京及其他六州，而不是事先约好的十六州。同时他们还规定，燕京是租给宋的，每年租金六百万；以前宋给辽的岁币今后一律转给大金，不得短少。

徽宗突然间明白了一个词——与虎谋皮。什么叫与虎谋皮？这就叫与虎谋皮！赶走了一只狼，却引来一只虎，大宋朝岌岌可危了。但徽宗并没有检讨自己当初的失策，而是怀疑王安石改革的成果——这样的改革究竟给大宋带来了什么？是国力增强了还是军队战斗力提高了？十五万精兵打不过辽国的残兵败将，耻辱啊……都是改革惹的祸。改革真是越改越乱！越改越把一个百年大朝往绝路上推！王安石是罪魁祸首罪魁祸首啊……躺在万岁山的行宫里，徽宗真是忧伤不已。这也许是一个艺术家第一次为政治感到忧伤，但他很快又振作起来，为燕京及其他六州的回归祖国向大宋朝野发表重要讲话。因为徽宗明白，这是个需要凝聚人气的朝代，这样的时刻，他是不可以忧伤的。

绝对不可以。

八

徽宗宣和五年，一件大事突然发生。

这件大事虽然发生在金国，却深刻地影响了宋朝的命运。

原来金国死人了。

金国死人并不可怕，但这一回金国死的不是别人，而是金太祖，当年的那个阿骨打。

举国国丧。这是金国的非常时期，一些人开始浑水摸鱼。比如原辽国降将突然纷纷离开金国前来投奔大宋。

这让徽宗感觉自己接了个烫手的山芋：接纳还是不接纳，这是个问题。

一个大问题。

一个关系到宋金两国邦交的大问题。

甚至是一个关系到大宋生死存亡的大问题。

但没等徽宗想明白，金国军团已经扑过来了。一夜之间攻占了燕京和太原，其前锋部队离大宋首都汴京只有短短的十天路程。

这下徽宗想明白了：一切都是事先设计好的阴谋，这是一个国家对另一个国家的阴谋，那些前来投奔大宋的降将只是阴谋的组成部分。但是徽宗想明白了也没用。因为这个时代是实力说话的时代，阴谋是不受谴责的。

徽宗落泪了。他边落泪边写《罪已诏》，同时派了求和使火速前往敌营求和。这大概是艺术家皇帝徽宗当前所能做的唯一一件事了。但是金国的统帅们不置可否。他们看上去意在汴京。

太常少卿李纲这时候站了出来。李纲建议："只有今上引咎禅位，才能使天下克济赴难。"徽宗犹豫不决——说实话这个皇位他真没坐够，但是形势比人强，金国军团已经渡过黄河，直往汴京而来，如果再赖在这个位置上，怕是到时会死得很惨……

徽宗决定退位，含泪决定退位。当然为了把位退得体面一些，他还是使用了一点技巧。徽宗在朝堂上一番慷慨激昂后突然做中风状，半边身子一软随后被几个宦官抬了出去。一同被抬出去的还有属于他的那个时代。宋钦宗赵桓闪电登场。北宋王朝就此迎来它的末代皇帝。而这个时候，离公元1126年农历新年的到来只有短短六天时间了。

宋钦宗在新年元旦这一天无限感伤地将这一年命名为"靖康元年"。接下去的岁月里，包括蔡京、童贯、王黼等人在内的徽宗时代的重臣遭到了清洗，他们甚至没能保住自己的性命。特别是蔡京之死在当时的朝野引起极大的震动，蔡京前后为相十九年，却一朝死于新君之手，宋钦宗顿时为他的靖康朝博得了很多印象分。也正因为如此，一个王朝最后的一点血性被调动了起来，来自全国各地的近二十万勤王师会集首都，准备和围攻于此的六万金兵一决雌雄。

但是关键时刻，宋钦宗却软了下来。他和金国达成协议：割中山、太原、河间三城；赔黄金 500 万两、白银 5000 万两以及其他财宝无数；将皇子肃王（宋钦宗弟）押为金国人质，以换取金的退兵。金国还要求北宋解散军队，不得再行抵抗。宋钦宗便下令解散近二十万勤王师。

宋钦宗此举立刻让北宋人民大失所望，李纲等官员也是怒火中烧。他没想到自己冒死迎立的新君竟也是软弱无能之辈，便与种师道一起，强烈呼吁宋钦宗要以家国为念，誓死捍卫大宋河山。说到底宋钦宗还是年轻，在李纲等的一再相激下，也觉得自己确实窝囊透顶。于是他很快改变主意，要和金国对着干一场。

李纲等人献计：暂缓割中山、太原、河间三城，召回已经解散的勤王师，同时暗中联络西夏，图谋共同对付金国。宋钦宗决定就按这个套路去走。他突然觉得自己很伟大，很有挽狂澜于既倒的感觉。

但这种感觉很快就消失了。因为金国发现了他的蠢蠢欲动——宋钦宗派到西夏去送密书的特使被金国截获，金太宗龙颜大怒，决定好好教训一下这个自以为是的皇帝。金国又出兵了，等钦宗一夜醒来时，他发现这个国家的首都又被金国军团围得水泄不通。

宋钦宗突然感觉自己上当了——上了李纲的当，他一边将李纲罢知扬州，一边只得再次要求和为贵，但这一次，和平的代价却是高昂得吓人：金太宗要求以黄河为界，分南宋和北金。同时徽、钦二帝必须废为庶人。宋钦宗身边此时已没有多少勤王兵，只得按照金太宗的要求，命令黄河以北州县"仰开城门，归于大金"。但是他的圣旨遭到了两河百姓的抵抗，金国接收国土的工作显得举步维艰。金国统帅恼羞成怒之下要求宋钦宗再下圣旨，宋钦宗发出一声叹息并双膝下跪：这样的时候，这样的朝廷，还有什么圣旨是有用的吗?！随后，徽、钦二帝被掳掠北上，在北国的一个偏僻小镇五国城过完了他们的下半生。

　　毫无疑问，宋钦宗发出的一声叹息是历史的叹息，他以九五之躯下跪更是一个王朝的屈辱一跪，可以说无论是从精神气质还是外在形式上，北宋王朝都已经寿终正寝了；与此同时，由钦宗弟弟康王赵构揭幕的南宋朝则在遥远的江南临安惊魂未定地开始了它的悲情出演。

　　一个新的轮回就这样到来了……

崇祯的努力与失败

历史的发展路径其实是由一系列拐点连接而成的曲线图。明末，崇祯皇帝试图励精图治，以挽危局，却在继位后短短 17 年断送江山，中国在资产阶级生产方式初步萌芽的时候不得不改朝换代，稳坐江山的清廷邯郸学步，继承并巩固了汉王朝封建专制的衣钵，从而导致共和政体在中国的实现延宕了三百多年——在这个意义上看明帝国的猝死，实有深意存焉。

不妨话说从头，看一下崇祯的努力与失败。

天启七年（1627 年）十月二十七日，贡生钱嘉征上疏揭露魏忠贤十罪，其中最重要的有三条：一、并帝。魏忠贤与先帝相提并论，"奉谕旨，必云朕与厂臣"，钱嘉征质问历史上"从来有此奏体乎？"二、蔑后。魏忠贤蔑视皇后，并试图置其于死地。三、弄兵。魏操刀于禁苑之中，玩的就是武力威胁。崇祯皇帝接到这封奏疏时，年仅十七岁，即位才两个月，而魏忠贤把持权柄多年，试图问鼎最高权力。

但是崇祯皇帝在这个时刻显示了他的谋略。他召来魏忠贤，令内侍读钱嘉征疏。一条一条读得慢条斯理却又暗藏杀机，由此历史进入拐点时刻——魏忠贤害怕了。他以重金贿赂太监徐应元，请他

96

在崇祯面前为自己求情。崇祯斥责徐应元多管闲事，并且在十一月初一日下令将魏忠贤安置在凤阳，三天后，皇帝发出逮捕令，要将已经上路的魏忠贤逮治。已经走到阜城的魏忠贤畏罪自杀，崇祯"诏磔其尸，悬首河间"，在政治学和生物学上彻底完结魏忠贤这个人或者说社会符号。另外魏忠贤的侄子魏良卿也被处死。崇祯在这件事上显示了与其兄弟熹宗不一样的人生态度和处世哲学。此前，熹宗临死前曾评价魏忠贤"忠诚"，并嘱托朱由检要善待之，但朱由检却杀伐决断，不愿在旧秩序里苟且偷生——一个王朝命运突围者的形象可以说呼之欲出了。

应该承认，崇祯帝朱由检最初的突围形象堪称完美。他在逮治魏忠贤的手段和策略上从容不迫、游刃有余，显示了与其年龄极不相称的老到成熟；并且在后续动作上，崇祯也有成熟设计——这是一个为意欲重生的帝国开山劈路的设计，里面包含了皇帝的雄心与渴望。天启七年（1627 年）十二月二十三日，崇祯开始打击魏忠贤团伙。崇祯帝下诏："天下所建魏忠贤逆祠，悉行拆毁变价。"包括"五虎""五彪"在内的魏忠贤集团骨干分子受到惩处。这个历时一年多的打击行动由崇祯亲任总指挥，并最后裁定。处罚结果毫无疑问是严厉的或者说毁灭性的：魏忠贤反革命团伙中魏忠贤、客氏二人磔死（凌迟处死）。崔呈秀等以"首逆同谋"罪立斩；刘志选等以"交结近侍"罪问斩，判秋后处决；魏广微等十一人与魏志德等三十五人，全都充军，罪名是"谄附拥戴"，太监李实等以"交结近侍又次等"罪，判充军；顾秉谦等一百二十九人以"交结近侍减等"罪，判处有期徒刑三年；黄立极等四十四人被开除公职，永不叙用。这样在《魏忠贤钦定逆案》中，共有二百六十余人受到处置，与主审官、阁臣韩爌最初试图以四五十人结案的判决设计不可同日而语。崇祯大开大合的处事作风在"诏定逆案"中鲜明地体现了出来。与此同时，他又开展拨乱反正工作，将天启年间被魏忠贤压制的官员解放出来，让他们重新走上工作岗位，比如重新起用袁崇焕等；为遭受魏忠贤陷害、含冤去世的老臣恢复名誉，比如赠予已故官员杨涟太子太保、兵部尚书，左光斗右都御史，魏大中、周顺昌太常卿等官衔。虽说这些恤赠都是些死后清誉，却也表达了皇帝与旧时代一刀两断的坚强决心。这个时候的崇祯，事实上是与时间赛跑——帝国沉疴遍身，他愿意做减负者和治疗师。崇祯或许相信，帝国应该还有救，因为他在发力，全身心地投入，以牺牲者的虔诚或者说奉献，来换取帝国触底反弹的机会和可能。

接下来无数的事实证明，崇祯皇帝是努力想成为一个有为之君的。在一份崇祯二年（1629 年）的京官考察记录上，我们分明可以窥测皇帝对政事孜孜以求、力求完美的心态："（该年）素行不谨冠带闲住者一百人，泄露降一级调外任者四十六人，才力不及降一级调外用者十七人，贪酷革职者八人，罢软无为冠带闲住者三人。"崇祯帝对百官分别对待、一丝不苟的心态与万历以来那些对官员采取无为而治政策的君主们形成鲜明差别。崇祯十二年（1639 年），因清军入塞导致帝国失陷城镇达六十余处。崇祯震怒异常，一口气处死了包括蓟镇总监中官郑希诏、分监中官孙茂霖、顺天巡抚陈祖苞、保定巡抚张其平、山东巡抚颜继祖、蓟镇总兵吴国俊、陈国威、山东巡抚倪宠、援剿总兵祖宽、李重镇等在内的三十六名责任官员。皇帝孜孜以求治，为帝国安危辛勤操劳的心态在这一事件中展露无遗。

但很可惜，明帝国的崩溃之旅并不以皇帝的努力而改变路径。早在崇祯八年（1635年），高迎祥、李自成、张献忠等就率领农民军攻陷明中都凤阳，烧了龙兴寺，捣了皇帝的祖坟。崇祯九年（1636年）四月十一日，后金国汗皇太极称帝，改元崇德——作为帝国的异数，它鲜明而强悍地存在，时刻威胁明帝国的国家安全。同年，清兵入喜峰口，入昌平，攻顺义，京师再次宣布戒严。崇祯十年（1637年），明帝国的属国朝鲜降清，标志着天下权力秩序发生严重变动，帝国权威受到强力挑战，这是明建国两百多年来从未发生过的事。崇祯十一年（1638年），京城西直门内安民厂发生火药爆炸。方圆十数里内房屋尽皆震塌，居民死伤万余人。这一酷似天启六年（1626年）发生的王恭厂大爆炸事件仿佛末世预警，很有震撼人心的意味。安民厂大爆炸后一百天，清兵入塞，开始了对明帝国长达半年时间的大扫荡。而这又是比火药爆炸更加震撼人心的政治事件，帝国的脆弱在这个年头一览无遗。九月二十四日，京师戒严。随后清军分八路南下，深入中原腹地二千里，俘获人口近五十万、黄金四千余两、白银近百万两。清军这场持续到崇祯十二年三月的军事行动是五年后他们入关的总预演，昭示帝国的覆亡已无任何悬念。崇祯十二年（1639年）正月，目睹国事艰难，翰林院修撰吴伟业忍不住感时伤怀，他上奏崇祯说："今日阽危至极，皇上当下哀痛之诏，悯人罪己，思咎惧灾……"吴伟业如是用语，仿佛从帝国内部发出预警——王朝大去之期不远矣。崇祯十五年

（1642年），两个人的降清加剧了局势的恶化。一个是祖大寿，另一个是洪承畴。这两个帝国抗清的标志性人物在这一年做出的令世人震惊的政治抉择，说明世道人心的改变已是不可遏止的潮流——人人裹挟其中，不进则退，不生则死。这一年，清兵再次入塞，连下八十八城。帝国几无抵抗能力，鲁王朱以派自杀殉国。崇祯十六年（1643年）五月初七日，崇祯帝在召巡抚保定右金都御史徐标入京奏对时潸然泪下。因为徐标向他描述的一幅世纪末情景实在是不忍耳闻："臣自江淮来数千里，见城陷处固荡然一空，即有完城，亦仅余四壁城隍。物力已尽，蹂躏无余，蓬蒿满路，鸡犬无音，曾未遇一耕者，成何世界！皇上无几人民，无几土地，如何致治？"崇祯听了，泪如雨下、心如刀割。此时，离大明王朝的最后覆灭只剩下短短不到一年时间。而李自成和张献忠在这一年分别建立政权，他们与辽东的后金遥相呼应，准备完成对明帝国的最后一击。这一年，崇祯皇帝做的一件令人印象深刻的事是向李自成、张献忠二人发出悬赏令，所谓立"赏格"，规定："购李自成万金，爵通候；购张献忠五千金，官极品。"这道悬赏令是皇帝六月十五日对外发布的，这个夏天，帝国闷热异常，是崇祯即位以来最热的一个夏天，但也是他生命中最后一个夏天。

因为他再也看不到崇祯十七年夏天的太阳了——崇祯十七年春天，皇帝吊死在煤山的一棵歪脖子树上，江山易主。

可以说从崇祯元年（1628年）开始，在接下来十七年的时间长度里，崇祯皇帝悲欣交集地完成了大明王朝最后的收官动作。这实际上是没有多少悬念的旅途。因为作为两百多年来，朱元璋制度设计的实践者和破坏者，朱的子孙们演绎了种种可能性和不可能性，当所有风景看遍、激情耗尽之时，帝国的宿命也就呼之欲出了——这不是崇祯一个人可以力挽狂澜的。历史大命运走到了拐点上。

顺治：在满汉文明的夹缝中

　　顺治元年（1644 年）四月三十日，在武英殿举行过登极大典的李自成带着一颗惆怅的心离开了这座他来了就不想走的城市——京师。形势比人强。他的身后，年方 7 岁的顺治帝福临站在了这座城市里，站在了皇宫面前。毫无疑问，紫禁城以它的威严和形式感传达了汉文化的先进和傲慢。虽然，它最精华的部分皇极殿在战火中被焚毁了，可这座皇宫的气质还在。顺治帝福临置身其间，先在行殿换上了皇帝礼服，然后由百官做先导，从永定门经正阳门、大明门、承天门进入皇宫武英殿，正式举行登极大典。

　　应该说这是大清王朝的第一次，此后差不多两百七十年时间里，这样的仪式重复了十多次。必须要说明的一点，这是个山寨版的登极大典，是由原崇祯朝的礼部官员仿照明代皇帝登极礼而制定的。在这个意义上说，大清虽然在军事上征服了大明，可在文化层面上，它却不可能征服。作为游牧民族，清国连皇帝的称谓都没有，何来登极大典之类的礼仪呢？所以在文明的交锋中，汉文化毫无疑问显示了它的锋利和有容乃大。

　　而学习，则成了顺治帝福临抵达汉文明的原动力。在接下来的时间里，少年皇帝福临成了一个爱学习的孩子，他通读了《春秋》

《左传》《史记》《资治通鉴》等汉文化的经典著作，并渐渐有了汉人思维。比如有一次他看《明孝宗实录》，就学以致用，召用了尚书梁清标等人进宫做自己的政治顾问。当然，宴会也是经常举办的，顺治帝福临的宴会是个读书会，他不定期地将学士翰林们邀集到一起，谈古论今，讲古今帝王治世之方，修身之道。如此，顺治的行政文明很快就抵达了一个新的高度。

在对汉文明的吸纳过程中，顺治发现科举制真是个好东西。天下人才，尽在一张纸中。由此，在顺治朝，内院的翰林科道臣中有许多新进之士都是他通过科举选拔出来的。此外，顺治十七年（1660年），顺治帝还将翻译成满文的《三国志》分发给满族高级干部们阅读，以从中汲取汉文明的智慧。

但事实上，顺治对满文也没有偏废。两种文明的融合于他而言可能是最理想的状态。据《清世祖实录》卷一〇一记载：顺治十三年（1656年）闰五月初八，顺治在宫中亲自主持考试考核那些学习满文的翰林官员。这是一次有趣的考试，当然对某些人来说心情不是太好。比如白乃贞，这个翰林官员因为记性不好，以前已经学会的满文此番又记不起来了。他所得到的惩罚是停发工资（停俸），再学三年。当然他不是最惨的，最惨的有两人，李昌垣和郭棻。这两个翰林官员大概是得了满文恐惧症，将所习满文忘得个一干二净，结果得了零分。顺治帝给他们的惩罚是降三级调外用，罚俸一年。顺治在考试后还发表了重要讲话，谆谆教导各位翰林官要"兼习满汉文字，以俟将来大用，期待甚殷……俱当精勤策励，无负朕倦倦作养，谆谆教诲至意"。

在这一年里，顺治还做出了一个重大调整：统一满汉文武官员的年薪。在此之前，同品级的满汉官员年薪并不一致，满族官员的要高一些。顺治此举可以说是在经济行为上向汉文明致敬。尊重，有时是要物化和量化的。

文明无极限。在向汉文明致敬之后，顺治又向西洋文明表达了善意。

因为出现了一个人——汤若望。

汤若望其实 20 多年前就出现在北京。这个德国传教士在明天启三年也就是公元 1623 年受耶稣会派遣来到北京，试图传播西洋文明。事实上他的努力得到了某种程度的承认和接纳。当他将一些数理天算书籍以及类似天文望远镜的仪器推销给大明王朝时，起码有两个人表示出了兴趣。户部尚书张问达和大名鼎鼎的科学家徐光启。毫无疑问，这是汉文明对西洋文明做出的一种回应和探究。尽管还谈不到融合的层面，但自此，汤若望的工作变得有意义起来。他甚至得到了政府层面的承认。崇祯皇帝就公开表扬他"深知西洋之密"，令他为大明朝编修历书，甚至还邀请他督造火炮，将西洋火炮技术洋为中用。汤若望当然乐于充当文明的使者。他写出《火攻军要》一书，详细论述了西洋火炮技术，第一次将西洋军事文明引进中国。

但是很快，汤若望就发现文明的融合不是一帆风顺的。因为改朝换代了。多尔衮和他的部队以军马和战刀收拾了看上去有些文弱的崇祯王朝。清军入京了，汤若望不知道自己还能不能再待下去——多尔衮一纸命令下来，要实行旗民分治政策。这样，像汤若望这样的非旗人就得搬出北京城去。

汤若望最终留在了京城里，多尔衮也许是生了怜悯之心，让他和他的那些书籍、仪器不再四处颠簸、流离失所。就这样西洋文明继续在北京留存。汤若望愉快地发现，新王朝对西洋文明依旧表达了善意。顺治二年，他为清廷修订的历法《时宪历》在全国颁行；同年十一月，他被任命为大清朝钦天监监正，这个朝廷命官接下来以太常侍少卿的身份在大清王朝坚强而合法地存在。

而顺治对西洋文明的致敬在汤若望身上得到了充分的体现。他称呼这个有些年长的中国通为"玛法"，这是爷爷的意思。与此同时，顺治对天文学表达出了浓厚的兴趣。他关心日食和月食的形成，对彗星和流星的关系刨根问底，甚至天文望远镜成了他的新玩具。所有这些学问，是满汉文明里都不曾有的。这个十几岁的少年由此成了汤若望的粉丝，对其佩服得如滔滔江水绵绵不绝。他特许汤若望可以随时随地出入宫禁，想见他就见他，因为他自己就时刻想跟这个似乎无所不知的人待在一起。

在顺治十四年（1657 年）以前，顺治一度想加入天主教。只是身为一个皇帝，不可能做到如此决绝，最后只得作罢。但终汤若望一生，顺治帝对他一直恩宠有加。顺治十一年（1654 年）八月，封汤若望为通议大夫；顺治十五年正月，封汤若望为光禄大夫，并恩赏其祖宗三代为一品封典。当然，顺治对汤若望的器重远不止这些。据《汤若望回忆录》记载，顺治帝临死前，还把已经年迈的汤若望叫到跟前，聆听他关于立储的意见，并最终采纳了其建议，立皇三子玄烨为皇位继承人。

从世俗的层面看，我们似乎很难解释顺治皇帝为何对汤若望如此恩宠有加，也许用一种文明对另一种文明的致敬才可以勉强说得通吧。两个年龄悬殊、阅历文化都不相同的人最后走得如此亲密，成了忘年交，似乎只能说明文明的融合在这个世间还是有迹可循的。

或许人们应该承认，在清朝的所有皇帝中，顺治皇帝并不显得出众，23岁时他以罪己诏匆匆收场，似乎留下了不名誉的尾音。但作为清朝入关后的第一个皇帝，顺治在满汉文明的夹缝中确立了这个多民族帝国此后两百多年的政治规则，有效地避免了时局动荡和族群对抗；同时他还为这个王朝贡献了一个杰出的继任者——玄烨，从而开始清帝国起承转合的新篇章。如果我们在近代史的范畴重新审视其所作所为的话，顺治也称得上是影响历史格局的一个重要人物吧。

不妨将这看作我们读史的一个新发现。

康熙的机心与选择

康熙二十六年岁逢丁卯，在公历是 1687 年。这一年西人牛顿发表《自然哲学的数学原理》，提出运动三定律和万有引力定律；《论语》在西方的第一个译本（拉丁文本）出版；而康熙在位 61 年的记事簿上，康熙二十六年的工作记录有以下几项：调整全国总督建置；严禁"淫词小说"；查处湖广巡抚张汧贪赃案，当然也还包括嘉奖火器制造专家戴梓的最新一项发明——38 岁的他仅用八天时间就造成"子母炮"（即冲天炮）。这个没有任何学历（未中过进士）的中年人此前一年成功仿造了 10 支荷兰使者进贡给康熙皇帝的"蟠肠鸟枪"，后又只花 5 天时间便仿造出"佛郎器"（西班牙、葡萄牙所造的炮），令康熙龙心大悦。当然，戴梓不仅仅精于仿造，他还有自主的知识产权。戴发明的"连珠火铳"可贮存 28 发火药铅丸，能够连续射击 28 发子弹。不仅解决了旧式火铳用火绳点火，容易遭受风雨潮湿影响的问题，同时也吸收了西洋火器能够连续射击的优点，可谓现代机关枪的雏形，严格来说"连珠火铳"的问世比欧洲人发明的现代机关枪早了 200 多年。一句话，于火器制造方面，戴梓是个天才。

但是，这样一个天才，在康熙三十年（1691 年）年初，却被举家流放至盛京。戴梓之所以获罪据说是因为在华的比利时传教士南怀仁（他也是个火器制造专家）的嫉妒。此人上奏康熙皇帝，诬陷戴梓暗通东洋（即日本）。在人证物证皆不足信的情况下，康熙匆匆做出决定，让这个火器制造天才马上滚蛋，并且一滚就是 35 年——戴梓先后在盛京和铁岭流放长达 35 年时间，直到生命终结，他都未能再回京城——由此，一个天才最有创造力和活力的生命时段虚掷在东北边陲，不能从事他喜爱的火器发明创造事业。

将人和物分离，这是康熙的一个机心。戴梓未中过进士，虽有发明创造，却成不了官员，不能进入权力核心。这一点恰如庄子当年所言——"有机械必有机事，有机事必有机巧，有机巧必有机心"，康熙对戴梓是不可能加以重用的。甚至戴的发明创造，康熙也是有限、有选择的利用。戴梓发明的"连珠火铳"巧则巧矣，弃用了；仿造的 10 支"蟠肠鸟枪"，送给荷兰使者带回去，为康熙皇帝争一个颜面，在国内就不扩大再生产了；戴梓流放盛京 35 年，本可以有更多的发明问世，不要了。一门"子母炮"，刚刚够保家卫国，足矣。康熙五十四年，山西总兵金国正上疏说，他捐造了新型的子母炮 22 门，比旧式的有所改进，希望"分送各营操练"，康熙下旨说："子母炮系八旗火器，各省概造，断乎不可。前师懿德、马见伯曾经奏请，朕俱不许。"

由此，帝国再一次强调禁令——禁止地方官自行研制新炮以充实武备。康熙的机心在这里又一次得到泄露，那便是大炮和火器等当时先进的武器只限于八旗军中的满洲军使用，清军中的汉军禁止装备。这个由多尔衮入关之初立下的规定直到康熙年代依旧有效。

按照这一规定：上百万的清军中，只有不到八万的八旗满洲军能够装备火器。由此带来的结果是——清军对火器的需求量始终处于极低的水平，火器的垄断性生产成为不二选择。

武备院，内务府下属机构，由皇帝直接控制的上三旗管理，掌控帝国火器研制工作。从火药配方到火铳的制造技术和工艺流程，都由其严密监视。貌似集全国之力进行高尖端生产，却是近亲繁殖。当远在英国乌里治火器制造场生产的一门火炮能够在 1600 多米的距离洞穿 6 英寸墙壁时，帝国的火器却自明代 200 多年来几乎没有多大改进，火器技术人才也出现严重断档。康熙宣布，将《武备志》和《天工开物》等涉及军事的科技书籍列为禁书。平定三藩后，康熙更宣布严禁民间火器，试图让火器在天朝彻底销声匿迹。康熙在火器问题上的爱与怕，表现得泾渭分明。

透过历史的迷雾，我们似乎还能看见康熙的另一层机心，这机心体现在他起伏不定的马背上。康熙一生最爱围猎。《圣祖实录》的统计数字是 156 次。甚至在驾崩前三周，他还在北京近郊南苑进行平生最后一次围猎。康熙一生围猎成绩卓著。他用鸟枪弓矢猎获虎 135 只，熊 20 只，豹 25 只，猞猁狲 10 只，麋鹿 14 只，狼 96 只，野猪 132 只，其余小兽不可胜数。在这些数目字的背后，应该说隐含着这个皇帝以"骑射立国"的机心。这个在马背上夺得天下的民族试图尝试在马背上统治天下。这一点，康熙和他的子孙们心领神会。康熙说："围猎以讲武事，必不可废。"他要借围猎来对八旗兵进行训练。雍正则说："满洲夙重骑射，不可专习鸟枪而废弓矢。"乾隆更说："马步箭乃满洲旧业，向以此为要务，无不留心学习。今国家升平日久，率多求安，将紧要技艺，全行废弃不习，因循懦弱，竟与汉人无异，朕痛恨之。"虽然他们共同的祖先努尔哈赤曾经被袁崇焕的红夷大炮击伤致死，热兵器时代在那时就已经不由分说地到来，但康熙和他的子孙们却依旧做出了几乎是相同的选择——迷恋于冷兵器时代曾经拥有的辉煌，以不变应万变。

所以，戴梓流放盛京是注定不可能归来的。这个不合时宜的天才在盛京望断归路，用余生35年的光阴来丈量北京和盛京的距离竟不可得。他只能活在盛世边缘，做那个时代的旁观者和零余者。而康熙所领导的曾经生长在大草原上、以狩猎为生的民族则有自己与生俱来、难以突破的视野和选择。虽然康熙时代出于内忧外患的战争需要，制造了大小火炮900门，但至雍正时，一切开始返璞归真。雍正时期几乎没有造新的大炮，总共只铸造了不到百门的小炮。雍正四年（1726年），康熙时代一年一次的枪炮演练被改为三年一次，雍正十年（1732年）又规定边防部队只需练习骑马射箭就可以了。至于乾隆、道光时代承平日久，更不以造炮为要务，尤强调武备以弓矢为主。

由是，在1860年，那场著名的大考不期而至。僧格林沁的25000多蒙古骑兵和孟托邦率领的6000多法国陆军在北京通州八里桥PK。PK的结果是蒙古骑兵仅有7人生还，法国陆军仅有12人阵亡。具体到双方武器上，蒙古骑兵的"鸟铳"射程约100米，射速为每分钟1至2发，而法国陆军的来复枪射程约300米，射速为每分钟3至4发。更何况前者由于热兵器不足，不得不使用大量的大刀、长矛等冷兵器时代的武器。战争的结果可谓毫无悬念，不过世人们要说因缘的话，或许可以追溯至康熙二十六年（1687年），38岁的中年人戴梓的发明创造未被大规模推广上；又或许可追溯至四年后他的流放上；当然，与公元1771年也脱不了干系。因为在这一年，英国人P.沃尔夫合成了苦味酸，它的爆炸功能被首次发现，现代火药由此起源。在工业革命的大背景下，康熙最初的机心与抉择终于遭遇了恶性放大，他的子孙们和帝国子民们不得不承载那些难以救赎的历史命运。从鸦片战争到八国联军进京，所有的灾难在火器升级换代的大背景下其内在逻辑或者说命运清晰可见，那便是——我选择，你承受。

仅此而已。

乾隆的惆怅

"康乾盛世"这个话语里，康熙在前，乾隆在后，不过后者比前者更有说头。在乾隆治下，清帝国面积无与伦比的大，版图超过汉朝和唐朝，仅次于 13 世纪的蒙古帝国。帝国周边有几十个国家承认大清国对他们有宗主权。这是乾隆朝比康熙朝强的一个地方。另外一个强悍之处是在经济上。康熙朝留给雍正朝的库存现银只有八百万两，而乾隆朝留给嘉庆朝的则有七千万两，是前者的近十倍，同时还有近 3 亿子民，远超康熙六十一年（1722 年）的两千五百多万人口。虽然乾隆朝的人口暴增很大程度上是因为帝国版图扩大所导致的，两者不具备统计学上的比较意义，但毫无疑问，乾隆时期的大清是一个大国。

但盛世有荣耀，也有惆怅。因为历史上的乾隆实在是一个非常复杂的人。他既以道治国，也以术治国；既以养心治国，也以诛心治国；他处理皇族、政敌等历史遗留问题时所采取的刚柔并济手段已经初露峥嵘，而其对文字以及文字背后站着的文人大开杀戒，则是其执政思维的延续。乾隆盛世，如果我们要以一个关键词来概括，或许会是"文明的消长"一语。真可谓盛也"文明"，衰也"文明"了。

今天看来，乾隆兴起的文字狱，在清朝历代中是为数最多的。这是盛世的阴影和污点。在文明的旗帜背后，躺下的不仅是一具具书的尸体，还有一具具人的尸体。文人的尸体。文人手无缚鸡之力，但是文人思想锋利，这是比武器更加可怕的力量，乾隆盛世，自然不能让思想的异数蔓延泛滥。当文明以冲突的形态而不是和谐共处的形态存在时，暴力就成了最后的裁决者——皇帝乾隆出手了。

不过更深层次的悲剧还在于，乾隆将暴力扩大化了。对诗文吹毛求疵，捕风捉影，无中生有，上纲上线，人为地制造文明伪冲突，将暴力指向任何一个并无思想异数的文字工作者，这事实上已构成了一种灾难，针对普通人的灾难。悲剧也就不可避免了。

悲剧不仅不可避免，还成为一种常态。乾隆时期，文字狱俯拾皆是，较著名的有这么几起：

《南山集》案。《南山集》案可以上溯到康熙时期。康熙时，戴名世因为著作《南山集》被认定有严重的"政治问题"而付出了生命的代价，与此同时，他受株连的亲戚朋友达几百人。这本来是康熙时期的一出悲剧，但是五十多年后，乾隆利用"《南山集》案"借文杀人，杀害了71岁的举人蔡显，株连24人。原因是蔡显的诗文集《闲闲录》里引用了古人《咏紫牡丹》诗句："夺朱非正色，异种尽称王。"诗的原意其实是说，红色的牡丹是上品，紫色的牡丹称为上品，是夺了牡丹的"正色"，是"异种称王"。但是乾隆却认为蔡显含沙射影。他断定"夺朱"是影射满人夺取朱明天下，"异种称王"则是影射满族人建立清朝。如此大逆不道，再加上《闲闲录》里载有"戴名世以《南山集》弃市"等字句，乾隆也认为蔡显是对现实不满。由此，蔡显和他的17岁儿子被处死，幼子及门生多人充军。

《字贯》案。涉案人是一名叫王锡侯的举人，为了给参加科举考试的士子提供方便，他把《康熙字典》加以精减，花费17年心血编写出《字贯》，但是乾隆以为，《康熙字典》是康熙皇帝"钦定"的，王锡侯胆敢擅自删改，便是一大罪状。同时《字贯》没有为清朝皇帝的名字避讳，则是另一罪状。据此，王锡侯被处斩，《字贯》彻底禁毁。刻印《字贯》的雕版、废纸也被全部销毁。另外，经办此案的江西巡抚海成因"失察"治罪。

前大理寺卿尹嘉铨案。大理寺卿尹嘉铨退休后让儿子给乾隆上了两本奏折，请求赐给谥号，并且与开国名臣范文程一起从祀孔庙。乾隆看后下令革去尹嘉铨的顶戴，交刑部审讯。同时，指派官员前往抄家，特别嘱咐要留心搜检"狂妄字迹、诗册及书信"。查抄者很快在尹嘉铨的文章中查到"为帝者师"的字句。乾隆恼怒："尹嘉铨竟俨然以师傅自居，无论君臣大义不应加此妄语，即以学问而论，内外臣工各有公论，尹嘉铨能否为朕师傅？"随后，尹嘉铨被处以绞刑，他的著作及有关书籍93种也被销毁。

沈德潜反诗案。江南名儒沈德潜官至内阁学士兼礼部侍郎。77岁时辞官归里。沈德潜在朝时，他写的诗颇受乾隆赏识，常出入禁苑，与乾隆唱和。所以沈德潜退休后被乾隆赐赠太子太傅的头衔，从一品，可谓皇恩浩荡了。但就在沈德潜死后不久，他竟然遭到乾隆的清算。因为在沈德潜的诗集里，被查出有几首他当年给乾隆皇帝当枪手写的诗也赫然收录，这就等于揭穿了乾隆一生作诗四万多首某些难与人言的秘密。与此同时，沈德潜还干了两件"蠢"事。一是编了一部《国朝诗别裁》，将降清明臣钱谦益的诗列为诗集之首，乾隆居后。沈德潜此举，无论是在政治上还是艺术上都犯了方向性的错误；二是沈德潜为徐述夔《一柱楼诗集》做"传记"。该诗集中有"明朝期振翮，一举去清都"以及"且把壶儿搁半边"等敏感字句，徐述夔获罪，沈德潜也难辞其咎。至此，沈德潜遭到了政治清算，他的坟墓被乾隆下令铲平。

胡中藻诗案。大学士鄂尔泰的门生、曾为内阁学士的胡中藻是个诗歌信徒，著有《坚磨生诗抄》。但是胡中藻诗中有"一把心肠论浊清"诗句，有把大清污为"浊清"的嫌疑。乾隆下令秘查。随后，胡中藻被处斩，已故大学士鄂尔泰被撤出贤良祠，不准入祀。鄂尔泰的侄子鄂昌，因为与胡中藻曾有诗词唱和而被赐死。户部侍郎裘曰修，也因此案遭革职。

不用再多举例了，仅上述五案我们就可以看出乾隆对文化的戕害和恐惧已经到了何种地步。这是以政治面目出现的针对文明的恐惧。也许乾隆本人也未必相信那些文绉绉的诗人会对这个帝国的颠覆起到决定性的作用，但他还是下手了。手段之毒辣为秦始皇以来所仅见，这实在是乾隆设的一个赌局——他赌他的盛世可以承受得起这样的戕害和扫荡。

事实上乾隆还真的赌赢了。他的雷厉风行、杀气腾腾虽然造成举国上下一片人心惶惶，但是仅此而已。盛世依然是盛世，有一部《四库全书》在，文明也就被定格和明证在那里了。这是流芳百世的证据和荣光啊……

可事实同时也证明，乾隆赌输了。"明清之间著述，几遭尽毁"，"始皇当日焚书之厄，决不至离奇若此"（一代史学大家孟森语）。《清代文字狱档》记载，从乾隆六年（1741年）到乾隆五十三年（1788年），有文字狱53起，几乎遍及全国各地，而越来越多的知识分子选择了沉默和不满。这是沉默的大多数，也是不满的大多数。盛世失声，文明萎缩成一部没有生命力的《四库全书》，推动盛世继续往前走的动力顿然流失甚至转化成阻力。这应当是乾隆必须付出的代价，或者说是大清帝国在未来的岁月里必须付出的代价吧。

这其实只是一个方面。如果在今天，世人们站在东西方文明或者说文化比较的层面上看乾隆的视野与行为选择，他的短视与功利毫无疑问是令人扼腕的。乾隆五十八年（1793年），英使马戛尔尼来华，试图与大清国建立正常的外交关系。盛世之君乾隆并没有意识到，这是西方国家正在崛起、东西方文明走向融合的契机，也是改变东方大国由盛转衰的最后机会，他傲慢地拒绝了英国人的提议，从而未能实现自我拯救和王朝拯救；三年之后，乾隆没能抵制住最高权力对他的诱惑，做了太上皇，在民主体制盛行西方之时，将皇权游戏玩出了新花样，坐视宠臣和珅与嘉庆帝进行利益博弈，坐视一个帝国的内讧、内耗和空洞化。乾隆死后41年，鸦片战争爆发，帝国步入险境，不能自拔，盛世光景至此已是明日黄花，早已凋零破败，不堪回首。

毫无疑问，这是一个失去的盛世，而所有的一切都由来有自的。从文明与反文明以及东西方文明比较的角度定位乾隆，我们不能不得出结论：那一年，这个皇帝走错了路，他以为自己唱响的是盛世交响曲，是赞歌，却未料只是离歌一阕而已。

嘉庆皇帝的一地鸡毛

一

嘉庆十年（1805 年）十一月二十四日。嘉庆皇帝因为有事到四公主家走了一趟，等他回宫后发现"本日文武大小衙门竟无一事陈奏"，官员们趁着皇帝有事给自己放了一天假。事实上这不是偶然现象。因为政事疲软已然深入到帝国的骨髓。官员们个个以因循怠玩为荣，以勤勉做事为耻。在日常奏事方面，能少奏就少奏，能不奏就不奏。御门听政的日子是不得不奏的，可这个日子过后，两三天不再奏事成了帝国官员们的主流选择。官员们似乎抱定拿多少钱干多少事的理念，不急不躁地和皇帝磨洋工。"在家高卧，以避晓寒""日高未起者"比比皆是，只剩下嘉庆皇帝在那里干着急。虽然他站在道德高地上，"未明求衣，灯下办事"，可谓废寝忘食、呕心沥血了，但他自己也承认，"同此劳者惟军机内廷数人耳"（《东华录》）。

说政事疲软深入帝国骨髓还因为官员上班和不上班一个样。有时候人来了，也是出工不出力。嘉庆十年（1805 年）十二月，嘉庆皇帝召集大学士九卿会议讨论江南船事，结果一大帮帝国高官们讨论半天的结果竟是"造船需时，请交两江总督及河漕诸臣再行筹议"，会议开了等于没开。事实上参加这次会议的官员中有任过江西督抚的，也有办理过河务的，对河道船事多有见解，但大家都沉默是金，出工不出力，以至于嘉庆皇帝愤怒地指责他们"徒成具文，并无实际于国政"，都是些会议机器。

疲软的其实不仅是政事，还有兵事。嘉庆八年（1803 年）闰二月十二日，神武门见证了一起暴力事件。当时的嘉庆皇帝正从圆明园回紫禁城，在正对着神武门的顺贞门前换轿时，有一个人拿着一把刀冲向他，准备结束他的生命。

这个行刺人手中的刀并不长，只是一把小刀而已。人也不多，没有接应者，单独行刺，但是嘉庆帝却遭遇了很大的危险——虽然他身边有百余名侍卫，可他们在那一刻似乎忘记了自己的身份，只在现场呈现出两种表情：呆傻和惊慌失措。他们没有冲上去制服行刺者。最后充当起侍卫职责的还是随驾的嘉庆皇帝的侄子定亲王绵恩，他和皇帝的姐夫固伦额驸拉旺多尔济等人一起拿下了行刺者。

嘉庆皇帝震惊不已。他不是震惊自己的被刺，而是震惊帝国的门禁以及护卫力量如此软弱不堪。刺客是怎么潜入皇宫，并成功地冲到他面前的？百余名侍卫的忠心和勇气都到哪里去了？事实上这是一种兵事的疲软。这个帝国，连皇帝的安全护卫工作都已软弱涣散至斯，那还有什么是可以依靠和坚挺的呢？

为了治疗帝国疲软症，嘉庆皇帝强调了对门禁的管理，他说："大内门禁，关防实为紧要，是以朕谆谆降旨教导，原恐不法之人滋生事端。"又召集领侍卫内大臣、御前大臣、军机大臣、前锋营统领、护军营统领、内务府大臣等高官召开安全保卫工作会议，就皇宫安保问题商量出一个行之有效的办法或者说章程来。没想到这次会议竟开出了喜剧的效果，因为众大臣向嘉庆皇帝报告，说禁卫章程早已有之，就载在《大清会典》中，只不过没有严格执行罢了。嘉庆啼笑皆非。不过为了体现狠抓管理漏洞的精神，他还是要大臣们出台了安保工作补充条款 29 条，自己又加上 3 条，重新载入《大清会典》中，以为今后大内安保工作的典章。

但是，疲软症不是靠文件就可以治疗的，它已是深入帝国骨髓的一种气质了，是这个王朝挥之不去的阴影。两年后，同样的事情又发生了。嘉庆十年（1805 年）三月初一，一个名叫萨尔文的人也是持刀，试图强行闯入神武门。百余名侍卫在那一刻又忘记了自己的身份，同样在现场呈现出两种表情：呆傻和惊慌失措。这一次最糟糕的情形还在于，他们在慌乱中竟找不到自己的刀、剑，不知道该如何应对。最后还是仗着人多冲上去夺下萨尔文的刀，才将对方制服。

嘉庆皇帝又生气了，只是这一回的气生得无可奈何。大内安保工作的文件是早就制定并载入《大清会典》中的，为什么不能狠抓落实呢？"官兵怠玩成习，渐至旧章废弃。"尤其让嘉庆帝气为之塞的是，这些承担护卫皇帝安全任务的侍卫和护军，在值守时为了省事竟然连腰刀都不佩带，只有突遇检查时才装模作样地把腰刀佩带上，敷衍了事。嘉庆事后下诏书，认为此事"显系彼时伊等未佩带腰刀"！是长期淡忘规章和责任的结果。

只是福无双至，祸不单行。嘉庆十八年（1813年）九月，尴尬的事件又发生了。这一次的事件可以说是皇宫安保问题的总爆发，所呈现出来的漏洞之多、之大，令人瞠目结舌。

因为，有数百名农民打进了皇宫。他们在林清的领导下，在宫内太监刘得财引领下，趁嘉庆皇帝木兰行围之机分两股从东华门和西华门入宫。按理说这是极低概率事件——发生率低，成功率更低，因为紫禁城守备森严，数百名信奉白莲教的农民不是职业军人，没有受过良好的军事训练，这也就意味着他们没有较强的军事攻击力。但是事情还是发生了。我们接下来看紫禁城守备人员的表现：

林清等人起事前言行狂傲，自认"神术"高超必能取胜，宫内大臣虽有耳闻，却都抱着多一事不如少一事的心态漠然处之。再加上嘉庆皇帝要去木兰行围，谁也不想在这个时候自找不痛快。

官方所得密报中有宫中太监牵连此事，为了避免惹火烧身，相关官员宁可信其无，不敢信其有，所以个个不敢追查此事。

掌管京师治安的步军统领吉伦出事前几天得到有人造反的报告后为了避祸，竟然借口迎銮带着侍从出京。巡捕左营参将以都城中情形异常劝他留下，吉伦却告知对方现在是一片太平景象，不用惊慌。

东华门守门官兵行事懈怠，连个大门都关不好，等到叛乱者亮出兵器扑过来时，这些护军校尉士卒们或手足无措，或仓皇逃遁，一点没有职业军人的风范。

王公大臣们闻变后，都惶惶然聚集在宫城西北角，不知如何是好，而站在他们身边的禁卫军官们也个个手足无措。

守卫午门的副都统策凌以为大势已去，竟然率兵逃遁了。

事后，嘉庆皇帝以懈弛门禁之罪，罢免了以下官员的职位：

步军统领吉伦；

左翼总兵玉麟；

署护军统领杨述曾；

护军统领明志。

这些人在事变当中因为举止慌张，进退失据，受到了革职甚至戍边的处罚。当然嘉庆皇帝还惩罚了一个人——他自己。他事变后写了一篇《遇变罪己诏》。在诏书中嘉庆皇帝这样写道："今日大弊，在因循怠玩四字，实中外之所同。朕虽再三告诫，舌敝唇焦，奈诸臣未能领会，疏忽为政，以致酿成汉唐宋明未有之事！较之明季梃击一案，何啻倍蓰！思及此，实不忍再言矣。"嘉庆皇帝的自责看起来充满了委屈，名为自责，实为他责，以至于在诏书最后他竟写下这样八个字："笔随泪洒，通谕知之。"

二

一个帝国自有一个帝国的仪式感。对于康乾盛世来说，木兰秋狝与东巡谒陵是两项重大的仪式活动。它们如仪举行，浩浩荡荡，在国家层面上展示了盛世的精神体魄。事实上这也是一个王朝活力与自我激励的象征。木兰秋狝追怀一个彪悍民族笑傲世界的无畏精神，而东巡谒陵展示的则是满族的祖宗荣誉感和大清王朝的自我认同。作为盛世之君，康、乾是非常注重这两项活动的。

先说"木兰秋狝"。康熙二十年，"木兰秋狝"作为一项政治制度被固定下来，形成代代相承的国之大典。康熙自然是身体力行，乾隆帝也对秋狝大典重视有加，自乾隆六年（1741年）到乾隆五十六年（1791年），乾隆秋狝次数竟达四十次之多！

毫无疑问，这是盛世之君的自我操练，也是帝国精气神旺盛的重要指征。但是盛世的荣耀往往是衰世的尴尬。嘉庆皇帝画虎类猫，气喘吁吁，在祖宗留下的国之大典上经常力不从心，洋相尽出，无情地泄露了大清王朝盛世中衰的消息。

嘉庆在位二十五年，举行"木兰秋狝"十一次，即嘉庆七年（1802年）、嘉庆十一年（1806年）、嘉庆十二年（1807年）、嘉庆十三年（1808年）、嘉庆十五年（1810年）、嘉庆十六年（1811年）、嘉庆十七年（1812年）、嘉庆十八年（1813年）、嘉庆二十年（1815年）、嘉庆二十一年（1816年）、嘉庆二十二年（1817年）。次数不可谓不多，但几乎每一次，他都走得泥泞艰难，首鼠两端，就像这个王朝的沉重行走一样，跌跌撞撞，险象环生，令人唏嘘不已。

嘉庆七年（1802年）是嘉庆帝第一次正式举行秋狝大典的年头。事先，他有很多美好的想象，可最终却只拥有一个伤感的结果。因为在永安莽喀行围过程中嘉庆皇帝发现，野兽稀少，特别是"鹿只甚少"，以至于无法行围。事实上这不是生态问题而是管理问题。管理围场的大臣庆杰、阿尔塔锡等人由于长期玩忽职守，允许人马车辆随意出入，以致围内野兽稀少。第一次秋狝的流产似乎是嘉庆王朝不祥的开篇，嘉庆皇帝很难想象在康乾盛世会有此类事件发生。因为从表面上看，野兽稀少是个小问题，其实质却是王朝精气神的流失——这个王朝不谙武事久矣，等到重新抖擞精神时却再找不到可以擒获的猎物。没有了猎物的猎人还是猎人吗？嘉庆帝不敢回答这个问题。

嘉庆帝在第一次举行秋狝大典前曾经发表过激情洋溢的讲话。他说："秋狝大典，为我朝家法相传，所以肄武习劳，怀柔藩部者，意至深远。"他还说，"朕披览奏函，瞻依居处，不觉声泪俱下。"但是最终，真正落到实处的却只有"声泪俱下"四个字。

嘉庆帝的第二次和第三次秋狝依旧受困于野兽稀少的问题。要分析其中的原因，有"该处兵民，潜入围场，私取茸角盗卖"造成的，"又有砍伐官木人等在彼聚集，以致惊窜远飙，而夫匠等从中偷打，亦所不免"，所以"鹿只日见其少"，但最终的原因只有一个，那就是"管理围场大臣平日不能实力稽查，咎无可宥"，嘉庆由此将管理大臣、副都统韦陀保等交部议处，并且把乾隆五十七年（1792年）以来所有的管理大臣一一拿来查议，过关，还在制度层面上完善和强调了相关的管理章程。这差不多可以称之为一个王朝的亡羊补牢，也许效果不能立竿见影，但是聊胜于无。嘉庆为了早日恢复秋狝大典的尊严，甚至出台了这样一个有趣的规定——将鹿只的增多与管理官员的奖励联系在一起。他试图通过奖罚手段快速达到目的。

但是，目的还是没有达到。接下来，嘉庆帝惊骇地发现，他的每一次秋狝行动都能发现帝国的新问题。这其中不仅有管理问题，还有疲软问题，擅离职守问题以及制度弊端等等。嘉庆十一年（1806 年）木兰秋狝，竟然发生了管理围场大臣、侍郎、副都统明志、散秩大臣舒明阿等人擅离职守，由围场外前往看热闹的咄咄怪事。木兰秋狝，堪称一场军事行动，皇帝的安全是重中之重，这些管理大臣们却毫无安全意识，从一个侧面反映了帝国"疏懒不堪"的现状。同样是在这次秋狝过程中，嘉庆帝还发现了官兵倒卖官配马匹的现象，其目的只为中饱私囊，此举导致很多官兵围猎时无马可骑，只能跟在皇帝后面瞎跑。这个现象细究起来虽然是制度弊端，但实在是有失皇家尊严的，可嘉庆皇帝除了申斥了事外，也别无他法可想。

再接下来的几次秋狝也是狼狈不堪，甚至称得上惨不忍睹。嘉庆十三年（1808 年），嘉庆帝秋狝木兰，围内竟只有十余头鹿只留存，行围时又只剩下三头，并且都跑至围外，令他徒呼奈何。

嘉庆十四年（1809 年），由于围内雨水较多，道路难行，嘉庆帝的木兰秋狝大典只得暂停。

嘉庆十五年（1810 年）八月，嘉庆再次举行木兰秋狝。可围内野兽稀少的老问题依旧没有解决。

嘉庆十七年（1812 年）的木兰秋狝更是滑天下之大稽，一边嘉庆帝在行围，另一边正红旗马甲恭纳春领着贼人在盗罚场木，完全无视天子的尊严。

而嘉庆十八年（1813 年）的木兰秋狝纯粹是败兴之举，嘉庆帝来到围内，野兽依旧稀少，问题依然如故。回銮过程中，京师又发生了天理教徒围攻皇宫的事件，嘉庆帝惊吓之余很是惆怅不已。

此后的木兰秋狝不是因故暂停，就是老问题迟迟得不到解决，一个王朝的磕磕绊绊已是显而易见了。嘉庆帝也不再激情满怀，而是沉默是金，默然地将这祖宗留下的仪式行仪如故。在这里，木兰秋狝的盛世意义被完全抽离，只剩下干枯的形式有一搭没一搭地进行着，聊以象征一个王朝的威严还在断续存在。

仅此而已。

嘉庆帝的最后一次秋狝是一个未完成式。嘉庆二十五年（1820年），嘉庆又一次来到已经略显苍老的避暑山庄，准备举行第十二次秋狝大典。行前，他警告说："诸臣若存偷安之心，微言示意，经朕觉察，立置于法，决不轻恕。"很有将秋狝大典进行到底的意思。但事后证明，这是苍白的警告，也是空洞无力的警告。因为别说大臣们，即便是他自己，老天也不忍心再看其受折磨，也不忍心看着这变了味的秋狝大典继续在人世间存在。嘉庆帝到达避暑山庄的第二天就突然去世了。木兰行围活动至此成了嘉庆王朝的绝响。

遥远的绝响。

说完木兰秋狝，再来说说嘉庆帝的东巡谒陵。清帝的东巡盛京谒陵祭祖，始于康熙。目的是为了告慰列祖列宗并表达对他们的崇敬。当然，做这件事的前提是谒陵皇帝必须要有拿得出手的丰功伟绩以资"告慰"。嘉庆十年七月，嘉庆帝上路了，这是他第一次东巡谒陵。因为在此之前，他平息了白莲教起义，让这个帝国重新变得云淡风轻。嘉庆帝或许会以为，这是他告慰列祖列宗的资本，列祖列宗会欢迎他到来的，但是一路上的景象还是让他心惊兼心凉了。因为很长时间没有东巡谒陵了，所行道路年久失修，泥泞难走，并且"跸路数十里内，道旁并无一二官员带领民夫伺候，且亦无修道器具"。这事实上是比道路失修更严重的问题，人心散了，人心失修了，老百姓都叫不动，最后竟然是盛京将军"富俊等亲自扫除平垫"，嘉庆从中看到了官民间的紧张关系已经到了不可修复的地步。

不仅是官民关系，官员之间的关系也不和谐，充满了漠视、隔阂甚至是对立。盛京将军富俊虽然早已布置了修路任务，可知县伊诚等人却并不执行，侍郎花尚阿时也没有及时加以督促，直到检察官宜兴前往检查时，才老大不情愿地进行了补修。而宁远州知州克星额简直是拎不清，平日有外省州县官过境时，他还知道出迎，现在嘉庆皇帝来了，他却一个劲地到前面去查看道路去了。嘉庆帝认定他事先不做好道理维护工作，临时抱佛脚，是"昏庸玩误之员"，立即将他革职，发往热河当差去了。

在祭祀扬古利、费英东时，嘉庆还发现了腐败现象——他所行的道路并非直路，竟然多绕行四里多。这说明修路官员借修"御道"之机向朝廷多要银两，个中腐败情形不言而喻。可嘉庆生气的不仅在这一点上，因为"绕道开修新路，将旗民田亩平治除垫者，不知凡几"，他担心原本就紧张对立的官民关系在这件事上又雪上加霜了。

另外在东巡谒陵途中，嘉庆还遗憾地发现——为了修道派夫之事，酷吏横加催派，以至于发生人命之事。这样一桩恶性案件的发生为他的第一次东巡谒陵蒙上了重重阴影。这个帝国，真是没有一件事情是吉祥的。好事都能变成坏事，发生的一切事情都指向了帝国的宿命，那就是磕磕绊绊，几无善终。

　　十三年之后，也就是嘉庆二十三年（1818 年），在痛定思痛之后，嘉庆皇帝准备第二次东巡了。他原以为，时间过去了这么久，帝国的创伤应该都抚平了，起码道路不应再泥泞难行。但他想得还是太简单了，这一回的问题不是发生在道路上，而是发生在人心里。大学士松筠以"三辅亢旱"为由谏阻嘉庆东巡，这实在不是个好由头——帝国这么大，几乎每年都有某某地方亢旱的消息传来。如果因为这个理由不能成行，嘉庆皇帝简直要抓狂了。

　　由于到此时嘉庆执政帝国已经二十三个年头，大概很有"时不我待，来日无多"的感觉，所以这一次的东巡，他的欲望格外强烈，对谏阻者的处置也比较严厉。最终，大学士松筠因言获罪，被革去大学士、御前大臣、领侍卫内大臣等职，但仍带革职留任，八年无过，才准开复原职。嘉庆就此事向大臣们辩护说："成汤遇旱，六事自责，六事中有谒祖陵一节乎？"意思是谒祖陵不受天灾的影响或干扰。

　　但是干扰却此起彼伏了。松筠因言获罪后，御史吴杰前赴后继，他针对谒陵派差一事，奏请嘉庆皇帝禁止差务派累。另外在嘉庆下令求言后，有三名御史对处理松筠一事提出不同的意见，请求仍将大学士松筠召还内用。御史李广滋还指出这样一个事实——盛京为准备谒陵大典，竟按亩向百姓摊派钱款，给民众造成了极大的负担。

　　所有这一切都让嘉庆皇帝恼羞成怒。东巡路上干扰多，不反击是不行了。嘉庆一方面指责三御史"莠言乱政"；另一方面严惩李广滋。嘉庆下令："李广滋不胜御史之任，著撤回原衙门，仍以编修用。"此后不久，李广滋被革职拿问，最后发乌鲁木齐效力赎罪。

这就是嘉庆二十三年（1818年）的大清帝国，脆弱到已经听不得一丝刺耳的声音。这一年，嘉庆五十九岁，年届花甲。当他历经万般阻挠，东巡成功，终于站在祖陵面前时，皇帝忍不住含泪说出了这样的一番话："子孙若稍存偷安耽逸之心，竟阙此典，则为大不孝，非大清国之福，天、祖必降灾于其身，百官士庶，若妄言阻止，则为大不忠，非大清国之人，必应遵圣训立置诸法，断不可恕，况乱臣贼子，岂可容乎？"

这应该说是他的辩解，也是呐喊，是嘉庆王朝最后时刻尖厉而苍白的抵抗。只是这样的抵抗意义并不大。因为两年之后，嘉庆和他的王朝在这个世上就不复存在了。此后，道光皇帝继位。道光九年（1829年），道光皇帝以平定张格尔之乱成功进行了他生命中第一次也是最后一次的东巡——这其实是清王朝历史上的最后一次东巡谒陵。从此以后，大清再无东巡事，这个王朝的精气神至此已是萎靡不振。所以，在这个意义上说，嘉庆的东巡谒陵是帝国中衰的一曲离歌。忧伤、低回，充满了不和谐音。

充满了宿命感和警示意味。

三

一个人的悲剧与一个帝国的悲剧，究竟有多大的内在联系呢？

嘉庆五年（1800年），翰林院编修洪亮吉在完成《高宗实录》

第一卷的编修工作后顺手写了一篇近 6000 字的政论，托人转交到嘉庆帝手里。其时，嘉庆帝正"诏求直言，广开言路"，很有有容乃大的意思。

但是这一回，嘉庆帝没能容下来，因为洪亮吉指责他"视朝稍晏，恐有俳优近习，荧惑圣听"，意思是皇帝你上班老是迟到，恐怕是被狐狸精和近臣魅惑了吧！

洪亮吉为这句话付出的代价是充军伊犁。后虽然赦归故里，却仍遭终身软禁，直到 63 岁时死在家里。

对洪亮吉来说，他的遭遇当然是一个悲剧，可是对嘉庆王朝而言，同样是悲剧。自洪亮吉事件后，帝国再无言路，这个封闭的国家自此没有了来自民间的声音和智慧，也没有了发散性的思维和思辨质疑精神。这是帝国窒息时代的开始。毫无疑问，这样的窒息是致命的。

因为在洪亮吉身上，其实就有一服拯救帝国的良方。作为通才，洪亮吉不仅在史学、地理学、经学、音韵学等方面多有造诣，同时在人口理论学上也有洞见。他在《意言》一书的《治平篇》与《生计篇》中指出了人口膨胀的隐患，这样的洞见比英国马尔萨斯的《人口论》所提出的类似观点还早 5 年，可以说《意言》一书是世界上最早的人口论专著——200 多年前，作为一个有着先觉意识和危机意识的政府官员，洪亮吉的出现实在是嘉庆王朝之福，但最终，这个王朝带给他的却是祸，带给自己的也是祸。

帝国，在最需要拯救的时刻，推开了伸向自己的援手。

我们来看一下这样两组数据：乾隆三十一年，岁入白银 4858

万两，嘉庆十七年，岁入白银 4013 万两，嘉庆朝比乾隆朝的岁入少了 800 万两；乾隆三十一年的全国人口是 2 亿左右，嘉庆十七年的全国人口是 3.5 亿以上，至少增加了 1.5 亿（见《清史稿》卷一二五，食货六）。岁入和人口一减一加，凸显了嘉庆朝的人口压力和财政压力。这两个压力的叠加事实上就是洪亮吉指出的人口膨胀隐患，但是嘉庆却对《意言》一书漠然视之，对帝国已经迫在眉睫的危机也无所作为。

当然，我们也不能一味指责嘉庆皇帝的无所作为。毕竟在历史上，他是个试图有所作为的皇帝。只是这一回，嘉庆帝所面临的问题是结构性难题，是盛世之患。盛世承平日久，又无大的战争发生，白莲教起义也早在嘉庆九年（1804 年）被镇压，帝国今后的问题基本上不是稳定的问题而是发展的问题——可恰恰在这里，发展成了大问题。人多了，地少了，怎么办？对嘉庆皇帝本人来说，他无法破解后盛世时期人口和财政良性互动发展的结构性难题。

嘉庆朝的岁入主要包括田赋、盐课、关税和杂赋四项。其中田赋是大头。嘉庆朝和中国的其他王朝一样，财政收入结构以田赋为主、其他收入为辅。这是农业国家的普遍财政收入模式。当田赋收入到达极限后，就急需对财政收入结构做出重大调整，但是，这样的调整却又是王朝之忌——增加盐课、关税和杂赋的收入比例势必要鼓励工商业和对外贸易的发展，从而重创"重农抑商"的国策。

嘉庆帝有这个勇气吗？

嘉庆二十一年（1816 年）七月初六，以阿美士德勋爵为首的英国使团一行七十五人出现在北京皇宫门口，等待嘉庆皇帝的召见。但是最终，他们没有见到这个传说中的皇帝，而是听到了这样一句话："该贡使等即日遣回，该国王表文亦不必呈览，其贡物著即发还。"

这是嘉庆皇帝给他们下的圣旨。在下这道圣旨前，嘉庆皇帝还怒气冲冲地说了这样一句话："朕为天下共主，岂有如此侮慢倨傲，甘心忍受之理！"毫无疑问，这句话与礼仪有关。继乾隆五十八年（1793 年）马戛尔尼使华二十三年之后，嘉庆皇帝又遭遇了同样的问题——英使进见时跪还是不跪，事关一个大国的尊严。而"天下共主"的自诩在这样的语境下不仅显得突兀、滑稽，也显得相当苍凉。于是，阿美士德勋爵拂袖而去，再于是，帝国失去了与世界文明接轨的机会。这实在是最后的失去，24 年之后，悲壮的鸦片战争就爆发了。中西方两大文明的对抗最终以一种极端的形式呈现在世人面前，真是令人扼腕叹息。

这是嘉庆帝的一个选择，说到底也是帝国的选择。帝国在关键时刻没有华丽转身，而是选择继续沉沦。关于这一点，费正清的看法可谓深刻："1800 年左右的中国经济不仅与欧洲经济处于不同的发展阶段，而且结构不同，观点迥异。⋯⋯技术水平则仍停滞不前，人口增长趋于抵消生产的任何增加。简言之，生产基本上完全是为了消费，陷入刚好维持人民生活的无休止的循环之中，在这种情况下，纯节余和投资是完全不可能的。"

一切似乎是嘉庆皇帝的错，一切其实也不都是他的错。早在二十三年前，乾隆也有傲慢和偏见的，这大概可以说明盛世之君和衰世之君在这个问题上都不敢做出制度性的突破。因为在他们背后，有一种共通的东西在起作用——文化，或者说儒家文化。这种建立在农业文明基础上的自给自足文化具有很大的封闭性和心灵安慰作用。它覆盖了一代又一代中国帝王的人生观价值观，并整齐划一地规定他们的行动和心理路径。

所以接下来，嘉庆皇帝面对这样一些国情和现实能够安之若素：

陕西、湖北、四川三省因为征剿白莲教，嘉庆四年前后的军需费用直到嘉庆十五年（1810 年）仍有 1800 余万两未报销。

长期以来，嘉庆朝每年关税只有一百多万两，不到全国财政收入的 2%。但是嘉庆皇帝并不想突破这个数字，而是严防死守，限令全国只允许广州一地对外通商。

嘉庆皇帝鄙视西洋技术，包括农业技术的推广引进，以至于农产品产量长期得不到提高。在嘉庆朝，南方产稻最富裕的江浙一带，年产量仅为 136—508 斤，产量最高的湖南长沙，年产也不过 680 多斤。

毫无疑问，嘉庆王朝是一个因循守旧的王朝，一切以不变应万变。在这个王朝里，离经叛道是可耻的，老成持重则是值得称道的，而老成持重的一个重要指征则是满朝上皆是白发苍苍的官员。在相关的历史典籍中我们可以看到——

大学士王杰七十九岁退休；

大学士刘墉八十五岁死在任上；

大学士庆桂也是七十九岁退休；

…………

帝国鲜见年轻官员，特别是有独立思想的年轻官员。嘉庆王朝最后只有这样一批白发苍苍的官员在朝堂上暮气沉沉地行走，和嘉庆皇帝共同构成了保守型的文化人格，从而让帝国往万劫不复的境地里沉沦。这是保守型文化人格所产生的破坏力，它宣布了帝国自我救赎从根子上的不可能。

嘉庆难题到底无人能解。

道光拐点

公元 1828 年 2 月 14 日是道光七年的除夕。这一天，道光皇帝的早餐菜谱是："鸭子白菜锅子一品，海参溜脊髓一品，溜野鸡丸子一品，小炒肉一品，羊肉炖菠菜一品。"差不多是四菜一汤的水平。这还是在除夕，在时事维艰的道光七年即将过去的时刻，这是帝国领导人给自己的犒赏。

这天，道光依旧穿着打补丁的裤子，"衣非三浣不易"（一个月才换一套衣服，见《满清外史》记载），依旧愁眉深锁，为帝国捉襟见肘的日子做道德榜样和国家表情。帝国的日子是越来越艰难，以至于他这个当皇帝的一天仅有早、晚两次正餐。

早在道光元年的十一月初八，皇帝就发布了他的施政纲领——《声色货利论》。在这篇文章中，道光帝提倡节俭治国，表示："百姓足，君孰与不足；百姓不足，君孰与足？"最重要的是皇帝身体力行，他经常派太监出宫去买烧饼，晚饭就和皇后以此为食，啃完烧饼立即上床睡觉，这样做，还节约了灯油。他坚持使用普通的毛笔、砚台工作，坚持每餐不过四样菜肴的工作餐标准，以此引导国风民风。

国风果然被影响了。起码在道光皇帝视线所及，很多官员都开始艰苦朴素起来。大学士兼领班军机大臣曹振镛率先穿上打补丁的裤子，其他朝中大臣也纷纷仿效。不过，在道光皇帝视线看不到的地方，很多官员依旧声色犬马，过着花天酒地的生活。一场宴席可以历时三昼夜；一种豆腐可以有二十余种做法；一种猪肉也能做出五十多种花样。所谓"大宴会则无月无之，小应酬则无日无之……终日送往迎来，听戏宴会"。依然一派盛世光景。

但是，越节俭越贫困，帝国的财政状况依然窘迫——就像当时朝中大臣向他质问的那样——"岂愈奢则愈丰，愈俭则愈吝耶？"节俭在这个王朝成了原罪，原因是什么，他也不明白。由此，道光的节俭成了史上最强的节俭秀。

最大的问题还不在节俭，而在视野上。道光十八年是公元1838年，鸦片战争爆发前两年。这年4月的某一天，江南道御史周顼给道光帝上了一道名为《通商以银易货不准鸦片抵交折》的折子，其中有一段文字大意是这样的：

……外夷洋人对于中国内地的茶叶、大黄，一旦数月不吃，就会双目失明、肚肠堵塞，直至丧命，与鸦片之害比较起来，威力当然要大得多。内地中国人并不都吸食鸦片，而外夷洋人必须食用茶叶大黄。外夷拿无用害人之物，尚能控制中国的利权，为什么中国不能用有益于人的东西，换来外洋的银币呢？今请皇上降旨，令沿海各省总督、巡抚，认真计议，对外夷购买茶叶、大黄，定出价格，只准用银购买，不准用鸦片抵交。

以今天的视角望过去，这真是一段令人瞠目结舌的文字——茶叶、大黄比鸦片威力要大得多，甚至摇身一变为战略武器，这样的见识出自堂堂的江南道御史，简直称得上天方夜谭了。

令人奇怪的是，周顼的建议没有招致他人的反对或嘲笑，反而引来一片赞同声。漕运总督周天爵、福建巡抚魏元烺甚至包括林则徐都纷纷上疏支持周顼的建议。林则徐后来以钦差大人身份去广州禁烟时在其"通谕各国夷商人稿"还这样威胁说："中国内地的茶叶、大黄二项，是你们外国必需之物，关系到你们的生死问题，你们不知道吗？……一旦天朝震怒，杜绝鸦片入境，严禁茶叶、大黄出口，你们不能不认真考虑这一后果的严重性。"

一个王朝的视野终于在茶叶、大黄面前露了原形。道光在看过周顼的奏折后，立即"命两广总督邓廷桢、广东巡抚怡良、粤海关监督豫堃，审时度势，相机办理，以茶叶、大黄，震慑外夷"。

这，就是鸦片战争前夕大清帝国的备战实情。帝国领导阶层以一个英国人意想不到的角度进行了反击。毫无疑问，这样的反击令人无语，堪称道光朝的幽默。

两年之后，道光朝的幽默在持续。道光二十年八月初四，鸦片战争一触即发，英国人出兵已既成事实。打，还是不打是一个问题。道光皇帝拿不定主意，林则徐便上了一个奏折。在这封奏折里，林则徐认为英夷都是没有膝盖骨的，腿也无法弯曲，"一仆不能复起"，只要用竹竿将其扫倒，他们就爬不起来……

同时对英国人的船坚炮利，林则徐也抱持乐观的看法。他认为英国人要是敢入内河，"一则潮退水浅，船胶膨裂，再则伙食不足，三则军火不继，犹如鱼躺在干河上，白来送死"。

林则徐乐观，道光帝则茫然。因为有一些问题他还找不到答案。比如中国与英国是否有陆路相通？是否可以经新疆打到英国本土；还比如英国女王的一些隐私问题。道光皇帝很好奇："该女主年甫22岁，何以被推为一国之主？有无匹配？其夫何名何人，在该国现居何职？"他希望获得这些问题的答案。

当然，道光到最后是得到答案了的。道光二十二年（1842年）3月，当第一次鸦片战争差不多结束的时候，道光皇帝通过广东方面送来的两名懂英语的通事（翻译），总算弄清了以上若干问题的答案。不过，道光帝获得的答案应该说是迟到的答案，也是代价昂贵的答案。他本应在战争之前就获得，但是很遗憾，为了获得它们，皇帝付出了"天朝"的尊严，以及国土。据《清宫述闻》记载：道光皇帝在战败后签署《南京条约》之前的一个夜晚，绕殿逡巡，不停地拍案叹息，直到五更时分，才用朱笔草书一纸（同意议和的批复），连称自己对不起祖宗。

公正地说，道光皇帝其实很有自惭意识。他之前的五位皇帝，死后都建有"圣德神功"的碑楼，但他死后，却没有碑楼。儿子咸丰虽然为他撰写了碑文，却只刻在神道的阴面，不易被人察觉。这其实是一个皇帝的耻辱。因为清朝有制，凡皇帝有失国之尺地寸土者，不得建"圣德神功"碑楼。道光在鸦片战争之后丢了国土香港，已然是个有缺憾的皇帝，所以不能建"圣德神功"碑楼。关于这一点，道光是有自知之明的。他在谕旨中说："谨案各陵五孔桥南，均有圣德碑亭……在我列祖列宗之功德，自应若是尊崇，昭滋来许。在朕则曷敢上拟鸿规，委称显号，而亦实无称述之处，徒增后人之讥评，朕不敢也。"另外他在写给儿子的遗诏中也反复交代：

"如有撰述，可于小碑楼阴镌刻。"以免招致后人"讥评"。

道光朝的年界是公元 1821 年至 1850 年。在此之前，这个王朝已经承平 200 年，外侮不敢近；但在此之后，帝国国运日益走衰。可以说在中国近代史的开局年代，不完美的男人道光最终画下了一道不完美的曲线，令人遗憾，唏嘘不已。

第二辑　温润千年

温润千年

龙泉这个城市是有王霸之气的。

中国其实多山野之地。崇山峻岭间，叽里旮旯处，一个一个盆地式的小城寂寞开无主地独自生长。三五百年间，也出个把名人，就如中彩票一般，只要你熬得过时间，总有收获。但龙泉不一样。龙泉出名人首先在于它的"质"。比如写"春色满园关不住，一枝红杏出墙来"的叶绍翁，南宋大学者、永嘉学派创始人叶适都是龙泉人，值得一提的是，叶适还是中国市场经济理论的鼻祖。他晚年定居永嘉，主张通商惠工、扶持商贾、流通货币，视野与格局都不是山野之地的人所习有的。这从一个侧面说明龙泉这个城市并非等闲之地。

龙泉现在人口不足 30 万，古时人口约在数万间增减，真的可以说是地窄人稀。但即便这样，龙泉出名人的数量还是令人吃惊。除了叶绍翁和叶适，北宋宰相何执中、南宋宰相汤思退、北宋文豪叶涛、北宋副相管师仁、南宋考古学家叶大庆等都是龙泉人。质与量都非同凡响，龙泉的文明涵养大约是可以确认的。那日午后，我独自在阳台上读闲书，于昏昏欲睡间看到宋徽宗形容龙泉青瓷时说——"雨过天青云破处，这般颜色做将来"，心里猛地一惊，我想我应该是找到解读人文龙泉的突破口了。

青瓷。

一

相对于完整的青瓷艺术品，我更关注作为碎片形态存在的青瓷。

龙泉青瓷博物馆。从国家一级文物到三级文物的青瓷陈列有序。转到最后一个展馆，是触目惊心的碎片青瓷。他们被有尊严地摆放，一一注明出土地。与此同时，那些同样被废弃的窑址也开始有了尊严和生命——一如母体，有了圣洁的光辉。在时间的压力之下，人心的欲望浮沉以及时移世易的政治变迁中，每一个保存完整的青瓷背后，毫无疑问都有成千上万曾经惊艳世人的青瓷在奠基。他们现在沉默地以碎片的形式来承载文明的记忆，记录泥与火的秘史，记录这个人文城市最初的文明实践——以最泥泞不堪、卑微到尘埃里的土，在水与火的交媾之后，诞生出具备美学和哲学意义的瓷器。

而青色，是人间泥土涅槃重生的胎记。

大窑龙泉窑遗址，位于龙泉市西南小梅镇东北 10 里的大窑村一带，西起高际头村，北迄坳头村。沿溪 10 里的山坡上，被发现的 53 处窑址仿佛都是遗世的证人，证明曾经的文明，是如何的芳华绝代。大窑村《官氏家谱》描述说——"琉华含璋、三龟献瑞、石溪云堆、金巷流芳、琉田种玉、碧涧渔矶、溪源清隐、龟山古庙"，这是形容曾经的"琉田八景"，所谓琉田，指的就是琉璃满地的意思。而所有的琉璃其实都是青瓷碎片，是瓷人们不允许有瑕疵的青瓷诞生人间，这是大窑瓷人的自尊与自傲，也是龙泉青瓷的纯粹性与极致性得以千年保持的不二法门。

大窑龙泉窑遗址，千百年前的炉火早已经熄灭，只余历史的现场，让后人依稀可以想见，一只青瓷从瓷土到精品，要经历何种浴火重生，才能劫后余生般地来到人间，接受世人的啧啧惊叹。而前尘往事，已如三生石一般，不可印证，无法追忆。

胎料制作的第一步，对瓷土来说，关键词包括粉碎、淘洗、练泥等过程。这些词眼如春光乍泄一般，透露了土之所以为土、青瓷之所以为青瓷的云泥之别。粉身碎骨、面目全非是必须的。土壤母体当然是温暖和包容的，但是不乏杂质与粘连。所以粉碎、淘洗、过滤、练泥等过程，是青瓷胎料制作的第一步。"胎料"这个词很有意味，它真是涅槃重生的开始。是对过去的告别，也是接受再炼狱的开始。因为龙泉青瓷的成型，需要经过拉坯、修坯、装饰（以刻花为主）等几个工序，待坯体干燥之后，再进行素烧（上釉之前的烧制）定型。当然上釉之后，还要经过上千度高温的反复考验。毕竟釉色是龙泉青瓷的灵魂，反复的上釉、反复的烧制，目的就是接近无限圣洁的"青"，就像宋徽宗所说"雨过天青云破处，这般颜色做将来"，那是接近美学与哲学的化境的。

所以龙泉青瓷的制作是一项"土与火的艺术"，琉田之所以满地碎片，就是因为瓷人们尽管孜孜以求，成品率还是非常低，十件产品能够烧成一两件就算是不错了。九成产品一碎了之，从而将大窑村变成了琉田。在大窑，即便在当代，村民起屋盖房时，还是不小心会挖出遍地的青瓷碎片。每每于此，政府都会贴出告示——严禁盗挖、私下交易青瓷碎片。因为这些当年被瓷人们一弃了之的碎片，其实也是青瓷艺术品。一项艺术的高标准践行百千年，才可以使龙泉青瓷脱颖而出，达到真正的价值连城。

这是瓷的胜出，也是瓷人的胜出。在历史的现场，文明的碎片依然深埋在地下，不事声张，甘愿奠基。这或许才是青瓷的宿命。如果你做不到最好，很可能永远见不了天日。而深埋地下唯一的价值便是成全。

成全青瓷的声名，成全"雨过天青云破处"时那一抹接近无限圣洁的"青"。

二

哪一段晦暗不明的历史，才是龙泉青涩的童年呢？

公元 420 年是"永初元年"，南北朝时代南朝的第一个朝代生机盎然地开始了。龙泉查田下保村，一个家境富裕的人家为刚刚死去的亲人埋下了包括"鸡首壶""鸡冠壶""莲瓣碗"等 8 件青瓷在内的墓葬品。或许他们不知道，自己亲手埋下的，其实是龙泉青瓷青涩的童年时代。这是春天里的童话，青瓷在彼时的龙泉制作粗糙、产品单一，多为灰胎青黄釉。

但是万物生长。青瓷这门艺术也在时光的打磨下开始有了自己的光芒。胎壁薄而坚硬，质地细腻，呈现淡淡的灰白色。经过五代到北宋早期，最高统治者的眼光被龙泉的窑火所吸引。他们想看一看，经过了那么多年的等待之后，关于青瓷，龙泉会带给世人怎样的惊喜。于是，上等的青瓷开始了朝贡之路。从江湖到宫廷，龙泉青瓷以她的纯粹和孜孜以求为自己赢得了皇宫里的一席之地。

真正的惊艳是在南宋时期。地缘政治在美学和哲学之外，以一种不由分说的方式催生了龙泉青瓷的盛放。帝都的南迁、临安的繁荣，使得龙泉青瓷的外部环境变得前所未有的好。一方面北方名窑（汝窑、定窑）因为战争的原因变得繁华不再。帝都都南迁了，曾经的瓷器还能够安放宫中吗？另一方面，越窑、婺窑、瓯窑也因为各种原因走向没落，这使得龙泉青瓷一枝独秀。窑场遍布龙泉，多达 260 多处，全国最大的制瓷中心在龙泉建立了。"哥窑"与"弟窑"争奇斗艳。特别是哥窑为宫廷烧制专用瓷，成为了一个时代的传奇或者说秘史。

龙泉青瓷至此被政治或者说世俗的权力紧密裹挟，一荣俱荣一损俱损。这是艺术的荣光，但也可以说是她的悲凉。青涩的童年早已经走远，政治变迁打造了龙泉青瓷的独特魅力，也影响了她的审美。龙泉青瓷之青不仅是自然之色，也是皇家之色。她的青天之色，神秘、圣洁而高贵，但无形中却倡导了"敬天爱神"的理念。唐代诗人陆龟蒙在《秘色越瓷》夸赞青瓷釉色之美："九秋风露越窑开，夺得千峰翠色来。"但这釉色之美，在南宋皇权背景下，似乎也蒙上了沧桑感。"梅子青""粉青""灰青""豆青"，窑焰浓淡之间，龙泉青瓷长袖善舞地呈现了冷暖之变幻，就像风霜女子，就像四季时空下的山川、湖水，美艳动人却又伤感莫名。

到了元代，权力的粗暴化与审美的粗鄙化，导致龙泉青瓷胎骨逐渐转厚，而且也开始变得粗糙，造型也不及宋时优美。宛如徐娘半老，幽怨却又难与人言。

明清之后，政治对青瓷的影响是两个关键词。一是海禁，龙泉青瓷外销之门骤然关闭，曾经的海上丝绸之路成为遥远的传说；二是苛税，朝廷对青瓷课以重税，导致窑场纷纷倒闭。青瓷之花，在皇权的重力一击之后，无奈凋零。

从青涩的童年走向饱经沧桑的暮年，在时移世易的背景下，龙泉青瓷明暗变化，隐喻了一种艺术与政治权力的复杂关系。但凋零不是死去，涅槃必定重生。艺术远比世俗政治更为长久。有一些人，见证或者说参与了龙泉青瓷的勃兴与重生。

三

瓷养人，人也养瓷。瓷与人的关系是微妙互动的。应该说这是一个生灵对另一个生灵的吸引与涵养。在龙泉青瓷史上，人的故事其实比瓷的故事更加血肉丰满。他们总在历史的关键节点上，华丽转身，力挽狂澜。

公元1127年是靖康二年。这一年二月六日，徽、钦二帝被废，贬为庶人。七日，心事重重的徽宗被迫前往金营，金朝另立张邦昌为帝，建立了一个名为"大楚"的傀儡政权。靖康之耻的时代，江南处州，一个名叫章有福的瓷匠给他两个先后出生的儿子取名章生一、章生二。这是个很有哲学意味的命名。《道德经》第42章说：

"道生一，一生二，二生三，三生万物。万物负阴而抱阳，冲气以为和。"老子寥寥数语建构或者说解释了宇宙万事万物的来源与演绎。瓷匠章有福给他儿子的命名其实也有类似功能。若干年后，章生一、章生二成了哥窑和弟窑的创始人。

哥窑和弟窑，是龙泉青瓷制作史上的重要收获。它是平民史诗，却在江湖田野之间，解释与演绎了青瓷世界的极致之美。大国工匠，在那个遥远的时代就横空出世了。现在两兄弟以塑像的形式出现在大窑村的安清祖社里，和他们并排站在一起的，是明正统年间督窑官顾仕臣的塑像。这或许是艺术与世俗权力的第一次平等站立吧，甚至在后来，章生一、章生二两兄弟被封神了。瓷神。对人的尊重，或者说对瓷人的尊重以这样一种稍显民俗意味的方式呈现出来，这大约便是中国语境。

廖献忠跛着脚站在晚清的猎猎寒风中，茫茫然不知所之。这位满腹经纶的秀才已经明确知道，自己因为身体残疾已经入仕无望了。这是一个人的人生困局，但对于龙泉青瓷来说，却是涅槃重生的开始。彼时，龙泉青瓷的技艺近乎失传。哥窑和弟窑已是久远的传说。似乎没有人可以力挽狂澜，但是历史的翻云覆雨手却指向了廖献忠，他不经意间竟然承载了复活南宋古瓷制作技艺的使命。廖献忠仿"弟窑"青瓷，几可乱真，可以说是以一人之力回到了哥窑和弟窑时代，致敬他的前辈们，致敬龙泉青瓷的美好时光，也使得制瓷绝技在民国的民间江湖还能气若游丝地存在。这是龙泉青瓷命不该绝，也是瓷器艺术生命力坚韧的一个指征。

瓷器坚韧。瓷人也坚韧，且有趣。

1924 年，冯玉祥发动"北京政变"，溥仪被逐出宫禁。王朝唱晚，一切价值观都在变动，很多人都在重新寻找自己的人生定位。业余摄影爱好者陈万里拍摄了溥仪出宫时的场景，附带也拍摄了故宫收藏的瓷器。这位清室善后委员会委员被龙泉青瓷的光泽与色彩吸引了。1928 年 5 月，陈万里首次做龙泉窑考古调查。此后他八赴龙泉，不仅发现龙泉青瓷的遗世之美，而且最终让已经沉寂多年的龙泉青瓷窑火重新燃起。

当然这不是陈万里一人之功。1950 年代的中国，让龙泉青瓷浴火重生的人还包括李怀德。他保存着祖先从南宋一代代传下来的龙泉釉的工艺配方。甚至故宫还提供了一件最典型的南宋（龙泉）青瓷做实验，以求得龙泉青瓷胎釉的精确配方。这实际上是龙泉青瓷的隔时空对话，是牺牲前世成全今世。瓷人坚韧，瓷器也坚韧。所谓前赴后继、毁誉求全，最终托举的，无非是意境。

这也恰恰是青瓷的真意。

四

浙江宁波。福建泉州。宋元明时期主要贸易港口。龙泉青瓷从这里起运，参与开拓了三条海上贸易航线。这是海上丝绸之路的开始。

输出美学，输出中国意境或者说中国元素，这是青瓷的价值所在。欧洲萨克森国王奥古斯特二世，不惜花重金购买龙泉青瓷，还特地建造一座宫殿，专门珍藏中国青瓷。事实上他买的不是青瓷，而是中国镜像。应该说奥古斯特二世购买或者说珍藏的，是中国"天人合一"艺术的最高境界。而这样的珍藏是有魔力的。当奥古斯特二世听说其邻国普鲁士王威廉的妃子也珍藏有大量中国瓷器，就想占为己有。公元 1717 年 4 月 19 日，这位萨克森国王竟然以 600 名强壮士兵换来普鲁士的 127 件中国瓷器，包括龙泉青瓷花瓶。这应该是艺术的魅力或者说征服力吧。

在世界各地，关于青瓷，各种传奇的说法层出不穷。在欧洲，龙泉青瓷有着"雪拉同"（Seladon）的美名，将龙泉青瓷的色泽风韵与欧洲名剧《牧羊女亚司泰来》男主角雪拉同的美丽服饰媲美。在阿拉伯国家则被称为"海洋绿"。其实关于青瓷，美学之外，还有中国式哲学。这是青瓷海上丝绸之路得以拓展的精神内核。中国古代哲学的五大元素是金、木、水、火、土。青瓷的原料取之于土，又要经过松柴烧制，制作过程中又要用到瓯江溪水，釉彩中所含的微量有色金属元素又是金，龙泉青瓷合于天道，对应于阴阳，生成于五行，简直就是中国哲学的器物化。所谓向世界输出文化、输出价值观，青瓷已然是最好的形象代言人。

青瓷温润。这一温润，转眼已是千年。

一念江南 一念祯旺

人情风物

历史与地理构成了华夏大地的时空坐标。时间与空间的互相浸淫让每一个地名或者说城市都产生了难以言说之美。这是张力与沉淀，是每一个地名背后的信息场，而人文之美便在这样的坐标体系下氤氲而生。

江南。青田。祯旺。祯旺乡里的人。因为与这块土地纠缠融合，便有了生生不息的故事。

青田是个很奇特的江南小县城。城不大，且被群山环绕，信息流、交通流都被相对阻滞，但却出了刘伯温、汤思退、陈诚等影响历史格局的人物。这叫静水流深。

时移世易的消息里，其实也有祯旺散淡演绎的影子。乡里吴氏宗祠里，堂屋额匾上"叙伦"两个字规定了吴姓人家的道德规范与行为准则。在数百年的时光里，祠堂、民居、牌坊，追远报本的祖先灵位，聚族而居的族群生存，构筑了一个江南乡村的宗法治理模式。

152

当然世上事总是消消长长。此消彼长中，寻常百姓的寡淡日子就可以过得有滋有味，令人长久回味。祯旺乡里除了吴姓人家外，也演绎过陈、潘两姓人家的盛衰浮沉故事。高墙、深院、楼阁，柱头之上积满灰尘、黯淡褪色的牛腿、雀替、龙凤、麒麟、鱼、狮、猴、蝠等木雕，是现在残存的潘氏民宅群留给我们曾经兴旺发达的时光物证。这个有着5000多平方米的民宅群，代表着潘氏人家曾经呕心沥血的努力，彰显了一个后来居上的成功者的故事。《青田地名志》记载说，此地原来不叫"祯旺"，而叫"陈旺"。明初时，一批陈姓人家徙居于此，抱团而居，此地故名"陈旺"。万历二十六年（1598年），一个改变族群命运的年份不期而至。几户潘姓人家从松阳辗转迁居此地，潘姓宗祠开始在陈旺确立，而一个宗祠的存续总是与姓氏的迁徙紧密相连，潘姓人家的族群斗志被激发出来了。故事就像三国演义一般，陈衰潘盛成为一个乡村历史的大趋势。这是乡村风物志，也是乡村人情史。

　　潘氏民宅群开始兴起，潘姓族谱中，一个口口相传的故事是潘占五、潘德五、潘极五等四房兄弟构筑了潘氏民宅群的最初框架，而光绪年间入贡的潘德五则让潘氏民宅群有了一些文化和世俗权力承载者的味道。因为他是村里为数不多的贡生，深受村民们的敬重。陈旺地名也因此改名为祯旺。其中"祯"代表着吉祥之意。祯旺就是吉祥兴旺的意思。潘姓人家在此后的岁月里经营药材、丝绸布匹，终成乡村望族。只是到最后，因了时移世易，潘民后代大多转商为农，衰落不可避免，现今老宅居住只剩下5户人家——一个有关族群的故事最终尘封成文物保护单位，令世人感慨万千。

青田有二十多万华侨，祯旺也多出国谋生者。出国，意味着离开一方水土、一种生活方式及生活信仰。但是，很奇怪的是，当宗族生存被解构之后，祯旺乡民的信仰却依旧如影随形。每逢清明，总有海外游子归来祭祖。在去墓地拜祭过祖先之后，有些人还要在家族的祠堂里再祭拜一次。老屋破败虽然破败，但仪式感不可或缺。祠堂，在这个多元化的社会影响力虽然远不及当年，却因为它曾经是这个村落的神经中枢，还是在本能地发挥着一丝绵长的凝聚人心与孝道归属的功效。三跪九拜中，乡民们对祖先、对传统、对宗族的敬重蕴藉其间，同时祠堂也成了家族血缘纽带最亲切的寄托物。

造化天工

一个人有一个人的灵气，一座山有一座山的灵气。或者更准确地说，一座峡谷有一座峡谷的灵气。

祯旺所在的峡谷叫仙峡谷。峡谷气象万千，将山水文章做到极致，山民们无以名之，感叹此谷不应人间有，宛如天上人间，便取名仙峡谷。这是祯旺山民的野趣，也是他们的古拙。就像乡村里的一个地名——猫输田。外人乍一听，那是三天三夜明白不了的。其实个中自有掌故。这个掌故是山民们的共同秘密，茶余饭后的集体谈资。山之野趣与人之清欢，都交相辉映在小小的地名里了。

仙峡谷也是如此。峡谷中天然池潭在百个以上。水是绿得让人忍不住想哭，清得忍不住想喝。潭中鱼可百许头，皆若空游无所依。柳宗元的当年游记，仿佛就为这座峡谷量身定做。峡谷中，天是蓝得让人忍不住要融化，岩石也是极尽奇崛之美。造化天工，真可谓鬼斧神工。

有人说，人的一生，就是一场修行。其实对于仙峡谷而言，这修行的气场可大了去了。的确，山谷也有修行的。和人的百年修行不同，山谷的修行是属于亿万年级别。所谓沧海桑田，种种自然之美最终都是靠时间熬出来的。山谷之悟性，山谷之砥砺，种种断臂求生，种种凤凰涅槃，都是要靠时间熬到最后，才能惊艳人世间的。遭遇仙峡谷，我的第一个感觉就是五个字——造化钟灵秀。

仙峡谷的美，是立体沧桑之美。她美在树、美在云、美在湖、美在瀑布、美在岩石，在她身上，任何单一的美拿出来，都能让人啧啧称赞，但也仅此而已。因为那些树、云、湖、瀑布、岩石，在别的地方也能见到。仙峡谷的独特之处是，这所有种种的美，她都在自己的身上体现出来了。这是亿万年的修行之后，才能做到的有容乃大啊。看仙峡谷的茂林修竹、群峰峥嵘、怪石林立、沟谷幽静、潺潺流水、飞泉瀑布、云海变幻，其实就是看一个山谷修行圆满的过程。

当然对山谷而言，修行的基本功还是她身上的树。仙峡谷四周悬崖峭壁，景色优美，森林覆盖率95%以上。其间的瀑布美则美矣，但如果没有竹林环绕，形成移步换景之奇效的话，到底还是呆板了些。仙峡谷上，竹海、林海、针阔混交林、古松等随处可见，或为点缀，或自成风景，并且在仙峡谷奇独的云海、日落、长虹、冰挂等天象景观上扮演重要角色，这是仙峡谷的树之伟大。她们让这座山谷变得空气清新，富含负氧离子，让山与人之间的接触越来越零距离。在这个意义上说，仙峡谷的树是有温度的。她柔软、感性，有时又刚强、理性，充满了哲学的思考。仙峡谷的树是跌入人间的精灵，懂人情世故，懂人文关怀。可以说没有树，就没有仙峡谷，没有仙峡谷的亿万年修行。其实仔细一想，道理很简单，山为树之本，树为山之表。一座光秃秃的山，没有一棵树的话，只能叫石头山吧。既为石头，也就不可能演绎云海、日落、长虹、雪景等人间美景——树是人类情感的永恒寄托，因为她有春华秋实，有生生死死，有千百年之后不断循环往复的轮回变迁，这才是仙峡谷树木独特生命力之所在！

那天去仙峡谷探险，突降暴雨，站在峡谷道旁的松树下避雨，才感觉踏实一些。仿佛在电闪雷鸣的动荡不安间我回到了人间，树们懂我的心，我也懂他们的厚重无言。

风雅碧湖

文明

在江南的坐标之下看碧湖平原，它最本质的关键词是"冲击"。这是一块冲积平原。瓯江与这块土地的互相浸淫，使得括苍盆地有了平原的诞生。平原面积有 46 平方公里，与华北平原不可同日而语，即便是与杭嘉湖平原相比，也只是它的一个零头，但事实上这是水与土数千年来攻防与妥协的结果，来之不易，而文明的萌芽有待于人类去完成。通济堰，为碧湖平原带来的不仅是水稻的生长，其实也是稻作文化，以及这种文化背后江南农耕文明的肆意生长。

通济堰，创建于南朝萧梁天监年间（502 年—519 年），迄今已有 1500 余年。通济堰渠道呈竹枝状分布，由干渠、支渠及毛渠三部分组成，其拱形拦水大坝比国外最早的西班牙十六世纪建造的拱形坝——爱尔其坝早一千多年。通济堰表面上看是个水坝工程，其实是先民们人定胜天欲望的曲折表达。水什么时候来，来多少，不由老天爷说了算，而由这块平原上的人说了算，或者说通济堰说了算。这是一种人定胜天。平原上的人让瓯江从此有了友好的界面。

堰头村的人，是人定胜天的亲历者与观察者。平原上的水稻成片种植、旱涝保收，这使得稻作文明的形成成为一种可能。男欢女爱、鸡犬之声相闻、稻花香里说丰年，江南的味道其实就是水稻的味道，而水稻的繁衍与这块平原上人类的繁衍相辅相成，这是人与自然的和谐图景。

作为稻作文明，有时候仪式感就是内容本身或者说实质。在惊蛰春分前后择日子开犁，是春耕的重要仪式。时至今日，这样的仪式还在魏村、保定、九龙、石牛、高溪等村落郑重其事地举行。祭祀土地与神农，以求开犁顺利，全年丰收，有时候关键在于选择开犁吉日。春节后第一次下田，要带纸、香在自家田头拜年。芒种前，开秧门，田头烧香，以求稻秧下田无虫害。水稻的播种者第一天下秧田开秧门，第一把秧要反手连泥拔出带回抛屋顶，以求稻谷丰收，这些都是仪式的重要内容。所谓有敬畏心，方能有所收获。

相比于狩猎文明，稻作文明可能显得没那么血性与剽悍，它缺少大开大合，缺少悬念，缺少置之死地而后生，但稻作文明给予人类的安全感和获得感却是其他生产方式文明不具备的。有耕耘就有收获，天道酬勤，这是稻作文明的哲学观。汤思退，来自碧湖汤氏家族的杰出仕人，其实就是稻作文明的受益者和丰硕成果。仓廪实而知礼节，礼节始则文明始，柔弱的江南，湿漉漉的水稻，却最大程度地贡献了中国农耕文明的底色与亮色。

如果说狩猎文明是靠山吃山的话，渔猎文明则是靠海吃海。它富有侵略性，同时透着竭泽而渔的意思。这不符合我们这个民族的性格基因。中国虽然海岸线漫长，但是向海而生需要冒险，收成也不稳定。这与大和民族不同。在那个狭窄的岛国，渔猎文明是高度发达的。对资源的向外扩张与索取构成了日本民族的性格底色。这个国家虽然也有稻作文明，却仅仅是补充而已。在江南，在碧湖，中国式的生存哲学体现在内敛与知足常乐上面，而通济堰为这样的生存哲学提供了丰富的毛细血管。通济堰的水流淌得温柔而婉约，它使得慢生活与旧时光成为一种江南经典韵味。碧湖平原在人文的氤氲之下终于成了碧湖镇。

在堰头村，文昌阁显示了一种人文的存在，这是一种基于稻作文明基础上的春华秋实。当地族谱记载说，明清时期，堰头村共有数十族人取得功名，为昌文风，就在路亭的基础上重修成文昌阁。阁内曾悬有"文昌阁"匾，并在二层塑有文昌星帝像，故名文昌阁。这恰恰是仓廪实而知礼节，礼节始则文明始的明证。

而民居与建筑，其实也是人文的固化物证。堰头村，至今还保存有二十多处古民居和古建筑，无言地诉说稻作文明之上，江南人家安居乐业、雅致生活的种种情状。这些民居与建筑主要有堰头村55号"南山映秀"、51号"景星庆瑞"、49号"三星拱照"、40号"玉叶流芳"、38号"光荣南极"、36号"懋德勤学"、26号"佳气环居"、56号"社公庙"，以及"节孝流芳"牌坊等。

走进"南山映秀"民居，可以发现这是清代中期建筑，共有二进，第二进为五间二层，梁架结构为穿斗式，牛腿雕有狮子、人物、花草等图案，门厅月梁上也有狮子、凤凰、花草雕刻。中间额枋雕刻有"南山映秀"四个字，显得古朴淡雅。"玉叶流芳"民居也是清代建筑，坐北朝南。占地面积约880平方米。大门为水磨砖清砌，石质门框，门额上雕有"玉叶流芳"四个阳字，很江南，很碧湖。

而"节孝流芳"牌坊位于堰头村三洞桥西 50 米。为清嘉庆三年（1798 年）九月建成。门额上阴刻"大清嘉庆三年无射月吉旦为国学生叶成发妻梁氏建"题记。上额置"旌表"二字匾，下额砖刻"节孝流芳"四字。毫无疑问，这是中国传统节孝文化在碧湖古镇的历史留存，也是稻作文明之上人文礼仪之一种。

市井

镇其实是集市，是市井。赶集是小镇生活的一个个节点，它串起了小镇人家的生活情趣。"市廛多少着忙客，柳岸白鸥闲自飞""上市鱼虾贱，堆盘橘柚香""遥知碧湖畔，晚市暗戎戎（兴盛）"，这是清代诗人歌咏碧湖集市的诗词。碧湖镇旧时只有两条商业街：内汤街（里汤街）和人民街（上街、下街）。但是酒坊、酱坊、糖坊、染坊、豆腐坊以及衣服、布类、鞋类等穿戴商品应有尽有，摩肩接踵间，江南小镇的生活情态活力呈现。

在江南，以物易物的时代虽然早已经结束，但是行日或者说行情，最终成就的还是以物易物。这是稻作文明的一个特点，货币交易仅仅是手段，乡民们最终带回的还是自己需要却不能生产的东西。比如小猪，这其实是一家人来年幸福生活的承载。碧湖镇的小猪交易市场，是周边县市都出名的。在集市，从上街到下街，表面上看交易的是生猪或者其他农副产品，但其实也是信息与情感的传递。这个小镇的婚丧嫁娶、误解与和解、恩怨与情仇，都在集市的熙熙攘攘中喧哗而隐秘地完成了。

就像通济堰，那么多的干渠与支渠，宛如毛细血管一般，既构成了这个小镇的生存网络，也联通了他们的信息与情感网络。碧湖集市，是另一种形态的通济堰。世俗民情、江南古风，都在其中得以承载。

任何一个镇子，年头久了，都有望族。古镇望族，比拼的不仅仅是财富，也是世道人心或者说家族礼仪。耕读人家是江南古镇的一大特色。因为与权力中枢远，与中原正统文明距离遥远，仕途的进取其实就不那么重要或者说迫切了。就像江南小桥流水，荡漾的是悠扬而平淡的日子。任金戈铁马，任时移世易，古镇上的岁月都波澜不惊。而在生活哲学上，耕与读并驾齐驱，甚至耕在读之上，都体现了一种匍匐于大地的敬畏大自然心理。具体到碧湖，就是对这块平原的精耕细作。耕耘，才是生活的根本呀。没有耕耘，就没有集市的熙熙攘攘，日子就恐慌得紧，而所有的男欢女爱、诗书传家，就失去了从容不迫的气质。就像小桥流水，从来就属于江南，而奔腾咆哮，只属于北方的大江大河。

望族过的是日子，其实过的也是心气劲儿。小小碧湖镇，细细长长的上街与下街，沈家与汤家有滋有味、别着劲儿地活着。寡淡的日子因为这股劲头，开始有了期待，有了后劲。

碧湖汤氏，曾经盛极一时。南宋初期，一个叫汤转的人从云和汤侯门迁居碧湖上街银杏树下，从而成为碧湖上街始迁祖。在明朝，汤姓在碧湖形成大姓望族，曾有汤祠"半条街"之称，而碧湖也曾建有"上街汤祠、行基汤祠、下街狮子头汤祠"三大汤祠，人口有数千人之多。现在，如果遐想当年繁盛，依稀可从位于井宫巷的汤氏宗祠窥得一斑。该祠壁挂汤思退、汤硕、汤颖画像，柱题祠联："祖宗功德累累百世丕显，儿孙继述绵绵万古无疆。"而汤氏祖先汤思退（1117年—1164年），曾经官至尚书左仆射（中书丞相），封岐国公，赐第处州郡城，地位之显赫，不是一般人可以企及的。

碧湖沈氏，是清雍正年间为躲避战乱从福建迁徙过来的，由于擅长经商，经过几代人的努力，拥有广裕百货、广和食品、广兴绸布和广盛纸业等20多家商号店铺，成为碧湖镇首屈一指的商界大亨。碧湖上街卫生巷5号"沈家邸"，原为汤氏祖居。相传汤氏族人为了偿还官司债务，不得已将该祖屋大部分出卖给碧湖商贾沈氏。时移世易的消息，其实在小小一栋建筑的流转中就体现出来了。

比较汤氏宗祠的曾经芳华，位于碧湖人民街72号的沈氏宗祠，占地面积约780平方米，是碧湖现存最古老、规模最大的宗祠。它建于清同治前后，建筑高深，构造严谨，用材粗犷，做工精细，不仅是沈氏宗族祭祀祖先、商议族事的主要场所，也见证了当下沈家更胜一筹的结局。

当然小镇上百姓日子的恩恩怨怨，其实都可以雨打风吹去，徒留一段谈资的。这应该是一种举重若轻吧。这样的举重若轻，或许正是生活的本质：淡看过往，只有柴米油盐酱醋茶的日子最重要。

在碧湖古镇，最恒久最重要的存在还是黎民百姓。他们不会把日子过成诗与远方，但他们将日子过成了真正的日子。

风骨及其他

江南古镇，大多远离战火，但战火，往往不请自来。水乡与战火，最柔弱遭遇最粗鲁，有时候成就的是"风骨"一词。

碧湖是有风骨的。就像水稻可以弯腰，但那是因为果实的沉甸甸，而不是因为媚骨。这也是稻作文明酿就的正直品格。从市井到风骨，这是一个古镇的气象或者说格局。元末明初，碧湖高溪村人叶琛作为浙东四君子之一，宁死不降，成就的不仅是一块平原的风骨，也是人文的风骨。

阙麟书（1879 年—1915 年）也是碧湖镇人。清光绪二十九年（1903 年）加入处州双龙会、光复会、同盟会，策动反清起义。光绪三十二年东渡日本，三十三年初应秋瑾之约回国，参加起义。宣统元年（1909 年）冬发动温、处会党武装起事并遭捕入狱。民国 2 年（1913 年）3 月至南京，受宋教仁荐推为同盟会浙江支部代表。次年进行反袁活动，民国 4 年（1915 年）4 月 2 日在上海霞飞路遭袁世凯党徒伏击，重伤身亡。一个碧湖人的脚步，走在时代嬗变的关键节点上，每一步都感受到大地的脉动，每一步都有历史的前瞻性和预见性，所以孙中山闻讯唁电称"勋劳未报，松柏先摧"，表达惋惜和崇敬之情。阙麟书的遗体后归葬碧湖三峰村，他是碧湖之子，呈现的是仁人志士的风骨。

抗战开始之后，小小的碧湖古镇当时没有想到，战火会让它挺身而出，承担民族的苦难，也承担它义不容辞的责任。浙江省国民政府南迁，碧湖古镇不仅承载了一部分办公机构，也用它的稻米养育了一千多名难童——杭州沦陷，为了解决沦陷区流散在各地的难童寄托问题，设在碧湖的"浙江省第一儿童保育院"抚养流散难童近千人。如果我们现在重新审视当时保育院收容儿童的规定，或许能发现碧湖古镇承载的其实是一个民族未来复兴的种子：

（1）阵亡将士之子女；（2）抗战将士之子女；（3）因参加抗战而牺牲人员之子女；（4）救亡人员之子女；（5）战区灾童。

而且保育院不仅仅是抚养，更重要的是教育。它培养出来的学生，学业成绩优良，小学毕业后可以报考各省立中学公费生，寒暑假则要依靠保育院这个"家"来生活。保育院从 1938 年 6 月创办于碧湖，到 1942 年 5 月，因日本侵略军进犯丽水，全院师生撤至云和，头尾差不多四年时间。碧湖，以它的沉默与坚持，呈现了一块平原的宽容与接纳。保育院斜对面，就是沈氏宗祠。市井与风骨，传统与现实，就这么相互依存，拓展了古镇的外延，丰富了古镇的内涵。

当战争远去，和平重新降临江南，古镇完成了自我修复。它隐藏好曾经锋芒毕露的风骨，让市井的温煦重新陶醉每一个曾经慌乱绝望的心灵。这是世俗的力量，也是通济堰的水生生不息，养育它子民的莫大功绩。水稻是永远不会说谎的，就像果实永远回报辛勤耕耘的人们。市井的炊烟袅袅升起，那是家乡的味道，也是安详的人间滋味。事实上，风骨不是这个镇子的主旋律，古镇更多的属于市井，属于一地鸡毛、家长里短。

从街巷名称看碧湖古镇，大约可以发现，战火也好，政治也好，都敌不过寡淡的日子以及深沉宽广的脚下土地。柯枝巷在碧湖人民街上街地段，清代时多苦梓树，又方言谐音，故名；踏步头巷，古时溪流经此，设有埠头，俗称踏步头，因名；力田巷因巷尾朝向田畈，人们以不用尽力气，不长五谷之意，取名力田巷；双眼塘头，一九六六年曾名胜利路，于一九八三年恢复原名。因此地两水塘相接，且有塘埠头，故名；柳里巷，以柳、李两姓始居得名柳李。后因方言同音，演变为今名。一九六六年改名跃进路。一九八三年恢复原名……这些街巷的取名，很接地气，仿佛刚刚洒上汗珠，也曾流过泪珠，当然更有过欢笑。它不像杭州雨巷那么文艺范，很碧湖，很乡土。可以这么说，古镇的生命力或者说底子，终究是由这块土地上的子民创造。他们拥有最朴素最直接的话语权。

碧湖大街上，沈广和南货店、沈广裕百货店、叶阳春布店、魏德和堂药店、程聚茂糕饼店，还有银铺、饭馆、瓷器、水产等商店也永远不会因为战火被摧毁。哪怕暂时关门了，时局好转，又会热热闹闹地开门营业。碧湖老商铺临街一面没有墙壁，都是木制店门。一大早开张，伙计们就忙着卸店门，街上开始摆满各种小吃摊和水果摊，旧时碧湖民俗中，唱碧湖鼓词的艺人，把大鼓敲得咚咚响；卖梨膏糖的艺人竹竿支起高台，"来得法""来得乐"，营造了一个小镇的热闹。小孩则东奔西跑玩他们的游戏。一片嘈杂声中，人间烟火气开始弥漫。

所以江南的小日子永远是没心没肺，毫无心机。它不需要格局，不需要算计，即便是鼠目寸光，也挺好，因为它意味着知足常乐。一头小猪一个老婆，三两个孩子一亩三分地，这块平原上的人与情感，关起门来就可以解决。

简单而真诚，却隽永而源远流长。碧湖古镇，那是一整个江南的气息或者说气场。

高井时光

外婆，今夜你还会想起高井弄吧？那条弯弯曲曲如迷宫般的弄堂，一直从民国延伸到新中国，从"大跃进"延伸到"文化大革命"，再到拨乱反正，直至1980年，84岁的您与世长辞。外婆在高井弄里度过了几十年的光阴，从婀娜多姿的少女到风韵犹存的少妇，直至白发苍苍的老妪，外婆演绎了一个女人与一条弄堂须臾不能分离的世间情感。

外公也是如此。民国时代的外公是个靠个人奋斗终有所成的小业主。在丽水城里踩过人力车，做过小木匠，省吃俭用最后在高井弄买下一套宅院。面积还不小，有200多个平方。宅院是三进房，有葡萄架，有菜地，有池塘，完完全全自给自足小农经济的丽水样板。在这里，民国某年，外公娶到了外婆。高井弄里吹吹打打，一抬花轿，一个新娘，一段人生翻开了新篇章。外公的人生奋斗毫无疑问是有价值的。高井弄见证了这个高大男人的奋斗历程。他勤奋耕耘，终有所成。几年之后，外公拥有了三个女儿，分别是我的大姨妈、我的二姨妈以及我母亲。高井弄里人丁兴旺，这个管姓人家有欢歌笑语，有童言无忌。尽管当时还没有我，但我仿佛可以想见，他们的快乐和忧伤是高井弄式的，直抒胸臆，充满小桥流水人家的味道。

这是江南的味道。

我见证高井弄的时光是 1969 年至 1984 年。1969 年是我出生之年，1984 年是我们举家迁离高井弄之年。15 年的光阴，我用来体验、体察或者说体味高井弄的味道。它的温度，它的包容，它的调皮以及它的沧桑都让我流连忘返。我那时还不知道，自己捉迷藏曾经躲过的地方是新四军驻丽水办事处；我和我的小伙伴玩过家家游戏的场所则是抗倭名将卢镗的故居；如果还要寻幽问古，高井弄南弄口的周家墙弄，他的古宅是晚清贡生周益谦之家。但那时的我轻轻松松地跑过了，只是为了一只貌似很容易抓到却老是抓不到的红蜻蜓。它飞飞舞舞，停停留留。这是我童年的红蜻蜓，无数次在梦里翩翩起舞。我不知道，它曾经无数次掠过高井弄的一个书香门第——民国时，周益谦的子女与孙辈从这里走出，先后有七人留学日本，并终有所成。但年少无知的我当时追逐的只是那只红蜻蜓。在我眼里，它就是全部。关于这个世界的快乐与希望，或者说是高井弄式的快乐与希望。事实上，我童年时代，高井弄的原住民多为工人和农民家庭。大家财富差不多，情感差不多，价值观差不多，隐私差不多，或者说根本就没什么隐私。人人门户洞开，家家人进人出。你烧什么菜，我做什么针线活，一望便知。倘若隔壁邻居夫妻吵架，则成了大家共同的隐私。为什么吵，怎么解决，人人出谋划策，直至功成。

不妨这么说，那个年代的高井弄，婚丧嫁娶都是大事。对我来说，两件大事是难以忘却的。一是毛主席死了。毛主席他老人家的去世不仅于我而言是大事，对高井弄所有人家来说都是大事。人人如丧考妣，个个悲痛欲绝。置黑纱，着素衣，真是亲人去世的感觉。毛主席去世那年我才7岁，本是懵懂无知，但看见大人们像天塌了一般，我也恐慌起来，不知所措。是为大事。另一件大事是我外婆去世。1980年，外婆去世的时候我正在丽水师专附校读小学三年级，高井弄里有人跑来报信，我脚当即像软了一般，走不动路，真的感觉天塌了。我从小是外婆带大的，与外婆的感情很深。当我们举家披麻戴孝、哭哭啼啼将外婆送上山，安葬在三岩寺后，那个夜晚，我仍固执地睡在外婆过世的床上。没有一点害怕，反而感到了踏实，一如外婆从小带我入睡一般，一如年老的外婆坐在高井弄旁的石阶上，一声声呼唤："卖糖客……"那时候，高井弄里经常有游走四方的小商贩挑着各种各样的小商品如糖果之类的前来兜售。他们不喊，只是摇着叮当作响的铃铛走街串巷。这是高井弄的一道风景，外婆经常看走了神，不知不觉间老泪纵横。这时的外婆，她的大女儿为了爱情远嫁南京，据说是追随一个转业到南京工作的志愿军战士而去；二女儿嫁到了碧湖，此时也已儿女成群，只剩下小女儿也就是我妈跟她一起生活。外公早在五十年代就已病逝。外婆独自一人守寡，拉扯大三个女儿，和高井弄为伴，再也不能远离它半步。

母亲和父亲的高井弄生活也是过得有滋有味的。他们成亲于"文革"时期，虽然生活清苦，但高井弄里还有自留地，怎么着也饿不死人。我记得自己放暑假时，父亲经常会从火柴厂弄来一些糊火柴盒的活，一天做四五个小时，一个暑假下来，不仅学费有着落了，还能挣一台收音机。边糊火柴盒边听收音机，不仅是我家的风景，也是高井弄很多工农子弟家的风景。如果放大这样的风景，从宋代高井弄发端时看起，高井弄人家的风景真是随着世易时移各有变化不同。有家事，有国事，家国天下事，恩怨交集，很难分得清的。一如我和我的小伙伴们。当时呼啸成群，当时青梅竹马，现在也都各自流落他乡，只能梦里再回高井弄。

却是回不去了。现在的高井弄不知不觉间成了美食一条街，生意兴旺发达得紧。曾经清澈见底的大央沟早已被填埋了。红蜻蜓梦里梦外都不见踪影，因为没有了芳草萋萋，没有绿得喜人的葡萄架生长着，招摇着，生机勃勃地招蜂惹蝶。那天我和流泉兄同逛高井弄，正为回不去的时光暗自惆怅，流泉兄指一道被保护起来的高井弄遗迹说："看，这就是原版的高井弄！"我抬头一看，还真是。在靠近中山街的出口处，有残垣断壁被层层围住，的确是我旧时玩耍时见到的模样。只是，它已经没有生命力了。高井弄人家如果缺了人间烟火气息，和这个时代格格不入，它就怪异得紧。

高井弄，就这样越走越遥远，和弄堂外的中山街隔成了两个世界。一个日新月异，一个墨守成规。而我那遥远的年少时光，承载了一个家族集体记忆的高井弄，最终也只能封存在岁月深处，不能轻易开启了。

西湖记忆

1999 是怎样的一个年头呢？

这一年，阿尔卑斯山发生雪崩；韩寒获得了新概念作文一等奖；腾讯公司即时通信服务开通。世界正在日新月异。这一年也是崔健首唱《一无所有》过去的第 13 个年头；而举世瞩目的北京奥运会，还要 8 年之后才到来。

这一年，是我邂逅西湖的日子。

或许不能叫邂逅，应该叫与西湖两两相对的日子。彼时，我从西安逃出，在试水广州《新周刊》杂志未果后，最终落脚在杭州一家杂志社，做编辑部主任。杂志社办公的场所在平海路，往南走两步就是西湖；我租住的地方在赤山埠，旁边就是太子湾公园，再往北便是净寺、清波门。每天坐公交车沿南山路去平海路上班，西湖是绕不过去的所在。

现在想来，风景其实与人的心境息息相关。作为一个流浪文人，彼时的西湖在我眼中不是风景，就是一个挺大的湖吧。虽说我与西湖两两相对，却没有相看两不厌之感。就像电影院里陌生的邻座，注定不会发生什么故事，散场时间一到，必然分开。就像我漂泊过的那么多城市，最终都相忘于江湖了。偶有念想，却不至于刻

171

骨铭心。

直到那个春天，我踏上了苏堤。

踏上苏堤之前，我以为自己只是百无聊赖之际的踏青。置身于杭州这个鸟语花香之城，我觉得苏堤也只是成功人士苏轼在仕途通达之时的得意之作。它的关键词注定是锦上添花、花好月圆之类的，所谓名人的溢出效应，注定与怀才不遇无关。而那年30岁的我，却常常在春天里有怀才不遇之感。所以我踏上苏堤，不是来和大名鼎鼎的苏轼寻找通感的，仅仅只是因为百无聊赖。

但是这条长堤还是震撼了我。不是因为它的美，也不是因为它的知名度，而是因为苏轼建堤之时的人生况味。据我所知，元祐五年（1090年），苏轼上《乞开杭州西湖状》于宋哲宗时，离那场著名的"乌台诗案"已经过去了11年。"乌台诗案"发生在元丰二年（1079年），刚刚调任湖州知州的苏轼四十三岁，本已过了四十不惑的年纪，但他偏偏还是惑了。由于给皇帝写的《湖州谢表》里有"愚不适时，难以追陪新进""老不生事或能牧养小民"等牢骚话，新党攻击他是"衔怨怀怒"，"指斥乘舆"，"包藏祸心"，才上任三个月，他就被御史台的吏卒逮捕，解往京师。此后，在坐牢103天后，苏轼又被贬为黄州（今湖北黄冈）团练副使，达数年之久。但是这个个性文人还是动辄得咎，1085年，宋哲宗即位，苏轼对暴露出的腐败现象进行了抨击，由此，苏轼既不能容于新党，又不能见谅于旧党，只得自求外调到杭州去做太守。

毫无疑问这是外放。从世俗功利的层面说，是苏轼的人生大压抑。但他却自己给自己来了个苏堤春晓，健全了自身的人格，也张扬了杭州的城市品格。当然对于西湖来说，这还是具有历史人文意义的。历史上的西湖如果仅仅只是一个湖，仅仅只是花好月圆的甜腻风格，想必它不能引起世人悲欣交集的同情心与同理心，而这次苏堤踏青，让我第一次在柳丝拂面的柔情万种中，开始体味到千年之湖背后的有容乃大。西湖容得下一条长堤，也必定容得下酸甜苦辣，以及种种人生滋味。

苏堤之后，西湖人文景观中再度让我动容的是孤山的一位隐士——林和靖。这位北宋初年著名的隐逸诗人，以他的有限人生在西湖边上酣畅淋漓地展示了他的另类生活方式。结庐孤山，与高僧诗友相往还。以湖山为伴，20余年足不及城市，以布衣终身。这样的一种魏晋遗风，我原以为不会出现在江南，要出现，也只能出现在干瘦奇崛的西部，比如终南山之类的地方。但偏偏是杭州，偏偏是西湖，在有了铁骨铮铮的岳庙之后，又凸显了一种雅致、如水墨画般的简单生活新形态。毫无疑问，它让我开始对西湖刮目相看了。西湖水温润，西湖水亦硬朗。西湖人事春秋中，千百年来，各种形态的生活观、价值观其实都能一一找到对应的位置，且有条不紊、从容不迫地演绎。一个湖的大气象，终于云蒸霞蔚了。

我开始沉下心来，不再怨天尤人。最重要的，我开始欣赏西湖的美。西湖的美不单一，多层次，让我流连忘返。我羁绊杭州的七年时间里，最初常常浮现在脑海的那句诗是著名的"我不是归人，是过客"。这应该是一种悲怆的浮现，在雨中，在风中，也在阳光里。我以为很妥帖自己的心境——杭州是别人的杭州，西湖是别人的西湖。我最终是要归去，远离它的。但慢慢地，我开始怀疑自己的定位了。到底是归人还是过客，不在于你是否在杭州买房定居，而在于在精神层面上，你是不是能跟这座城、这个湖两两相望，相看两不厌——我惊讶地发现，在离开它的日子里，自己竟然开始思念它了。比如回老家过年的时候，家乡没有这一汪湖水，心里总感觉缺少什么。

我甚至在我所在的杂志社策划了一个活动，叫好梦一日游，免费赞助从没有游过西湖，却心向往之的贫困山区人士来游西湖，圆他们的天堂梦。结果刚刚搞第一次活动，就把我给震了。来的是一对小夫妻，男的老实巴交，女的身怀六甲，关键是他们身后还有若干亲戚，也一起来了。虽然人数有点多，但既然来了，也不好赶他们回去，便降低住宿标准，四人挤一间，安排了西湖一日游。那一天，据说他们是比过年还开心的日子，一大家子人叽叽喳喳说了好多话，不过最让我动容的，则是身怀六甲的孕妇对肚子里孩子说的一句话："你啊，比你妈幸福多了，在肚子里就能看到西湖，也不枉到世上做人了。"

在西湖边时间久了，妻子也深深地爱上了它。虽然我们蜗居在农民房里，却以住在西湖景中央而开心。从花港观鱼到柳浪闻莺，从净寺到清波门再到中国美院，南山路的风景总是在西湖的映衬下显得摇曳多姿。妻子说，关于西湖人物，她最喜欢的是苏小小。南齐时钱塘第一名伎，中国古代最有名的才女佳人。为了爱，梦一生，"妾乘油壁车，郎跨青骢马。何处结同心，西陵松柏下"。或许，也只有西湖，才盛放得下她出淤泥而不染的挚爱。当然，对我来说，苏小小等人的意义在于，从名仕到名隐再到名伎，西湖给我的感觉真真是有容乃大。它是城中之湖，却又超越了一个城市的雅量。一个湖之所以能折服世道人心，非得有如此这般的大气量不可吧。

离开西湖的日子是 2005 年元宵节。我去北京谋职。这是告别的日子，我第一次发现，一个城，一个湖，与我如此难舍难分。我以为，自己不会有第二故乡，不会在漂泊的日子里深深地爱上他乡，从而让自己受伤。但是，妻说，以后安定下来，就在杭州定居吧。因为她喜欢它。最重要的，是喜欢这个在我们灵魂动荡不安的日子里妥帖我们的人间西湖。我不想显得太矫情，只含含糊糊道："再说吧。"火车缓缓启动，离开杭州站的时候，我的脑海里就不由自主地浮现出食指的那首诗——《这是四点零八分的北京》：

这是四点零八分的北京，一片手的海洋翻动；
这是四点零八分的北京，一声雄伟的汽笛长鸣。
北京车站高大的建筑，突然一阵剧烈的抖动。
我双眼吃惊地望着窗外，不知发生了什么事情。
我的心骤然一阵疼痛，一定是
妈妈缀扣子的针线穿透了心胸。
这时，我的心变成了一只风筝，
风筝的线绳就在妈妈手中。
线绳绷得太紧了，就要扯断了，
我不得不把头探出车厢的窗棂。
直到这时，直到这时候，

我才明白发生了什么事情。

——一阵阵告别的声浪，

就要卷走车站；

北京在我的脚下，

已经缓缓地移动。

我再次向北京挥动手臂，

想一把抓住他的衣领，

然后对她大声地叫喊：

永远记着我，妈妈啊，北京！

终于抓住了什么东西，

管他是谁的手，不能松，

因为这是我的北京，

这是我的最后的北京。

我的眼泪终于喷薄而出。

普陀：一座岛的器量与成全

一

民国八年（1919年），62岁的康有为在结束了长达16年的海外流亡生活后，惆怅归国。8月，他来到了普陀山。或许，在康有为看来，以中国之大，能慰藉其此刻心情的，似乎唯有普陀山了。游历期间，康有为在普陀山不肯去观音院题诗："观音到此不肯去，海上神山涌普陀。"字里行间的他，似乎是要寻找菩提真意，却不知如何得觅；而接下来一句"第一人间清净土，欲寻真歇意如何"，又将康有为心中欲说还休、一言难尽的思绪展露无遗。

过往政治上的不尽人意需要一个载体去倾诉、去承载，甚至康有为想从中获得慰藉。在法雨寺，康有为意味深长地题写对联："锦屏临海浪，法雨飞天花"。对联末了，还盖有一方印章，上书"维新百日，出亡十六年，三周大地，游遍四洲，经三十一国，行六十万里"。

细究起来，这对联实在是有故事的，它是戊戌变法失败后，康有为写给谭嗣同的挽歌，原联系"锦屏留海浪，法雨飞天花"。康有为将"留"字改为"临"字，或许是普陀山给他的现场感吧。短短十字联，一种惊涛拍岸、往事如昨的难言惆怅，扑面而来。

普陀山，因了康有为不设防的文化往还，又为其人文底蕴，增添了一个新鲜个案。

一直以来，普陀山的普济寺山门赫然挂着一副楹联："五朝恩赐无双地，四海尊崇第一山。"这个面积仅仅 12.5 平方公里，且孤悬海上的一块小岛，千百年来因为历史和文化的力量，使得它具备了某种大而化之的力量。任何人间烦恼、社会不公，到了这里，都能被一一化解。身陷其中者，多能得到心灵的慰藉，或者从中获取向上乃至于自我拯救的力量。北宋王安石在展开轰轰烈烈的变法之前曾任鄞县县令，当时包括普陀山在内的舟山诸岛都隶属鄞县管辖。王安石一次游普陀洛迦山时作诗一首，其中"树色秋擎出，钟声浪答回"一句，很有借景抒情的意味。王安石将普陀美景幻化成他的变法前景，颇有"以出世心做入世事"的智者气概。而普陀山在历史上对待文人也似乎特别钟爱。当文人失意之时，这里便成了避风港和疗伤地，任何一个落魄文人都可以躲在其间，发千古之幽情，感慨人生成败，检讨进退得失；当其得意之时，普陀山又成了一方运筹帷幄、大展宏图的舞台，所谓铭其志、励其行，普陀山都是最好的见证者和记录者。

也的确是记录者。千百年来，文人墨客在普陀山或激情澎湃或惆怅伤感，大多在此处留下文字，既记录当时心情，更记录当事人背后一个时代的得失与情状。宋代王安石、陆游、史浩，元代赵孟頫、吴莱，明代文徵明、屠隆、徐霞客、董其昌，清代全祖望、万

178

言、袁枚、姚燮、俞樾、刘鹗，近代康有为、孙中山、郁达夫、吴昌硕等都曾到过普陀山。他们在某种程度上成全了普陀山，普陀山也可以说慰藉乃至成全了他们。这其实是一种相互成全。对普陀山来说，文人墨客们游览此地留下的数以千计诗书画卷，层层叠叠地打造了一座海岛的人文底蕴。这也是普陀山虽小，却位居中国四大佛教名山之列，且影响远远超过峨眉、五台、九华三山的重要原因；对文人们来说，曾经到此一游的普陀山毫无疑问承载了他们的悲欢离合、人生感悟，同时普陀山又以其大爱无言、清静无为洗礼了文人们的识见与往事前尘，从而在更大的层面上于其未来人生以启迪，这大约就是一种成全，也是普陀山作为人间清净地的重要明证吧。

二

如果仅仅是针对文人的得意或失意给予人生启迪，普陀山的器量也未免太小了些。作为"第一人间清净土"，千百年来，普陀山事实上成了国人的心灵净化器。它可以说是精神层面的，更是世俗层面的。

一般而言，五谷丰登是世人的良好愿望，但是久旱无雨，常常导致人间饥荒遍地。明朝景泰年间，两浙一带遭遇严重旱灾，朝廷亦无解决办法。这个时候，世人特别是两浙一带的老百姓多将目光投向了普陀山，他们不约而同地相信山上的观世音能现三十三种化身，救十二种大难。而十二种大难中，久旱无雨便是其中一难。这样的一种信仰让江浙一带的百姓纷纷上普陀、天竺去向南海观音求雨。果不其然，不久之后两浙就普降甘霖，是年该地区五谷丰登。虽然以当下的眼光看，向南海观音求雨与普降甘霖，并无内在的逻辑关系，但是对于当时的民众信仰而言，"人间第一清净土"给予他们对生活的希望以及美好明天的期待而言，却是弥足珍贵的。因为它在某种程度上维护了社会稳定，减轻了民众的无望感或者说挫败感，这与慰藉一两个文人的心灵创伤相比，普陀山真可谓功莫大焉。

　　普陀山的心灵慰藉功能当然不仅仅体现在求雨上。可以说人间有多少烦恼，普陀山就能给世人多少慰藉。到过普陀山的人都知道，它有二处光明池，一处在潮音洞，另一处在善财龙女洞。传说喝了光明池的"慧泉"水，可使患了眼疾的人双目复明。这当然是一种美好的愿望了，当然也是芸芸众生寄希望于观音显灵的体现。其实比起求雨，世人对自身健康与平安的祈福是更加迫切的，而普陀山在这方面毫无疑问提供了极大的心灵慰藉。不仅仅是治疗失明，观音治百病的传说让世人虔诚地相信，普陀山便是这样一方人间净土。所谓心诚则灵，哪怕能起一种安慰剂的作用，普陀山也做到了洒向人间都是爱。佛经《维摩经》说："一切众生病，是故我病。"这样的人间悲悯，承载在普陀山这样一块观音道场上，实在是再恰当不过了。

　　当然，类似于求长生、求子等芸芸众生的自身关切，在普陀山也能一一找到落脚点。千百年来，普陀山在某种程度上成了民众朴素欲望的表达地和存放地。民众当然也是善良的。其实，没有谁能

180

做到长生不老，也没有谁来普陀山求子后，必定心想事成的。他们要的就是这样一块可以诉说自己心事的地方。在一地鸡毛的红尘琐事背后，一个关于海天佛国的诗意想象便能妥帖地安慰他们动荡不安或者说惶惶不安的心灵，而这正是普陀山功莫大焉的地方。无数的人来了又去，去了又来，相信人间必定有一块净土，比如普陀山。这又回到了康有为的当年感慨——第一人间清净土。在这个时候，文人与芸芸众生的感悟达成了高度统一，他们都需要在普陀山完成心灵净化，因为这是人世间迟早要遭遇的一场精神洗礼。

正因为有着这样的功能，普陀山不仅能够吸引国人，海外信徒也是纷至沓来，为的就是遭遇那场精神洗礼，在普陀山完成心灵净化。元大德至至正年间，日本信徒龙山德见、雪村友梅、嵩山居中、月山友桂、东林友丘、大川普济等不远万里来普陀朝拜观音。元至正八年（1348 年），高丽僧人慧勤来普陀山朝拜观音。明永乐至嘉靖年间，日本信徒坚中圭密、东洋允澎、天与清岩等来普陀山朝拜观音。清康熙二十三年（1684 年），泰国、缅甸、斯里兰卡、老挝、印度、菲律宾等国信徒纷至沓来到普陀山朝拜观音。至于当下，各国信徒来普陀山朝拜观音者更是不胜枚举。这其实就是人间清净地的影响力，也是人同此心，心同此理的普陀山样板。至于这个"理"，当然可以仁者见仁、智者见智。可以是菩提心，也可以是世间悲悯。而这，正是普陀山有容乃大的地方吧。

第三辑　1793 年的傲慢与偏见

孔子的最后十八年

在历史长河中，十八年时间意味着什么呢？

鲁定公十三年（前497年），孔子55岁。在官场上郁郁不得志的他在这一年出走鲁国，开始了其"老来漂"的危险旅程。从55岁出走到73岁归寂，孔子生命中的最后十八年差不多都在行走中度过。这当然是意味深长的行走了，孔子一边行走一边宣道，将一个人与其坚守的信仰及其深陷其中的时代关系演绎得决绝而恩怨交集，令人唏嘘不已……

一切事其来有自。从孔子55岁上溯38年，在其17岁时，孔子对"礼"以及"礼制"产生了浓厚的钻研兴趣。他以为，在礼崩乐坏的时代，只有重塑礼的尊严，才能正本清源，让一切各得其所。当时的孔子并不知道，他的人生况味，他与这个时代的恩怨交集，都从这个时刻开始出发。正是这一想法以及从此想法出发的一系列行动，构成了他此后的全部人生。

从孔子55岁上溯20年，孔子35岁时，齐景王正在被一个命题焦灼着：国家这么大，形形色色的人这么多，究竟怎么治理才能走向繁荣富强呢？孔子伸出八个指头，意味深长地说了名垂青史的

185

八个字："君君、臣臣、父父、子子。"这的确是八字真经，因为在此后的两千年当中，此八字成了历朝历代龙椅中人驭人、治国的不二法宝。孔丘先生也因此八字被抬进神坛。

从孔子55岁上溯4年，孔子51岁时，他被任命为鲁国中都地方的行政长官，从而获得了一个实现其"以礼治国"政治实践的平台。鲁国人一夜醒来惊讶地发现，原来养、生、送、死都是有礼节的，天下事，大不过一个"礼"字，礼立了，人也就立了。他们盯着孔子的嘴巴，看见他吐出一句句新鲜的话语，从而知道了如下这些警句格言：

> 有朋自远方来，不亦乐乎？
>
> 见利思义，见危授命。
>
> 君子泰而不骄，小人骄而不泰。
>
> 君子易事而难说也，说之不以道，不说也。
>
> 君子之仕也，行其义也。
>
> 君子和而不同，小人同而不和。
>
> 君子矜而不争，群而不党。
>
> 君子周而不比，小人比而不周。
>
> 君子坦荡荡，小人长戚戚。

在有关君子与小人这些绕口令式的定义中，孔子的礼仪学习班规模越办越大，他甚至希望有人的地方就有礼仪——政权可以有更迭，礼仪当永世长存。孔子希望这个世界是和谐世界。

在接下来的齐鲁两国国君夹谷峰会中，孔子作为鲁定公出访团的重要成员，已位居鲁国大司寇（相当于现在的最高法院院长），承担着护卫鲁定公安全的重要职责。事实上，这并不是个滑稽的安排，因为孔子除了脸型比较怪异外，身材还是猛男型的，身高近一米八，是为"长人"。鲁定公以为，孔子的官职与身体条件，可以保证他在出访期间的人身安全。

但孔子却以为，仅有这些是不够的，重要的是要有礼。在这个世界上，有力可以赢得一时，有礼可以赢得一世。孔子决定和齐景公讲礼。当齐景公要求鲁定公遵守两国盟约的条款，如果齐国出兵打仗的话，作为同盟国的鲁国必须派出三百辆兵车相随，否则就是违约时，孔子一报还一报，他让齐国归还先前侵占的那些鲁国的土地，以实现双方平等、同盟的愿景。所谓礼尚往来，孔子将这个成语演绎得熠熠生辉，让齐景公无话好说，并最终退回了先前侵占的鲁国的土地。

这实在是一次礼的胜利，让礼仪的归礼仪，让暴力的归暴力。孔子在其知天命之年将人间之事处理得游刃有余，是谓尽人事知天命，展示了孔子作为男人成熟圆润的一面。

孔子生命中接下来的一个重要桥段就是那个著名的"堕三都"事件了。"堕三都"是夹谷峰会后孔子再次以礼为矛与礼崩乐坏的世俗社会进行较量的一次尝试。所谓的"堕三都"就是拆毁三桓所建城堡，让国家重新归于大一统，归于"君君、臣臣、父父、子子"的八字真经。毫无疑问，这几乎是不可能完成的任务，因为傻瓜都知道，孔子要拆的哪是三桓所建的城堡，他要拆的是人心和欲望。

这里需要解释一下什么是三桓。季孙氏、叔孙氏、孟孙氏三家世卿，因为是鲁桓公的三个孙子，故称三桓。所以三桓既是人名，更是政治。当时的政治现实是，三桓的一些家臣在不同程度上控制着三桓，孔子强行"堕三都"，其政治处境就变得微妙起来。

最终，城堡牢不可破，孔子所谓人间礼仪、天下秩序，终究在这顽固的城堡面前败下阵来，"堕三都"计划以失败告终。当然，一同败下阵来的还有孔子的理想。他的理想在鲁定公十二年（前498年）的冬天被历史佬儿撞了一下腰，宿命，给正处于人生巅峰期的孔子一个警告——这样的时代，有理想的人是可耻的，也是危险的。所谓理想，往往会在付出代价之后一无所得。一如他，孔子。

在宿命的阴影下，孔子开始首鼠两端，茫茫然不知所之，直到鲁定公十三年（前497年）。

鲁定公十三年（前497年），鲁国郊祭。很多人都喜气洋洋，因为祭祀后他们都得到了祭肉。但是孔子没有。

孔子伤心了。他当然不是为一块微不足道的祭肉而伤心，而是为即将失去的政治舞台伤心。因为在这里，祭肉代表了鲁国政坛的潜规则：只有祭祀后得到祭肉的人，才有资格继续出任鲁国的官员。换言之，孔子被解雇了。

所以在鲁定公十三年（前497年）的时候，孔子终于知道了自己的人生方向——他该走路了。

他的漂泊生涯就此开始。这一年孔子已经55岁。在那个寿命普遍不长的年代，孔子的老来漂毫无疑问是一段危险的旅程。这危险不仅仅来自自然界，也不仅仅来自他的身体，还来自他的理想与现实世界的巨大冲突，或者说最主要的是来自他对这个世界秩序的不妥协以及隐藏其后的脉脉温情。孔子是要改造这个世界而不是破坏这个世界的，但世界却对他充满了敌意，对这个年近花甲的老人充满敌意。世界潮流浩浩荡荡，顺之者昌逆之者亡，势必要裹挟一切人等、一切异端，而孔子，只不过是这个波涛汹涌世界上的一叶扁舟。一叶逆流而行的扁舟而已。

当然，孔子他不是一个人在行走，他的身边还有颜回、子路、子贡、冉有等弟子。

这是一批殉道者，这批殉道者为了那个遥远的乌托邦理想再现混乱的人间，一路进行着无望而又坚决的抵抗和说服。不错，礼仪世界在鲁国的实践是失败了，但并不意味着理想的破灭。因为在这个世界上，有担当才知进退，有激情才懂固守，这些人最终将自己走成了志同道合者。

应该说这些人放在世俗社会里，无论哪一个都是极其优秀的人才。孔子自己就不用说了，说说颜回吧，这个比孔子小三十岁的男人其父子两人都是孔子的学生，他的父亲颜路也是孔子 72 门徒中的佼佼者。颜回的优秀品德有两个，一是忠，二是德。他追随孔子周游列国，忠心耿耿那叫一个至死不渝。事实上这不是对某一个人的忠诚，而是对信仰的忠诚。颜回和孔子一样，都打心眼里相信，人间大同，只在"礼仪"二字，而他们就是布道者，神圣的布道

189

者，需要以生命打底的布道者。正是基于这样的认识和体悟，颜回的德行就堪称一流了。这个家境贫寒的人一生安贫乐道，却时时刻刻体味着学道的愉悦和布道的幸福。可以说颜回和孔子是忘年交，也是人间知己，所以当颜回四十多岁去世的时候，孔子悲伤得那真叫一个痛何如哉。

子路则比较适合搞政治。这个后来在季氏家做过管家的人很有大局意识，在追随孔子后，子路具体执行了"堕三都"行动，一板一眼显得非常沉稳，后来在随孔子周游列国中，子路也是颇有官运，他客串卫国的蒲邑大夫三年，很有为官一任造福一方的意思。孔子后来评价子路说，蒲这个地方还是小了一点，要是把一个大国交给子路去管理，毫无疑问，结局只有四个字：国富民强。

子贡口才好，凭着三寸不烂之舌在各国间游说、用间，往往能出奇效。他最著名的成功案例是一条舌头说死吴国，从而改变了春秋末期各诸侯国间的战略格局。当然，子贡也适合做理财师，要放在现在，会是一颇有成就的理财大师。子贡善于经商之道，曾经在曹、鲁两国经商，富致千金，是孔子众弟子中的首富。司马迁在《史记·仲尼弟子列传》中，对子贡颇为欣赏，里面有这样一句话："子贡利口巧辩，孔子常黜其辩。"很有青出于蓝而胜于蓝的意思。

孔子就是这样带着这帮人精出发了，第一个目的地是卫国，但是很显然，卫国国君卫灵公并不待见他。虽然卫灵公给了他年薪6万的待遇，可孔子缺乏的依旧是可以实现他理想的政治舞台。要命的是接下来卫灵公对孔子起了疑心，派一个叫公孙余假的人24小时监督他，这让孔子觉得，卫国不是他的福地，而是其人生滑铁卢。在卫国待了 10 个月后，孔子带着他一帮满腹经纶的有才弟子们在一个伸手不见五指的黑夜逃离了这个小气的国家，准备到陈国去。

历史的无常经常就在于，先给你希望，再给你绝望。孔子最终没能走到陈国去，因为他的长相酷似阳虎，所以走到匡邑这个地方，孔子就被与阳虎有仇的匡人给拘禁了。这是一次令人提心吊胆的拘禁，孔子与他的弟子们失去联系五天五夜，后者担心孔子会一命呜呼，孔子却自信满满。他后来这样对弟子们解释说，周文王死了之后，一切文化遗产不都在我这里吗？老天要是想灭亡这些文化，拿去好了，我也不会再掌握这些文化了，老天要是不灭亡这些文化，匡人也就不会把我怎样。

所谓天人合一的生动诠释，孔子以自身为例将它说了出来。这可以说是危险旅程中的小快乐，是革命乐观主义精神之孔子版。

于是孔子们准备重新回到卫国。这又是一番颠沛流离，因为他们又被劫了。这一次劫持孔子的是蒲人。被劫持似乎是流亡者的宿命，孔子的弟子们也概莫能外，他们在蒲城被公然叛乱的卫国贵族公叔戌所部关押，动弹不得。当然最后的谈判结果是，只要孔子师徒不到卫国都城帝丘去，他们就可放行。孔子答应了，却是"虚应"，因为在四分之一炷香之后，孔子带着他的弟子们行走在前往帝丘的小道上。子贡对一向重礼的孔子如此作为颇为不解，孔子却给他一个解释。他是这样说的，所谓的礼是平等自愿的，被劫持者可以不讲礼。弟子们听了，茅塞顿开，原来礼也是讲究原则性与灵活性相统一的，呵呵。

孔子可以说是在一路走来一路现身说法。不错，列国没有他的政治舞台，但他却将这段旅程变成了他的政治舞台与演讲舞台。礼仪天下，礼是什么？是当下，是内心，是济世情怀，而不是拘泥小节。孔子一路走来，信手拈来，处处化腐朽为神奇，悠悠然便有大师气象存焉。

鲁哀公二年的盛夏，在卫国已经蹉跎了四年岁月的孔子怀揣理想打包上路，寻找他的下一个礼仪实验地——陈国。他边走边看，竟然看到了这个乱世欲望的最新表现：途经宋国时，宋司马桓魋正一本正经地打造巨型的石椁，希望自己可以永垂不朽。

孔子嘲笑了桓魋的永垂不朽，认为可以永垂不朽的是石椁而不是他桓魋。当然，这种嘲笑是有代价的，那就是桓魋很生气，孔子的后果很严重。就在孔子和他的弟子们若无其事地演练礼仪时，桓魋派人前来砸场了。桓魋以如此粗暴的举动警告孔子：祸从口出，礼仪更不能护身，一切丧家之犬都是没有尊严的。

这时的孔子还真是累累如丧家之犬。因为不仅桓魋这样说，郑国人也这样说。几天之后，受到桓魋袭击的孔子与他的弟子们不幸在郑国国都新郑走散，这个神情干枯的老人一个人孤零零地站在新郑东门外等候弟子们前来认领。

没有人来认领他，来的都是围观者。对其遭遇抱有深切悲悯之情的围观者。这些新郑的围观者不明白这样一个老头为什么会出现在这里而不是在家中安享晚年。孔子也无法向他们解释，他的悲苦与行走都是为他们做出的，他悲悯着他们的悲悯，深切着他们的深切，那是悲天悯人的大情怀啊。

只是这样的情怀无人能懂，除了追随他的那些弟子们。

子贡是在黄昏之时才找到孔子的。有一个比喻句子用得比较好的郑国人在此之前多嘴地对他说：发现新大陆了哥们。在东门那里站着一个人，嗨，额头像唐尧，后颈像皋陶，肩膀像子产，可腰以下比禹短了三寸。落魄得像个丧家狗。呵呵！

这样的描述在孔子听来是很妥帖的。当子贡把这话转告给他之后，孔子自嘲说，可不，我就是一丧家狗啊。

鲁哀公三年，孔子六十岁了。所谓六十耳顺，听什么话都不刺耳，这是孔子的一个认识，但他自己也明白，别人说什么不重要，重要的是别人做了什么。

很多人都在做，围绕着孔子而做。比如陈湣公。这个小国国君听说孔子来了，住在陈国大夫司城贞子家，他就跑过来向孔子致以亲切的问候和崇高的敬意。但仅此而已，原因很简单：陈国是个小国，经不起孔子的改良实验。陈湣公拉着孔子的手，发自肺腑地说，咱不折腾，不折腾，好好活，好好活比什么都强啊。孔子听了，笑笑，六十耳顺，六十耳顺方可一笑……

当然希望永远是会有的，这一回的希望来自楚国，楚昭王。楚昭王听说他崇拜得如滔滔江水绵绵不绝的孔子此刻就待在陈国无所事事时，马上就派人礼聘他来楚。同时为了表达自己的诚意，楚昭王还准备封给他700里的土地。一时间孔子炙手可热。

世事如果不出意外的话，孔子的人生将迎来最大的拐点，但世事的无常就在于，意外是必然的。不出意外是不可能的。意外有两个。第一个来自楚国方面。楚国令尹子西认为，楚昭王脑子进水了，为自己培养了一个掘墓人。子西语重心长地抛给楚昭王一系列问题：

"大王派往各侯国的使臣，有像子贡这样的吗？"

"大王的左右辅佐大臣，有像颜回这样的吗？"

"大王的将帅，有像子路这样的吗？"

"大王的各部主事官员，有像宰予这样的吗？"

楚昭王的回答都只有一个：没有。

子西更加语重心长了：大王啊，问题的关键不在这里，问题的关键在孔子手里捧着的礼制啊。礼制是什么，那是洪水猛兽，是画地为牢。大王不妨想想看，我们楚国的祖先在受周天子分封时，封号是子爵，土地跟男爵相等，方圆五十里。现在孔丘讲述三皇五帝的治国方法，申明周公旦、召公奭辅佐周天子的事业，大王如果任用了他，那么楚国还能世世代代保有方圆几千里的土地吗？想当年文王在丰邑、武王在镐京，作为只有百里之地的主，最终能统治天下。现在如果让孔丘拥有那七百里土地，再加上他那些有才能弟子的辅佐，这……这是要楚国的命啊。

楚昭王不吭声了。他这才明白，孔子手头貌似什么都没有，却什么都有。只要祭出礼制的法宝，孔子就战无不胜攻无不克。所以，孔子是不能来的，是只可远观不可近用的，再说得好听一点，是可以为万世师表送上神坛的，却不可轻易下来。人间将无孔子，人间永远有孔子。作为孔子的铁杆粉丝，楚昭王念及于此，那真叫一个潸然泪下和难与人言。

第二个意外来自孔子自身。他被困在陈、蔡之间的旷野地带不能够成行了。原来陈国、蔡国的大夫们知道孔子对他们的所作所为有意见，怕孔子到了楚国后被重用，对他们不利，于是派出服劳役的人将孔子师徒围困在半道上，前不靠村，后不着店，所带粮食吃完，绝粮7日，最后还是子贡找到楚国人，楚派兵迎接孔子，孔子师徒才免于一死。

事已至此，孔子几乎看到了自己人生的那些个谜底：他是个早生了五百年的人间异数，在这个不合时宜的乱世无望地奔走，以为目标就在"下一个"，以为永远会有"下一个"，却不知"下一个"和"上一个"大同小异，无甚生趣。就像这个时代，连阴谋都没有什么想象力，真是令人乏味至极。

孔子懒得再去一一过招了。

在出走14年后，这个68岁的老人重新回到了鲁国，鲁国是日新月异的，也是一成不变的。因为鲁哀公对他仍是敬而不用，孔子唯一能做的，就是著书立说。他是不想与当下对话和沟通了，他寄希望于后世，孔子开始整理六经，修《诗》《书》，定《礼》《乐》，序《周易》，作《春秋》，述而不作，已然有大圣气象了。

公元前481年，孔子在修《春秋》时，有人向他报告说鲁哀公在鲁国西郊猎获了一只麒麟。这在孔子看来，是一个不祥之兆。因为麒麟的出现，本应为"仁者之君"做天下太平的隐喻，而春秋纷乱，是麟不该出时。孔子为此掷笔而叹说：吾道穷矣！就此终止了

《春秋》的编写；而历史上的春秋时代，也因为麒麟的出现戛然而止。第二年，也就是公元前480年，一个更加礼崩乐坏的时代——战国开始了。

第三年，鲁哀公十六年，公元前479年，73岁的孔子惆怅地停止了呼吸。在他停止呼吸前七天，这个一生明知不可为而为之的老人对前来拜见他的子贡说："太山坏乎！梁柱摧乎！哲人萎乎！"（见《史记·孔子世家》）意思是说泰山就要倒了！房梁就要塌了！哲人就要谢世了！说完，老泪纵横。孔子的这番话说得真是既自信又寂寞，仿佛给自己的人生下最后的注脚，令人听了，莫名惆怅。

孔子生命中最后的十八年，以他特立独行的行走和思考圈点了一个民族礼仪文明的最初底色，而孔子的努力也实实在在地在秦汉以降的这个国度得到了追认与尊崇——董仲舒之后，"罢黜百家、独尊儒术"成为中华帝国长久的政治选择。

十八年春华秋实，孔子将它走成了永恒，走成了中华文明千年不易的大秩序。

公元前 134 年

公元前 134 年，两个心事重重的男人茫茫然不知所之。他们其实不知道，自己即将迎来一次机会，从而改变历史的走向。这两个男人一个是 45 岁的董仲舒，另一个是 23 岁的汉武帝刘彻。之所以说他们俩心事重重，是因为他们此前的日子过得都不太顺。22 岁以前，董仲舒只是老家广川郡（今河北省枣强县）的一个民办教师，虽然有些书呆子的嫌疑，"三年不窥园圃，乘马不知牝牡"，却很是敬业，教了不少学生的。六年前也就是武帝建元元年（前 140 年），17 岁的刘彻刚刚登基，下诏招"方正贤良文学之士"，董仲舒应诏对策。这是此二人的第一次遭遇。史载：董仲舒对策毕，武帝任其为江都相，事易王刘非于江都——江都在今天的江苏扬州市，董仲舒在这里成为一个藩王的手下幕僚。董仲舒的遭遇其实说明了两层意思。一是他的应诏对策不是很对刘彻胃口，以至于没有留在汉武帝身边加以重用，而是被打发到扬州去——显而易见，在刘彻眼里，当时的董仲舒"卑之无甚高论"，不是他想要的方正贤良文学之士，属可有可无一类；二是为窦太后（汉文帝刘恒的皇后，汉景帝的母亲。刘彻上位前的最高掌权者）所欢喜的黄老之学仍为当时政坛的主流之见。刘彻作为未成年皇帝，不可能在窦太后健在时就开一家之言。所以即便要重用董仲舒，也有个时机是否成熟的问题。

其实意识形态总是和政治相联系的。建元元年（前140年）刘彻启用魏其侯窦婴为丞相，武安侯田蚡为太尉。此二人倾向儒学，便推荐儒生赵绾为御史大夫、王臧为郎中令，开始建元新政。但建元新政很快就流产了。值得注意的是，此次新政流产事件的冲突点在于是否议立明堂上。在古代，明堂是帝王宣明政教的场所，凡朝会、祭祀、庆赏、选士、教学、养老诸典均在此举行。赵、王二人请了他们的恩师申培出山来操作此事。这个在当时颇有名声的儒学巨子对古制非常精通，且极富说服力。在他的影响下，武帝下令"列侯皆就国，以礼为服制"，而矛盾冲突也就这样产生了——窦太后勃然大怒，以孝道问罪汉武帝，迫其废立明堂，下赵绾、王臧于狱，将窦婴、田蚡罢官。所谓议立明堂就是要废黄老之学，重新打造儒教影响。但这件事情办得仓促了些，刘彻刚上位根基未稳就要改旗易帜，谈何容易。

公元前135年，70岁的窦老太后与世长辞。刘彻终于迎来他改旗易帜的机会。从五年前议立明堂的尝试可以看出，"以儒治国"是刘彻一以贯之的选择。而且就人事而言，上文所述赵、王二人的恩师儒学大师申培就是不二人选，可惜的是申大师在公元前135年和窦老太后同年去世，不过此公追随者甚多，弟子中为博士者十余人，为大夫、郎、掌故者以百数。著名儒家弟子有周霸、夏宽、砀鲁、缪生、徐偃、庆忌等。董仲舒想在此时脱颖而出，几无可能；并且建元元年的遭遇也说明——就儒教代表人物而言，他董仲舒不是刘彻心目中的重要人选。

历史在这里似乎要惆怅地错过这两个男人的第二次遭遇了。但历史毕竟是历史，它总是曲径通幽、一唱三叹。两个男人的第二次遭遇在公元前134年宿命般地到来。这一年，董仲舒向汉武帝提交了他的新儒学纲领。包括"天人合一"说和"天人感应"说，提倡君权神授；包括他首倡的"三纲五常"说。董仲舒认为三纲即"君为臣纲，父为子纲，夫为妻纲"，五常指仁、义、礼、智、信五种为人处世的道德标准。由此他规定了君臣、父子、夫妇之间的服从关系和处世原则，为西汉以降两千年间中国人的人格塑造和行为模式提供基因图谱。当然董版儒教在当时最主要的功能是为汉武帝量身定做一套治国规范或者说执政指南。君权神授说明天子治国的合法性；"三纲五常"说从理论上论证了等级制度的合理性。所有这些都是先秦儒学所不具备的。先秦儒学批判暴政，强调以德治国，并不重视秩序与规范——在这个意义上说，董仲舒击败当时众多儒学高手脱颖而出，自有他的优势所在。

汉武帝由此确立"罢黜百家，独尊儒术"的国策。按说事情到了这个地步，董仲舒作为国策的策划人，应该得到重用，但要命的是，不识时务的他以"天人感应"说为武器，对武帝政治提出很多批判性的意见，如建元六年辽东高庙和长陵高园便殿发生两次火灾，董仲舒将此现象与《春秋》比照后，得出结论称"天灾若语陛下"，让他自我反省。董仲舒还专门写了一本叫《灾异之记》的书，时刻不忘给汉武帝挑刺。武帝当然不喜欢儒生们经常借天象以示警，跟自己对着干。由此董仲舒再次被冷落。而汉武帝也似乎对董版的儒教失去了兴趣。虽然国策是"罢黜百家，独尊儒术"，他却偏偏重用百家人士。比如汉武帝重用黄老学派的代表汲黯为东海太守；宠幸擅长长短纵横术的主父偃，以及研习杂家学说的韩安国。主父偃因给汉武帝出主意打击诸侯王，一年内得以四次升官。至于熟谙法家思想的酷吏张汤、赵禹、杜周这些人，也靠刑名术得到汉武帝重用——史载他们"以深刻为九卿"，这个"深刻"不是认识深刻而是为官刻薄严苛的意思，这些都是法家中人的行政特点。

不妨这么说，董仲舒和汉武帝的遭遇其实是一个书生和政客的遭遇。书生或许也有一些心机，升级旧版儒教以投其所好，但很显然，政客汉武帝要的其实更多——外儒内法，甚至表儒实法。政客的手段和机心是书生董仲舒远不能提供或者说适应的。这一点正如后来的汉宣帝所一语道破的那样："汉家自有制度，本以霸王道杂之，奈何纯任德教、用周政乎？"所以董仲舒和汉武帝的合作，只能是一种表层或者说浅尝辄止的合作。在被冷落了差不多十年后，元朔四年（前 125 年），董仲舒被任命为胶西王刘端国相，遭遇一如当年事易王刘非于江都，并无多大改进，且 4 年后他就辞职回家，再也不为汉武帝所用。

公元前 104 年，董仲舒去世了。公元前 87 年，汉武帝去世。此时，离"罢黜百家，独尊儒术"国策的提出已经过去了 47 年。在国策三五年一换的那些个年代，这个国策的近 50 年不动摇已然是个奇迹了。但谁都没想到，奇迹竟然在继续，并且一继续就继续了两千年左右。此后的帝国，不仅继承了董仲舒版的儒家学术，也心照不宣地继承了汉武帝外儒内法，甚至表儒实法的治国理念。说到底，这两个男人的东西最后都留了下来，并且深刻地影响了国人的性格和命运。而他们最初的那些遭遇和分合，放在历史大背景下看，其实都已无关紧要了。呵呵，历史总是这样的，不经意间雪泥鸿爪，往事不要再提。

汤显祖：一个知县的万历二十一年

一

公元 1593 年是怎样的一个年头呢？

它是明神宗万历二十一年。这一年，有两个名人去世了，李时珍和徐渭。另一些名人不约而同地出世——洪承畴、孙传庭、周延儒等，他们注定要在大明王朝未来的舞台上，演绎一曲曲悲欢离合的戏码。这从一个侧面说明，明帝国在起承转合的历史规律下，还在循规蹈矩地行进着，虽然前途未卜。这一年，意大利人伽利略（Galileo）发明了气温表。而在英国，"只懂得一点点拉丁文和很少的希腊文"的二十九岁的莎士比亚写下两部作品：《泰特斯·安特洛尼克斯》和《驯悍记》。他更为知名的作品《罗密欧与朱丽叶》要在第二年才开写。众声喧哗中，明帝国一个失意的中下层官员在这一年遭遇了遂昌。他便是汤显祖，四十三岁，刚从广东雷州半岛南端徐闻县调任浙江遂昌县知县一职。汤显祖在徐闻做典史已经差不多两年时间了，典史又叫添注，是个编制以外的官员，并不分管具体事宜，可谓体制外临时工。而在两年前的万历十九年，汤显祖还是一个官居六品的南京礼部祠祭司主事。如果不上那篇著名的《论辅臣科臣疏》的话，此人极可能被首辅申时行、次辅张四维等保举参选庶吉士而入选翰林院，日后成为一名内阁大学士也不是不可能的。

但是，汤显祖注定要在万历二十一年来到遂昌。因为他此前在两千多字的《论辅臣科臣疏》中说："首辅申时行执政，柔而多欲，任用私人，靡然坏政。请陛下……严诫申时行反省悔过。"又说："言官中亦有无耻之徒，只知自结于内阁执政之人，得到申时行保护，居然重用。"关键是汤显祖认为："皇上执政二十年，前十年张居正把持朝政，后十年申时行专权误国，二人虽性情不同，但结果一样，都以个人的意志结党营私。"这实在是惊世骇俗之言，它不仅得罪了首辅申时行和科臣杨文举、胡汝宁，也让万历皇帝龙颜大怒。汤显祖对万历皇帝登基二十年的政治都作了抨击——前十年被张居正所误，后十年被申时行所误，果真如此的话，皇帝的英明、伟大、正确到哪里去了？由此，一道圣旨将汤显祖放逐到雷州半岛徐闻县为典史。一年之后，汤虽然遇赦，调回浙江遂昌任知县，可情形却好不到哪里去。当时的遂昌虽然是个县，却是处州府下差不多最弱的一个县。面积小得可怜，"斗大小县"，地理位置偏僻，处于"万山溪壑中"。由于"学舍、仓庾、城垣等作俱废"（《汤显祖诗文集》），以至于这个地方"赋寡民稀"，老虎和盗贼竞相出入民舍，其蛮荒程度，与徐闻县差不了多少。

这其实还是一种变相的流放。从一处偏僻移至另一处偏僻，从地理蛮荒到心灵蛮荒，皇帝仿佛在报复汤显祖，试图从肉体到心灵都摧毁他。毫无疑问，汤显祖面临着一场挑战。这个出身于书香门第的仕途中人早在二十一岁时就中了举人。如果他是蝇营狗苟之辈的话，本可以在1577年（万历五年）、1580年（万历八年）有两次机会得以高中进士，条件是和当朝首辅张居正合作，掩护他几个不学无术的儿子取中进士。因为在当时，海内最有名望的举人一个是汤显祖，另一个是沈懋学。张居正的想法是让汤显祖和沈懋学等人与他儿子同时上榜，成为进士科的同年，以遮人耳目。沈懋学照这个法子做了，得以高中，但是汤显祖没有。虽然张居正的叔父在这场交易展开之前曾经屈尊到汤显祖家中，与他商谈合作细节，但汤显祖却拒绝了这场看上去可以取得双赢的合作。他说："吾不敢从处女子失身也。"汤显祖这句话事实上泄露了他性格或者说命运的密码。性格即命运。如果不肯同流合污，那命运大抵是要形单影只的。汤显祖最后之所以以半隐居的方式从官场后撤，以文学滋养自身，以为其心灵转场的支撑点，这背后的逻辑关系其实是一目了然的。

拒绝跟张居正合作，自然也会拒绝跟张四维、申时行合作，只要这种合作有违程序正义。张居正死后，坐上了相位的张四维、申时行也曾尝试诱以翰林的地位与汤显祖展开交易，汤显祖都不愿意走捷径。直到三十四岁之时，汤才以一个非常低的名次中了进士，从而展开其无人喝彩的仕途之旅。从举人到进士，汤显祖拒绝诱惑，孤孤单单地走了十三年，最后才勉强以一个七品官的身份到南京任太常寺博士。南京的文化气场确实是很强大的。作为帝国的留都，南京的官员们多无实权，他们或放浪形骸，或曲径通幽，试图以另一种隐秘的方式挤进京师权力场，以体味权力带来的实惠与荣光。但汤显祖走的是第三条道路，他与当时南京的徐霖、姚大声、何良俊、金在衡、臧懋循等戏曲名家展开切磋，或行诗词唱和，活得不亦乐乎。如果我们从这个角度看汤显祖为什么会在万历十九年上《论辅臣科臣疏》，或许能读出其背后的性格基础与逻辑基础——书生论政，是不屑于在人情世故上做什么文章的。

所以，在个人命运的曲线图上，汤显祖注定要在万历二十一年（1593 年）来到遂昌。而当时的遂昌，显然没有做好拥抱汤显祖的准备。她事实上也不可能拥抱任何人。在浙西南崇山峻岭之间的遂昌，历来不是权力中心所关注的一个县域。遂昌只是浙江处州府下若干个偏远小县之一，即便是处州府，也远不如当时的婺州（金华）府、温州府在政治版图上来得重要。所以汤显祖在万历二十一年（1593 年）目击遂昌时，所看到的"学舍、仓庚、城垣等作俱废"场景，实在是帝国疏于治理的一个证明。帝国版图太大了，需要重点治理的地方又来得多。或许在皇帝眼里，像徐闻、遂昌之类的地方，本来就是作为被贬官员流放的场所，越荒凉越好，遑论治理。

万历二十一年（1593 年），汤显祖四十三岁，如果以人生七十古来稀来衡量，他的人生早已过半。在不惑之年与知天命之年的夹缝中上下不靠地晃荡，汤显祖似乎依然不愿意世故。在发现了遂昌的山水之美后，汤开始了他的心灵放逐。妙高山、含晖洞、青城山、小洞峰（大峰岭）、东梅岭、唐山寺等，汤显祖一一体会山水的静美无言。当然，独乐乐不如众乐乐。汤显祖不敢将大自然的静美专属于自己。在来到遂昌后的第三年也就是万历二十三年（1595年），明末五子之一、戏剧家、诗人屠隆前来拜访，汤显祖便带着他游青城山、白马山、飞鹤山、三台寺、妙高山等遂昌美景，一一为其指点精妙之处，俩人共同陶醉于山水之乐。汤显祖不仅将这份简单而纯粹的快乐带给屠隆，另外也将这快乐带给了云游至此的一代高僧达观禅师（释真可）。汤显祖与其同游遂昌境内的唐山寺、赤津岭等地，禅师赞叹说："天台深处觅高人，几度登临无一身。却上唐山寺里看，池清影现妙通神。"对于汤显祖寄情于山水之间，忘却人间烦恼，这位一代高僧显然是羡慕嫉妒恨的。他在口占《题留汤临川谣》时云："汤遂昌，汤遂昌，不住平川住山乡。赚我千岩万壑来，几回热汗沾衣裳。"汤显祖听了，哈哈大笑，颇有拈花微笑的意思。

汤显祖在遂昌的心灵转场不仅体现在寄情于山水之间，也在于他将人生着力的重心点从仕途转至文学之上。于无人喝彩之时，汤显祖实现了自我救赎。他在遂昌之时，不仅改完了完成于万历十五年（1587 年）的《紫钗记》初稿，同时还开始了《牡丹亭》的构思和创作。汤显祖写《牡丹亭》，当是其绝意仕途，笔耕以终老的一种证明吧。当一个仕途中人，不再关心权力场上的风吹草动，而是关心子虚乌有一对男女青年的爱情故事，为人间至情至爱牵肠挂肚、呕心沥血之时，汤显祖显然与万历二十一年帝国官场上其他同僚自觉拉开了距离。他在该剧《题词》中有言："如杜丽娘者，乃可谓之有情人耳。情不知所起，一往而深。生者可以死，死可以生。生而不可与死，死而不可复生者，皆非情之至也。"表面上看，汤显祖是在研究爱情，其实质则是反程朱理学，肯定人欲，追求个性自由。这实在是一个官员的思想异动，是其"官非官，终去官"的心理基础。因为在当时的大明帝国，程朱理学是官场中人处事为人的思想和行动根基，但汤显祖在遂昌却开始了静悄悄的蜕变：从官员的队伍中后撤，从世俗的评价体系中后撤，终于将自己后撤成一个品格独立之人。当然独立的代价是巨大的。汤显祖在四十九岁时弃官回家，而遂昌终成其心灵转场的最后驿站。

二

万历二十一年（1593 年），皇帝将他的三个儿子一并封王，却遭到了礼部尚书罗万化以及光禄寺丞朱维京、涂杰、王学曾、给事中王如坚、吏部员外郎顾宪成、礼部主事顾允成、张纳陛、郎中于孔谦、员外陈泰来、工部主事岳元声、吏科都给事中史孟麟、礼科给事中张贞观、国子助教薛敷教等人的坚决反对。一场关于"国本"问题的较量让皇帝变得心力交瘁。

事情得从十二年前的那个冬天说起。万历九年（1581 年）的一个冬日，当皇帝在慈宁宫心血来潮临幸了一个不知名的宫女之时，他不知道，帝国的梦魇已是如影随形。这个后来被称之为恭妃的宫女怀孕了，生下皇长子朱常洛。不过在皇帝心中，那个冬夜只是一场游戏一场梦，关于梦的结果，他倒不是很在意。彼时，围绕朱常洛的身份和地位问题，大臣、皇帝以及皇帝身边的两个女人恭妃和郑贵妃开始角力。角力的目的只有一个，谁能承继大统？是皇长子朱常洛还是郑贵妃所生的皇三子朱常洵？

笃信嫡长子继承制的大臣们刚开始是毫无察觉的，因为皇帝并没有明确表示要废长立幼。万历十年（1582年）八月，皇长子朱常洛出生之时皇帝没什么动静，但万历十四年正月皇三子朱常洵出生之后皇帝却做了一个耐人寻味的举动：册封郑贵妃为皇贵妃。这是厚此薄彼，都说母以子贵，皇帝对朱常洵之母如此厚爱，会不会在立储问题上有重大突破呢？申时行不安了。那个正月刚过，二月初三日，内阁大臣申时行就向皇帝提出立储问题。立储问题不是小问题而是大问题，因关系国家存亡根本，所以称之为"国本"。申时行为了促请皇帝早立太子，举例说明本朝的先例，说："英宗二岁立，孝宗六岁立，武宗一岁即立为皇太子。"如今皇长子已经五岁了，这时立为太子，不算太早。最主要的是可以"正名定分"。名分问题解决了，朝廷的人心也就安定了。申时行如是以为。但皇帝却跟他打哈哈，称"皇长子年幼体弱，等二三年后再行册立"。由此，国本问题浮出水面，众大臣人心浮动，开始了长达十五年的"争国本"运动。而这样的较量事后证明，结果只有一个——两败俱伤。

万历二十年（1592年），较量又一次展开。这一年朱常洛已经十一岁，正月二十一日，礼科都给事中李献可领着六科官员给皇帝上疏，请求对皇长子进行太子养成教育。这是曲径通幽，也是变相逼万历皇帝承认朱常洛的太子身份。李献可上疏说：皇长子朱常洛当及早进行预教，不要继续禁于深宫之中。此疏一上，皇帝当然很生气。他下旨要将李献可外放，贬到地方上去，以儆效尤。但要命的是大学士王家屏拒不执行任务，将皇帝的朱批封还。与此同时吏科都给事中钟羽正、吏科给事中舒弘绪以及大学士赵志皋等人纷纷支持李献可，万历皇帝又一次站到了广大官员的对立面上。万历二十年（1592 年）的故事可以说是六年前"争国本"故事的翻版，皇帝虽然大力弹压，却是人心尽失，帝国的断裂已是触目惊心。

也正因为如此，万历二十一年（1593 年），皇帝才主动出招，将他的三个儿子一并封王。这是以退为进，为他心仪的皇三子朱常洵上位做好铺垫。但经过几个你来我往的回合之后，皇帝精疲力竭，只得宣布暂停三子并封王的举措。八年之后的万历二十九年（1601 年）十月十五日，皇帝在国本问题上弃子认输，同意立皇长子朱常洛为皇太子。毫无疑问，在万历二十一年，皇帝是很有挫败感的。他深陷体制、礼仪、亲情与个人心灵自由的巨大悖论中难以突围，日子过得很是郁闷。

三

万历二十一年（1593 年），婚龄已有十一年的莎士比亚婚姻生活并不幸福。他的农民出身的妻子安·哈瑟维对他所谓的事业一直嗤之以鼻。儿子哈姆内特·莎士比亚八岁，对这个世界有着无限好奇。而莎士比亚来到伦敦也有六七年时间，在剧院做了一段时间的马夫、杂役后，直到三年前才有机会拿起笔，尝试为伦敦一家顶级剧团——詹姆斯·伯比奇经营的"内务大臣供奉剧团"写作剧本。此时的莎士比亚根本没有什么代表作，写出来的东西经常被那些有着牛津、剑桥背景的"大学才子"们所嘲笑。莎士比亚得到的评价通常是"混迹于白鸽群中的乌鸦"。毫无疑问，这个时候的莎士比亚也面临着他的人生转场。汤显祖遭遇遂昌，莎士比亚遭遇伦敦。同在人生低谷，他们都需要一场挑战，面向自己的挑战。就是在这一年，莎士比亚写出了他一生中最著名的喜剧《驯悍记》，这部作品探索了两性关系以及爱情和金钱的价值等主题，在热闹的故事情节背后，那些带有浓厚的文艺复兴时期关怀人的命运以及人与人之间的关系的主题震撼了有着牛津、剑桥背景的"大学才子"们。从这一年开始，他们的嘴里再也没有冒出"混迹于白鸽群中的乌鸦"这样的字眼。莎士比亚在伦敦完成了他的自我救赎，一如汤显祖在中国遂昌所做的那样，他们都在人生困境中发现了另一个新鲜而不可能的自己。

五年之后的万历二十六年（1598年），汤显祖在无限的心灵安宁中离开遂昌，离开仕途，开始居家潜心写作《牡丹亭》。在这个世界，他其实是不寂寞的，也是不孤独的，虽然他不知道，在地球的另一边，一个叫莎士比亚的年轻人与他不约而同地开始了心灵起舞。而著名的万历皇帝依然在紫禁城中坐守心灵困城，无法突围，虽然他拥有至高无上的权力，却是倦怠已极，成为一个消极罢工、郁郁寡欢的悲情皇帝。汤显祖则成了人生赢家——遂昌的山水大美无言地成全了汤显祖，汤显祖的人文情怀则在五年的光阴中有意无意地滋润遂昌——历史毫无预警地在万历年间，悄然发生一段有关互相成全的故事……

是为人间佳话。

1793 年的傲慢与偏见

1793 年是怎样的一个年头呢？距其 19 年前，美国开始了独立战争；13 年前，美国科学院在波士顿成立；7 年前，瓦特改良蒸汽机，西方开始了工业革命；1793 年的 1 月，法国爆发大革命，路易十六被处决；3 月，美国第一位总统乔治·华盛顿在当时的首都费城宣誓连任总统，开始了第二任期的总统生活。同样是在这一年，大清帝国已有 3.3 亿人口，其人口数目相当于欧洲人口总和的 2.5 倍，是世界人口的 1/3。而在这些背景之下，乾隆皇帝于该年接见了马戛尔尼率领的大英使团。

1793 年是乾隆五十八年。这年九月，一个 700 余人的使团出现在避暑山庄。他们来自遥远的大英帝国。目的是为乾隆补祝八十寿辰。其时，乾隆在位 55 年，已经是一位 83 岁的老人了。

帝国显然欢迎使团的到来。因为这支由马戛尔尼伯爵率领的英人使团早在 1792 年 9 月 26 日就从普利茅斯港出发，通过英吉利海峡，往西朝中国方向航行，长途跋涉，差不多经过近一年时间才到达目的地。乾隆以为是"红夷进贡"，感其诚意，连连下谕，广东及沿途官员要好生接待，优遇使者，供给上等充分食物，并且"赏给一年米石"。当马戛尔尼率领的大英使团乘坐"狮子号"抵达天津大沽口外时，帝国官员隆重迎接。风头一时无两。

一般来说，按照英国人的外交惯例，除特邀访问之外，使团的出访费用都是要自理的。但乾隆显然不会按英国规则行事——他给予英使的东方式礼遇既表明了其好客态度，其实也曲折地表达了一个大国的傲慢——就像大清柱国福康安随后对马戛尔尼说的那样："我们有的你们没有，你们有的我们都有，你们有我们没有的，都是我们不需要的无用之物。"

但大英使团还是执着地奉上了自己的礼物——总计 600 大箱、价值 1.56 万英镑的礼物，虽然这些礼物在福康安眼中全是"无用之物"：天文仪器、光学仪器、航海仪器、各式火炮和枪支弹药、望远镜等当时欧洲最先进的自然科学方面的成果。另外还有一艘军舰模型，也就是大英使团乘坐的"狮子号"军舰模型。"狮子号"毫无疑问是当时英国最先进的军舰之一，舰上配有英国最先进的火器、火炮等，这些在随舰附送的说明书里都有详细说明。

那么，清帝国回赠的又是什么礼物呢？五千年不变的土特产——猪和家禽等。事实上这样的礼物并不受来访的英人待见。因为"有些猪和家禽已经在路上碰撞而死"，所以当运送礼物的中国官员刚刚离开，英国人就把一些死猪、死鸡从"狮子号"上扔下了大海。不过充满反讽意味的是，马戛尔尼使团带来的礼物也不受乾隆待见。乾隆在收下这些礼物后，就将它们扔进了圆明园的库房里，再无理会。

当然，马戛尔尼来中国并不单纯是为乾隆补祝八十寿辰那么简单。他是带着使命而来——希望清帝国能够把天津、舟山、宁波等地方开放成通商口岸，和大英帝国建立正常的经贸关系和外交关系，并借此将闭关锁国的大清国拉入世界中。对话，合作，共赢。因为在此之前，清帝国将对外贸易限制在广州一个地方，一口通商，而且实行行商制度，与这个世界进行着若有若无、可有可无的接触。马戛尔尼希望，大国要有大国的气度。

可惜，历史往往差强人意。对于大国的理解很显然乾隆和马戛尔尼是各不相同的——乾隆要的是大国的傲慢和威严，马戛尔尼却希望大国的关键词是宽容和与时俱进。两人南辕北辙。更要命的是历史经常有小插曲，历史的小插曲加速或打断历史前行的进程，令人或目瞪口呆或长吁短叹。

这一回从历史的小插曲中伸出来的则是一条腿。马戛尔尼的腿。马戛尔尼不屈不挠的腿。

准确地说，乾隆希望马戛尔尼面见他的时候两条腿都跪下来，同时辅之以磕头的动作。因为在乾隆看来，这事关英帝国对大清帝国的尊重。在使团抵达热河时，乾隆皇帝下圣旨曰："领臣等即将该正副贡使由西踏跺带至御前，跪候皇上亲赏该国王如意。宣旨存问毕，臣等仍由西踏跺带至地平前中间槛内，向上行三跪九叩首，礼毕即令其入西边二排之末，各行一叩首礼，归坐赐茶。"

但是马戛尔尼却不想行礼如仪。原因同上，马戛尔尼也希望清帝国对大英帝国有所尊重。在马戛尔尼看来，跪叩之礼本身就是反文明的，这不仅是对身体的侮辱，具体到他身上，更是对国家形象的侮辱。

便只跪了一条腿，而将另一条腿伸了出来，牢牢地踩在地上。

在一片清帝国官员对乾隆三跪九叩之时，马戛尔尼和他的英国使团有限地维护了自己的身体和他们所属国家的尊严。副使斯当东的儿子小斯当东后来在他的日记里这样描述当时的场景："随着一声令下，我们单膝跪地，俯首向地。我们与其他大员和王公大臣连续九次行这样的礼，所不同的是，他们双膝跪地而且俯首触地。"

由此，乾隆很生气。这样的生气辐射到马戛尔尼身上，那便是皇帝拒绝了开放天津、舟山、宁波等地为通商口岸，和大英帝国建立正常的经贸关系和外交关系的建议。毫无疑问，这是一场由礼仪之争引发的两国关系走向冰点的个案，乾隆就此关上了与世界和谐互动的大门，直到他生命终结，直到 1840 年的到来。

一个帝国可能的自我拯救就此被一条不听话的腿别住了。1793年的这场破冰之旅最终以失败告终。马戛尔尼们悻悻回国，而乾隆则让他带了一封信回去交予英吉利国王。信的口吻是居高临下的，开头便是"奉天承运皇帝敕谕英吉利国王知悉"，内文则有"其实天朝德威远被，万国来王，种种贵重之物，梯航毕集，无所不有。尔之正使等所亲见。然从不贵奇巧，并无更需尔国制办物件"等充满帝国自信的话语。

而马戛尔尼则在带回去的一份关于中国的报告中这样写道：

"中华帝国是一艘陈旧而古怪的一流战舰，在过去的一百五十年中，代代相继的能干而警觉的官员设法使它漂浮着，并凭借其庞大与外观而使四邻畏惧。但当一位才不敷用的人掌舵领航时，它便失去纪律与安全。它可能不会立即沉没，它可能会像残舸一样漂流旬日，然后在海岸上粉身碎骨，但却无法在其破旧的基础上重建起来。"

当然这样的文字乾隆不可能看到，即便看到了他也不可能看懂——帝国缺乏英文人才，即便有，也无人敢翻译这样晦气的文字。盛世大清需要的是祥和之气。

最重要的是乾隆看懂了也毫无意义。就像那张"狮子号"军舰模型说明书的宿命——六十多年后，当英法联军攻入圆明园时，他们惊奇地发现，当年马戛尔尼奉送的礼物无人问津地躺在里面，满是尘土。而尘土覆盖下的那张"狮子号"军舰模型说明书，虽然字迹泛黄，却还清晰可辨……

一切夫复何言。

1900 年

　　1900 年是一个充满了暗示的年头。它是开始与告别，是欢乐圆舞曲，也是忧伤的离歌。这一年 6 月 22 日，敦煌莫高窟下寺道士王圆箓在清理积沙时，无意中发现了藏经洞，从而让公元四至十一世纪的佛教经卷、社会文书、刺绣、绢画、法器等五万余件文物重现人间。但是很快，藏经洞的绝大部分文物被闻风而至的英、法、日、美、俄等国探险家劫掠到世界各地，中华文明的命运在 1900 年由灵光一现变得支离破碎。

　　同样是在这一年，首次发现甲骨文并购藏它的王懿荣以身殉国。这位光绪六年（1880 年）的进士时任京师团练大臣，负责保卫京城。当 7 月 20 日，八国联军攻入东便门后，他偕妻小投河殉国，时年 55 岁，身后留下大量甲骨文无人看守，更无人整理和破译。

　　甲骨文和莫高窟"藏经洞"的发现时间分别在 19 世纪的最后一年和 20 世纪的第一年，中华文明最神秘和最久远的风采乍现人间，但人间正是乱世，光绪王朝此时岌岌可危，所以文明的命运注定是要流离失所的，这是 1900 年的帝国难以逃脱的宿命。

　　在莫高窟"藏经洞"被发现前六日，第二届奥林匹克运动会在巴黎开幕。在和平的旗帜下，英、美、法、德各驻华公使一再照会清政府，必须严厉镇压义和团及惩办镇压不力的官吏。这是危险的信号，此时在帝国内部，义和团焚烧教堂，打杀教民以及与外国使馆卫队的冲突愈演愈烈，帝国对其是抚是剿，必须要有一个明确的态度和行动。这个问题貌似简单，非此即彼，可在决策的背后却隐藏着对皇权的争夺和帝国今后命运的判断或者说把握。总理各国事务衙门的许景澄、袁昶、联元等与封疆大吏李鸿章、刘坤一、张之洞等人主剿。给出的理由是内忧外患，不先解决内忧就无从解除外患，如果招抚义和团，毫无疑问将给列强以入侵帝国的口实，此举风险甚大；而端王载漪，军机大臣、吏部尚书刚毅以及大学士徐桐则主张招抚义和团，但背后的理由却是上不了台面的。因为此三人中，载漪是诏立大阿哥溥儁的父亲，徐桐是溥儁的老师，刚毅则是后党集团的骨干，他们主张招抚义和团的目的是利用后者为其火中取栗，抗击一直支持光绪皇帝的西方列强，以武力解决废立问题，光绪下台，溥儁登基。所以端王载漪等将爱国的口号喊得震天响，私底下却以售其奸。

　　慈禧太后首鼠两端。她当然也想让光绪下台，溥儁登基。但义和团真能抗击列强吗？这是一个问题。五月十二日，慈禧太后在仪鸾殿召开了御前会议，此前她已连续四次召开大臣、六部九卿会议讨论剿抚问题。无果。这一次的御前会议观点依旧针锋相对，结论依旧无果。忠于慈禧太后的力量和忠于光绪皇帝的力量胶着在一起，历史的脚步停滞了下来。

　　一个人开始铤而走险，准备有所作为。载漪。他在这个原本平淡无奇的夜晚制作了一份不平淡的文件——列强"归政照会"，从而改变了历史可能的前进脚步。这份通过秘密渠道送到慈禧太后手中的"归政照会"令她下定了决心。因为"归政照会"中有这样一条："勒令皇太后归政（光绪皇帝）。"此后的形势急转直下。第二天，御前会议再次召开，慈禧太后宣布"我为江山社稷，不得已而宣战"。6月21日，清政府以光绪的名义，向英、美、法、德、意、日、俄、西、比、荷、奥十一国同时宣战，同时谕令各省督抚招集"义民"组团，以借力抵御列强。7月13日，八国联军分两路向天津城内发起总攻。7月14日，八国联军占领天津。8月14日，八国联军攻入北京——历史的残酷性至此清晰呈现，真可谓泾渭分明。

帝国在8月15日这一天尊严扫地。这一天清晨，北京城下着忧伤的细雨，打湿了一支千余人的队伍，他们中有慈禧、光绪以及载漪、溥儁、奕劻、善耆、载勋、载澜、载泽、溥兴、溥伦、刚毅、赵舒翘、英年等，还包括内监李莲英。一个王朝的家底就这么稀稀拉拉地出发了，他们行走在逃难的路上，直至傍晚，到达昌平。这一天，光绪皇帝和慈禧太后饥寒交迫。一份史料如此记载光绪皇帝和慈禧太后在这一天的狼狈行状："上及太后不食已一日矣，民或献蜀黍，以手掬食之。太后泣，上亦泣。时天寒，求卧具不得，村妇以布被进，濯犹未干。夜燃豆萁，人相枕藉而卧。"

狼狈的不仅仅是光绪皇帝和慈禧太后，还有整个京城。从这一天开始，北京城的狼狈难与人言。这是一种羞辱式的狼狈，也是尊严扫地的狼狈。它构成了帝国最深层次的灾难和创痛。八国联军进城以后，于 8 月 28 日在皇宫举行了阅兵式，俄军、日军、英军、美军、法军、德军、意军、奥军等 3170 人在天安门广场金水桥前集结列队，然后通过天安门、端门，再穿过皇宫，最后出神武门。现场有俄国军乐队吹奏各国国歌、乐曲，欢乐的气氛响彻云霄。随后，八国联军统帅、德军元帅瓦德西特许士兵公开抢劫三天，联军抢走北京各衙署存款约 6000 万两白银，而象征帝国礼仪尊严的鼓楼更鼓，则被日军用刺刀刺破。至于帝国统治阶层的尊严，更被踩在脚下：大学士倭仁的妻子已经九十岁了，被侵略军欺辱而死；同治皇后的父亲、户部尚书崇绮的妻子、女儿也在天坛这一神圣的场所遭到八国联军数十人的轮奸……英国人记载说："北京成了真正的坟场，到处都是死人，无人掩埋他们，任凭野狗去啃食躺着的尸体。"与此同时，清廷以光绪帝名义发布"罪己诏"，向列强政府赔礼致歉。9 月 25 日，清廷屈从德国的意见惩处主战大臣，将 10 名王公大臣革处，并分别向德国、日本发出国电，对克林德、杉山彬之死表示哀悼和歉意。

帝国尊严扫地，北京已然沉沦，东北也不例外。这一年，俄国政府一面派兵参与进军北京的联军；一面调集十七万大军，兵分六路全面入侵东北。十月下旬，东北铁路沿线及主要城市，全部沦陷。这一年，俄国还制造了海兰泡惨案和江东六十四屯血案，宣布江东六十四屯归俄国管辖，不准已经逃离的中国居民重返家园——帝国的子民真正的流离失所了，一如他们的国君，"西狩"西安。

…………

1900 年是光绪二十六年，这一年大清帝国 256 岁了，步履蹒珊，去日无多。光绪皇帝和慈禧太后"西狩"的时候，八国联军"当仁不让"地在京成立了"管理北京委员会"。帝国垂垂老矣，已然无可奈何。正是在这样的历史时刻，梁启超在《清议报》第35册上发表了《少年中国说》："……一朝廷之老且死，犹一人之老且死也，于吾所谓中国者何与焉。然则，吾中国者，前此尚未出现于世界，而今乃始萌芽云尔。天地大矣，前途辽矣。美哉我少年中国乎！……"梁启超发表此文的时间是1900年2月10日，正是春寒料峭时刻，也是有历史深意存焉的时刻。同样在这一年，梁启超致书孙中山，商谈两党合作事宜。陈少白则受孙中山之命在香港筹办《中国日报》。此后不久，清政府下令停止武科科举考试。而在遥远的俄国，一个名叫高尔基的人完成了《春天的旋律》这组文章，其中包括后人广为传颂的《海燕之歌》——新时代、新气息扑面而来，而在中国西安，清廷在许诺向列强赔款四亿五千万两白银之后，准备启程回京了。这时已经是两年后的1902年了，这一年其实跟往年一样，有很多人去世，也有很多人出生。值得注意的是有三个重量级的人物在该年出生，他们是物理学家周培源，数学家苏步青，文学家沈从文，这些人才华卓著，注定是影响时代的人物——当然，他们与光绪王朝无关，而只属于未来。

未来的新兴中国。

1905：书生们的喧哗与骚动

　　1905 年，正在江南水师学堂学习的周作人兄弟为毕业后当一名水手还是考一个秀才开始首鼠两端。因为有消息传来，说科举将废。此前一年也就是光绪三十年（1904 年），帝国在开封举行了一次混乱不堪却又带着离愁别绪的会试。本来依常理，会试应在京师贡院进行，可京师贡院在庚子拳乱中毁于一旦，帝国将陋就简，把 1904 年的甲辰会试放在了开封。11866 间房的考场，一人一间，将同等数量的考生在考场内关了三天三夜，吃喝拉撒睡全在其间，最后择出刘春霖、朱汝珍、商衍鎏三人为状元、榜眼、探花。会试期间，一度传出不和谐音，发生了举子闹考事件，考生们怀疑主考官有贪贿之嫌，再加上考场舞弊成风，一些清白正直的考生认为自己利益受损，便群起抗争，还击打了考官，使得甲辰会试匆匆收场。

　　事实上不管是匆匆收场还是从容收场，甲辰会试注定将成为帝国科举史上的绝响。当然世上事其来有自，绝响也不是突如其来的。早在四年前的夏秋之交，朝廷就已下诏命，称自明年（1902年）开始，乡试会试等试策论，不准用八股文程式，同时停止了武生童考试和武科乡会试。在该年，帝国还有一个令人不安的举动：整饬京师大学堂，将京师及各省的官学、书院等改为学堂。新式教育受到鼓励。不过延续一千多年的科举制并没有卒废，全国性的大考还是按既定程序进行，考四书五经。这似乎给了数以百万计的士人们一丝安慰。

在民间，自甲午战败以来，一些人竞相鼓噪废除科举，康有为称，"中国之割地败兵也，非他为之，而八股致之也"。严复、梁启超等也有如是论调。尽管舆论造势凶猛，但只要官家不明文下发废除科举的诏令，士子们大抵还是心存希望的。

不过挨到1905年，这份宿命的诏令还是出台了。这一年是光绪三十一年，八月初四日，清廷颁布诏令："方今时局多艰，储才为急，朝廷以提倡科学为急务，屡降明谕，饬令各督抚广设学堂，将俾全国之人咸趋实学，以备任使，用意至为深厚。……著即自丙午科为始，所有乡、会试一律停止，各省岁科考试亦即停止。其以前之举、贡、生员分别量予出路，及其余各条，均著照所请办理。"丙午科是原定于光绪三十二年（1906年）举行的科考，诏令的发布标志着丙午科的科举考试不再举行，也标志着一个时代的终结。

媒体对帝国如此具有革命性的举动自然是欢欣鼓舞的。上海《时报》发文，赞此举"革千年沉痼之积弊，新四海臣民之视听，驱天下人士使各奋其精神才力，咸出于有用之途，所以作人才而兴中国者，其在斯乎"。同样是在上海的《万国公报》称："停废科举一事，直取汉唐以后腐败全国之根株，而一朝断绝之，其影响之大，于将来中国前途当有可惊可骇之奇效。"而英国《泰晤士报》的评价同样富有激情："中国能够不激起任何骚动便废除了经历那么久的科举制度，中国就能实现无论多么激烈的变革。"但是山西举人刘大鹏却为此忧心忡忡，因为他发现了问题的严重性——他们这些读书人的前途被阉割了。虽然清廷称要给"以前之举、贡、生员分别量予出路"，可整个制度如斯，这些人的前途和对帝国的忠诚也就一文不值了，甚至谋生能力业已失去。作为类似他刘大鹏这样的读书人，仕途之路被封死后原本还可以选择开馆授课，可科举既废，新式学堂如雨后春笋般出现，他的开馆授课就变得毫无市场了。所以刘大鹏感慨："嗟乎！士为四民之首，坐失其业，谋生无术，生当此时，将如之何？"

当然，刘大鹏式的感慨帝国也不是毫无察觉。1906 年 3 月 9 日，政务处奏："现科举初停，学堂未广，各省举贡人数，合计不下数万人，生员不下数十万人。……中年以上不能再入学堂。原奏保送优拔两途，定额无多，此外不免穷途之叹。"（见《光绪朝东华录》）御史叶芾棠也在一份奏折中指出科举废除后"士为四民之首，近已绝无生路"。"四民之首"已无生路可言，帝国还有生路吗？有鉴于此，御史胡思敬在随后不久主张恢复科举制度，以挽救危局。但是他的主张如石沉大海，在帝国决策层里得不到任何回响。

其实问题的关键不仅仅在于读书人的前途被阉割了，还在于科举废除后，新的教育模式乃至于师资、校舍、教材、经费等这些形而下的问题均处于无序状态，并没有做到无缝对接。"各省学堂经费匮乏，无米可炊，力不能支，提学纷纷请款，而官力民力罗掘俱穷"，从而出现了"（书）院（学）堂两无，中西并失"的情况。

府州县学的停办，导致后科举时代大量的举人、生员、童生出路骤成问题，毫无疑问，周作人兄弟的首鼠两端是符合历史情境的首鼠两端。在这一点上，胡适的观察更加深邃一些。他选择了出洋美国留学，在给母亲的一封信中，胡适如是写道："现在形势，科举既停，上进之阶惟有出洋留学一途。"胡适判断今日"国内学生，心目中惟以留学为最高目的"，因为"科举已废，进取仕禄之阶，惟留学为最捷"。当然不是所有的读书人都有条件出洋留学的。正所谓"末世书生贱"。民国时期于右任就对冯玉祥感叹："在中国，只有在要做对联、祭文、通电时，才想到文人，平时哪个把他们瞧在眼里。"而在宿命的 1905 年，从黄陂应征入伍的 96 名新兵中，就有 12 个廪生，24 个秀才，与以往白丁当兵的情况迥然不同。这再一次论证了"末世书生贱"。

无序当中酝酿有序。当底层知识分子通过科举考试完成阶层间有序流动的模式被阻断后，秀才们或选择留洋接触新思维，或当兵博新前程，可以说新秩序的打造已经呼之欲出。1906 年发表在《东方杂志》的《论立宪当以地方自治为基础》一文记载：当时新式知识分子"大率以不守圣教礼法为通才，以不遵朝廷制度为志士"。而《清皇朝续文献通考》也披露，辛亥革命前，"昔者维新二字为中国士大夫之口头禅；今者立宪二字又为中国士大夫之口头禅"。新时代的到来真真不可遏止。从 1905 年科举废止，到 6 年后大清王朝终结，一个帝国的死亡路径其实是很简捷的。

事实上 1905 年之后，在全国 36 镇的编练队伍中，很多失意文人成为职业军官。若干年后，这些职业军官成了袁世凯保定军校、蒋介石黄埔军校的军事冒险家，他们是乱世中国的命运主宰者。差不多与此同时，那些因为科举废止被迫出国留学的新式文人，则很快成了同盟会员，成了共和政治中的精英分子。正是这些人决定了新的国运，以及新国民的个人命运。

在这个层面上看 1905 年的话，我们发现，它恰是一道门槛。门槛内外，风景宛如天地之别。

第四辑　叶绍翁突围

丝绸邮路

公元前 139 年，是建元二年，以中国传统纪年法干支纪年应称之为壬寅年。这一年，在遥远的古希腊，"方位天文学之父"喜帕恰斯精确地计算出了朔望月的一种时间。而在中国，汉武帝年满 18 岁了，新政力度正逐步加大，欲废黄老而重儒学，却因为窦太后反对，改革半途天折。

25 岁的见习文官张骞在这一年受汉武帝派遣，雄心勃勃地带着一百多个随从，开始了出使西域的努力，他的使命是联络大月支，与大汉朝共同抗击匈奴。张骞一行从陇西出发，很快进入了河西走廊……这个志存高远的年轻人当时不知道，他脚下跟跟踉踉丈量的不仅是连接东西方文明的陆上通道"丝绸之路"，同时也与"邮驿"这个关键词密不可分。

两千年来，丝路和驿站就这样相互依存，你中有我我中有你了。丝路因驿站而增加活力，驿站也因此驮起了一个民族或者说国家沟通天下的雄心与欲望。

"丝绸之路"形成后，大汉王朝断断续续做了一项工作，叫"设两关，列四郡"。所谓"设两关"是在河西走廊尽端设立玉门关与阳关，两关以西称之为西域；"列四郡"是相继设立武威、酒泉、张掖、敦煌四郡。大汉王朝如此系统布局目的只有一个，那就是完善西域的通信交通网络。《后汉书·西域传》说："立屯田于膏腴之野，列邮置于要害之路。驰命走驿，不绝于时月。"具体而言，指的就是汉朝举倾国之力营造丝路东段长达 4000 余公里的邮路。

邮路迢迢，堪比国脉。它责无旁贷地串联起了两千年的中外交流史——邮驿因丝路而通达印度、中亚、波斯等地，使得古代中国、印度、希腊三种伟大文明得以交融。而迢迢驿路在千百年的时光中也见证了一个个朝代的兴衰浮沉。敦煌，古代丝绸之路的重要关口。各种公文、书信，曾经在丝路沿线"五里一亭，十里一障"的驿道上急急传送。值得一提的是，当时还有角上插羽毛的信，就好比是今日的"加急"快件，驿骑们必须快马加鞭，急速进行传递。由此，信息流在遥远的丝路上，便有了最初的雏形。

1992 年，一个意外的发现让古代驿站的秘密，曝光在敦煌现场。这一年，敦煌发现了一个名曰"悬泉置"的驿站。数万片简牍被存放在那里，其中的大部分都是传递过程中的书信。当年邮驿之刹那芳华、丝绸之路远去的碎影流年，都在那些被尘封的信牍中，天机泄露。所谓春光乍泄，人间已是别样天。

一直以来，邮路上的故事数不胜数。它可能是诗情画意的。说"古驿通桥水一弯，数家烟火出榛菅"，说"折花逢驿使，寄与陇头人。江南无所有，聊寄一枝春"，说的都是古代驿站的风光。

更多的时候，邮路上的故事可能是刀光剑影的。敦煌遗书中，一封名曰《为肃州刺史刘臣壁答南蕃书》，便是安史之乱后，吐蕃大兵压境的情况下，从敦煌向肃州（今酒泉）发出的一封求援信。这封求援信，最终因为战乱致驿道受阻，而未送达目的地，在敦煌藏经洞中沉睡了千年。邮路上的惆怅与无奈，由此可见一斑。

不过丝绸邮路真正的意义，还在于它沟通了东西方各民族、各国家之间的情感与价值观。化干戈为玉帛，在丝绸之上，还有人类的心灵。书信，最早应该是作为人与人之间沟通和传递信息的功能而出现的。它是人类文明的象征。而中国书信又具有很鲜明的民族性。用毛笔书写优美文字和语言的信札是东方独有的文化。在中国书信文化里体现的是儒家"卑己尊人"的处世哲学，体现了中国式礼节和思维，也体现了中国人的谦卑、平和、慈爱、忠孝等优秀品质，对整个东亚文明都有很深影响。丝绸邮路开通之后，民间书信往来的背后，毫无疑问是东西方文化背景和处世哲学的不同。但是和而不同，和谐永远是主旋律。这是丝绸邮路真正的价值之所在。

也因为如此，自汉以降，历朝历代，对丝绸邮路无不精心维护，并加以发扬光大。唐代，丝绸邮路干道，仅中国境内，5000余公里就有60多个驿站，可谓接应周全。《通典》记载："出西京安远门，西到凉州，再西到西域各属国凡一万二千里，沿途有驿，供行人酒肉。"这大约是丝绸邮路上的人性化关怀吧。考察唐代邮递系统，最有特色的还是"明驼使"。顾名思义，"明驼使"是使用骆驼作为交通工具来传递信件的。一些笔记小说描述这种骆驼"腹下有毛，夜能明，日驰五百里"，虽然不无夸大其词，但也可从中看出唐代和西域交往频繁。丝绸邮路，让各民族间的民间和官方交往，变得不再遥不可及。

到了元代，丝绸邮路进入 2.0 版本。元代地跨亚欧大陆，这样一来，由于军事范围和疆域的扩大，原本只在交通要道上设立的"急递铺"，就如雨后春笋般遍布西域，甚至远到欧洲，形成一个贯穿欧亚大陆的邮驿网络。《元史·地理志》记载："元有天下，薄海内外，人迹所及，皆置驿传，使驿往来，如行国中。"丝绸邮路由此迎来了多元化、多样化发展的新时代。战争转化为和平。元朝攻城略地的血雨腥风，在民间书信春风化雨的传递下，开始渐渐有了"润物细无声"的气息。原来邮路，在某种意义上，也可以是和平与文明之路。

清光绪年间，随着新疆官电总局的设立，电信开始一步步在丝绸邮路上确立地位。民国元年，新疆正式划为一个邮区，归北京邮政总局节制。但邮路不会唱晚，时移世易的消息也不会让丝绸邮路上的民间书信往来日渐式微。相反，1914 年，中国正式加入了万国邮政联盟。丝绸邮路开始走向天下邮路，书信，在一个新的平台上，作为集文学、美学、书法、礼仪、纸张等文化于一体的综合载体，依然且永远是表达人类细腻情感、传承民族文化的心香一瓣。

丝绸邮路的那些碎影流年，始终不曾远去。

叶绍翁突围

一

从少年叶绍翁的视野望过去，岩后村周围的古枫树常年绿茵环绕，似乎天地万物亘古不变。村里的奇石、奇岩、古树、水潭，消弭了世事沧桑。但是在叶绍翁日后的人格养成中，有一抹忧郁是古枫树林的绿色消解不了的。从岩后村往山外走二十里地，是以宝剑和青瓷闻名的古城龙泉，从龙泉再往北走 600 里地，是南宋的都城临安。少年叶绍翁的视线或者是视野看不到龙泉，更看不到临安，但在他的命运密码中，临安当是他绕不过去的符号。叶绍翁出生前的命运安排里，临安城里的那些人，决定了他祖父李颖士颠沛流离的际遇，也决定了他最终飘落在岩后村的宿命；而在其长大成人的入世企图中，临安既是叶绍翁雄心勃勃的舞台，也是他修身养性，完成人格升华的驿站。

从外表看，少年叶绍翁和村里年纪相仿的孩子们并无两样，但究其实，他的身上竟然隐藏着南宋高层政治和军事博弈的力量消长。他是一个不能被曝光的孩子，只能在远离城镇的大山深处隐秘地生长。有人希望他死，也有人希望他活下去，为了一个希望活下去。如果从博弈的角度来说，参与博弈的双方高层人物有秦桧、左丞相叶梦得、御史中丞赵鼎以及叶绍翁祖父李颖士。这是一个赵氏孤儿式的传奇故事，一切得从李颖士的人生奋斗开始说起。作为政和五年（1115 年）的进士，李颖士发现他入职的第一份工作是处州刑曹，也就是现在的丽水市公安局局长。也许是业绩突出，没几年，他知余杭县，出任余杭县的县长。建炎三年（1129 年），对李颖士来说，是他仕途的一个拐点。这一年，高宗皇帝从越州（今浙江绍兴）南下，要到明州去。没想到金兵渡过钱塘江，一路追击高宗。李颖士获悉后，急募数千乡兵，高树旗帜，虚张声势，令金兵不敢贸然进军，而高宗皇帝也得以从定海驾舟安全转移。因为救驾有功，李颖士被提拔为越州通判、大理寺丞、刑部郎中。在叶绍翁以后雄心勃勃的入世企图中，祖父的光芒可以说一度照亮了他前行的方向。但实际上，南宋的政局永远是波谲云诡的。叶绍翁日后的命运路径在御史中丞赵鼎那里又拐了一个弯。

赵鼎是宋高宗时代的政治家、名相、词人。建炎三年（1129 年），李颖士建功立业的时候，赵鼎从户部员外郎的职位升迁为御史中丞。随后，他在绍兴年间几度为相，后因反对和议，被秦桧构陷，先是罢相，后出知泉州。这样一个从表面上看与叶绍翁没有一点关系的人，又是如何影响他命运路径的呢？原因就在赵鼎和李颖士的私人关系上。在秦桧眼里，李颖士是赵鼎一党。正所谓斩草要除根，赵鼎被罢，他的追随者不能相安无事。这其实是主和派与主战派的生死较量。赵鼎被流放吉阳三年，绝食而亡后，李颖士也因为受其牵连，而被罢官。当然，罢官仅仅是第一步，接下来他会不会步赵鼎后尘，成为下一个牺牲品，这是谁都无法预料的事情。于是，李颖士开始未雨绸缪，把他的小孙子绍翁过继给好友叶笃的儿子叶阳尔为孙。叶阳尔是叶梦得的重孙，而叶梦得是南宋初年的左丞相，建炎三年（1129 年），李颖士因为救驾有功，被越级提拔时，叶梦得曾是他的仕途伯乐。由此，李叶两家，有了通世之好。从政治倾向上说，叶家也是主战派，李家有难，叶家当然不会坐视不管。叶绍翁就这样，从李家过继给了叶家。而叶阳尔举家由松阳迁到龙泉的深山老林隐居，目的就是为了保护叶绍翁这个李家后人。这的确是个中国式的关于传承的故事。故事有些曲折，但它所有的落足点，都落在少年叶绍翁身上。叶绍翁当然明白自己不是此间的少年，也与寻常乡野小子有着本质的区别。他的身上，既承载着李家的良苦用心，也承载着家国天下、主战派东山再起的希望。

所以，小小的岩后村，因了叶绍翁的存在，而变得意味深长起来。这个少年单薄的身子，其实关联着京城的政治博弈格局。

绍兴十一年（1141 年）四月，秦桧因为害怕几个主战的重要将领难以驾驭，就密召三大将韩世忠、张俊、岳飞入朝，明升官职，实解三将兵权，同时还撤销了专为对金作战而设置的三个宣抚司。就在同一年的九十月间，秦桧按金人的授意，兴起岳飞之狱。十二月二十九日（1142 年 1 月 27 日），岳飞死在狱中，岳云、张宪被杀于市。而在遥远的南方，离龙泉二十里路的岩后村，一颗主战派后代的火种不经意地潜伏，似乎在等待合适的时机，熊熊燃烧。

叶绍翁当然明白前辈们的企图心。这也是他经常忧郁的原因。岩后闭塞，他又未及成年，过多过大的期待，他如何承受得住？都说少年心事当拿云，叶绍翁却是悠闲地看山、看云，享受他的成长时光。在《闻顶山徐道人改卜》一诗中，叶绍翁颇有野趣地写道：

先生新卜宅，只许白云知。
野蜜和蜂割，岩花带蝶移。
坐谙苔石稳，醉忘木桥危。
屋后寒梅放，因风寄一枝。

另外，在《秋日游龙井》里，叶绍翁的心情也是物我两忘：

引道烦双鹤，携琴倩一童。
竹光杯影里，人语水声中。
不雨云常湿，无霜叶自红。
我来何所事，端为听松风。

诸如此类的这些诗，都是叶绍翁在岩后村所作。毫无疑问，诗里诗外隐藏着的，是他对大自然的深爱。而叶绍翁也的确是一个有爱心、有禅心的人。他仰慕先辈管师复的"好德"之风，常去离岩后村只有三里地的白云岩古庙凭吊和写诗。"白云古庙"古朴雅致，暗喻了管师复的生活情趣。管师复是个喜欢过陶渊明式生活的人，隐居在山上，甘当隐士。宋徽宗曾经想请管师复出山当官，管师复却离开白云居，逃到山洞里躲藏起来。这种非暴力不合作的态度，令少年叶绍翁一度为之沉迷。身世如此复杂，压力如此沉重，叶绍翁实在是想过要逃避现实的。主战还是主和，那是先人们的壮志未酬，于他，又有多大的干系呢？在"白云古庙"里看到管师复当年留下的对联："入寺层层百级梯，新堂更与白云齐；平观碧落星辰近，俯见红尘世界低。"叶绍翁很有晨钟暮鼓、当头棒喝之感。岩后村虽然小，那也可以承载一个人的生存哲学的。主战与主和，帝国的未来往哪里去，真的是他这个乡野少年可以左右的吗？叶绍翁并不相信，自己有那么大的能量。

但是在 18 岁的某一天，关于山外世界的诱惑，或者说一个成年人自知要担当的责任，突然袭击了叶绍翁。18 岁出门远行，外面的世界很精彩，叶绍翁想走出岩后村去看一看。这样的渴盼，终于在某一天，冲动成叶绍翁的人生选择。

他上路了。目的地是——临安。

二

在当时的南宋帝国，临安是个梦幻之所在。南倚凤凰山，西临西湖，北部、东部为平原，商肆遍及全城，"自和宁门杈子外至观桥下，无一家不买卖者"（《梦粱录》），据《武林旧事》等书记载，临安商业有 440 行，各种交易盛行，正所谓万物所聚，应有尽有。而西湖风景区经过修葺，显得更加妩媚动人；酒肆茶楼，艺场教坊，驿站旅舍等也很兴盛。对乡村小子叶绍翁来说，临安是个目迷五色的所在，而岩后村只有单纯的一种颜色——绿色。

或许可以这么说，岩后村只是乡村风景，是简单生活的容器；而临安不仅仅是用来生活的，更是承载梦想、奋斗甚至某些人阴谋、夙愿的所在。

走进临安，其实是走进了叶绍翁的宿命。他离开了岩后村的那片绿色，只身进临安，此举不仅串联起他生前的家族往事，也毫无疑问影响了他此生的命运路径。

其实，那样一个年代，主战与主和之争，其结果会影响帝国的每一个人，当然更会影响到主战派的后人叶绍翁。尽管此时年轻的他，对此还没有深刻的认识。叶绍翁不知道，主战与主和之争，自始至终都牵动着临安城的权力中枢神经。祖父已然仙逝，岳飞也含恨而死，主战派销声匿迹。以秦桧为首的主和派经过绍兴和议，南宋向金国称臣纳贡。这实在是一种屈辱的存在。从岩后村一片虚幻的绿色走出来，叶绍翁突然明白，自己不可能再走回到那片绿色中去。男人的责任与担当，特别是作为主战派的后人，他此刻正是建功立业的时候。临安是什么，大兵压境下的临安是沙场，男人的沙场。只是叶绍翁的起点太低，欲对时局有所作为，他非得进入权力高层不可。但是很显然，帝国擢拔人才的空间，实在是太狭窄了。叶绍翁即便如自己的祖父李颖士一般，通过科举高中进士，也必须从类似于"处州刑曹"这样的底层工作做起。而高中进士，对一般人来说，也绝非等闲之事。在仕途艰难之时，叶绍翁开始与高官真德秀过从甚密。这其实不是趋炎附势，而是一种曲径通幽。一个人，如果自己没有能力挽救帝国，那就想方设法去影响有能力挽救帝国的人，比如真德秀。这是叶绍翁式的壮怀激烈。真德秀是叶绍翁的老乡，也是龙泉人，作为南宋著名政治家，真德秀一度官至正二品副相。叶绍翁之所以与真德秀过从甚密，或许是想在他身上，寄托自己救国、强国的梦想吧。

最开始的时候，真德秀的所作所为让叶绍翁看到了曙光。嘉定元年（1208 年），升任太学博士的真德秀对奸臣史弥远的降金政策十分不满，上奏声讨。嘉定七年（1214 年）七月中旬，真德秀奏请停止每年给金朝的"岁币"被采纳。叶绍翁得知此事，一度兴奋地以为，帝国还是可以触底反弹的，但一切到最后竟是幻相。绍定六年（1233 年）十月，奸相史弥远去世，他的党羽郑清之升任右相，而真德秀的职位仅仅是福州知州、福建安抚使。虽然在端平元年（1234 年）四月，真德秀被召为户部尚书，端平二年（1235 年）三月，升任参知政事（副相），但此时的他已经患病，来不及有所作为，仅一个月后就罢政了，以宫观闲差养病。五月，真德秀病逝，享年 58 岁。一切演绎得如此仓促，叶绍翁如看一出人间悲喜剧，看着他曾经寄予厚望的真德秀就这样匆匆离去，那悲伤，仿佛梦想破碎一般，痛在心里。

后真德秀时代，叶绍翁专心致志做的一件事就是撰写《四朝闻见录》。所谓四朝，从高宗朝始，历孝宗、光宗朝，至宁宗朝止。叶绍翁将这四朝的消息，以笔记的形式记录下来。他想看看在这人间，在这帝国，如果耐心等待，是否会有春回大地的消息。此时的叶绍翁，虽然明白自己是主战派的后代，却在不知不觉中，沦为帝国局势的旁观者和记录者。他不再是权力局中人，甚至也不能影响拥有巨大权力的那些人。而帝国的局势却是每况愈下。南宋在宋孝宗时期以及后期虽然有过数次北伐，却都无功而返。南宋和金国形成对峙局面，与金朝东沿淮水（今淮河），西以大散关为界，西边与西夏和大理为界。所谓苟安于江南，不再有北望之念。甚至到宁宗朝时，奸相频出，朝政糜烂不堪，而此时蒙古高原上的蒙古人开始崛起。蒙古人在灭掉金国之后开始大举入侵江南的南宋，叶绍翁的《四朝闻见录》至此越记录越惊心。他终于明白，自己在这样的家国存在，是一个悲剧。

他必须要突围了。

三

叶绍翁的突围当然不是世俗意义上的突围。作为主战派的后代，他现在能做的只是保存自己，不被湮灭，而不可能对时局有所作为。同时就仕途而言，他也不想苦心经营了。如果帝国是个苟且偷安的帝国，那么那些仕途中人，无非是蝇营狗苟之辈。叶绍翁不想成为其中一分子，他现在想做的，就是丰满自己孤苦伶仃的心灵。所谓突围，就是让自己的心灵高地，从贫瘠，走向富庶。

叶绍翁找到了这样的方向。他开始以诗言志，以诗抒情，成为这个时代的行吟者。而他的朋友圈里，也多这样虽然失意却心灵高蹈的文人。

比如葛天民。这个曾在台州黄岩做过僧人的失意文人，此时和叶绍翁一样，正在做一个京漂。葛天民在京城临安，与姜夔、赵师秀等多有唱和。叶绍翁对他的诗非常推许，出版有《无怀小集》。

比如姜夔。叶绍翁朋友圈里知名度最高的人物。少年孤贫，屡试不第，终生未仕，一生转徙于江湖，靠卖字和朋友接济为生。他虽然流落江湖，却不忘君国，所谓感时伤世。这样的生活经历和生活态度，叶绍翁见了，那真是惺惺相惜的。特别是姜夔名作《扬州慢·淮左名都》，词中"二十四桥仍在，波心荡、冷月无声。念桥边红药，年年知为谁生"！其出世与入世情景交融的意境，对叶绍翁影响颇大。

再比如赵师秀，与徐照（字灵晖）、徐玑（字灵渊）、翁卷（字灵舒）并称"永嘉四灵"，人称"鬼才"，开创了"江湖派"一代诗风。赵师秀虽然是光宗绍熙元年（1190 年）进士，却仕途不佳，用他自己的话说"官是三年满，身无一事忙"。赵师秀晚年宦游，寓居钱塘（今浙江杭州），其诗学姚合、贾岛，代表作《约客》一出，顿时洛阳纸贵：

黄梅时节家家雨，青草池塘处处蛙。

有约不来过夜半，闲敲棋子落灯花。

叶绍翁的诗也是"江湖派"风格，赵师秀对其影响，不可谓不大矣。但叶绍翁并没有师从赵师秀一人。他以天地为师，以人间意境为主旨，试图为他这一代失意的人儿发声、代言。虽然已经出走岩后村多年，但家乡的母题永远在叶绍翁的心里。叶绍翁感悟，有时候从极简朴出发，经过人间万象，再回归极简朴，便是一个时代的心声；甚至可以穿越时代，成为人类的心声。而在某年某月的某一天，这样的心声不期而至了：

> 应怜屐齿印苍苔，小扣柴扉久不开。
>
> 春色满园关不住，一枝红杏出墙来。

叶绍翁为这首诗取了个名字《游园不值》，但如果从悲天悯人的角度出发，这诗跟游不游园没什么关系了。它是一种能量，也是一种意念、理想或者是信仰。春色满园关不住，一枝红杏出墙来。所有的梦想都不会被辜负，都在呼之欲出，哪怕梦想之外，围墙森严。此时的叶绍翁，不再是岩后村一味关心野趣的乡野小子，而是关心人类共同母题，具有忧患意识的大诗人。一个超越时空束缚的诗人。他的突围，终于从祖父辈们的世俗战场转移到人类共同的心灵场，并最终获得了大自在。

他的突围，至此，功德圆满。

张居正的瓶颈

　　马丁·路德在 1546 年去世之时，张居正才 21 岁。人生之旅徐徐展开。这两个几乎同世代的人物虽然各有建树，但后世对他们的评价显然大相径庭。一般认为，马丁·路德改变的不仅仅是基督教，他同时也改变了几乎整个西方文明，特别是在欧洲资本主义萌芽的背景下，马丁·路德以宗教为外套的信仰改良运动实际上对民众起到了催化或者说启蒙作用。而张居正在后世的评价里则仅仅被认为是中国历史上优秀的内阁首辅之一。在明朝中后期资本主义萌芽的背景下，有能力将皇权、阁权与宦权合三为一的张居正改革其实是体制内一次自上而下的政治和经济改良运动。但这样一次不彻底的体制内自上而下政治和经济改良运动最终却未能挽救大明王朝的国运。在他死后 62 年，这个王朝就覆灭了。张居正改革谈不上对体制有所突破，更遑论对整个东方文明的改变。那么，原本可以大有作为的强人张居正为何功亏一篑？

　　事情还需从隆庆六年说起。这一年五月二十六日，隆庆皇帝去世，六月十日万历小皇帝登基。六天后，高拱的首辅一职被两宫皇太后罢免，张居正当日接任。不过具体到张居正个人而言，他还拥有一项权力——对万历小皇帝的教育权。张居正从隆庆六年（1572

年）八月中旬开始，对万历小皇帝进行了漫长的帝王养成教育。表面上看，帝师张居正仅仅是对皇帝行使教育权，实际上在小皇帝成人或者是亲政之前，张居正这个帝王师是以相权代行皇权，从而登顶权力巅峰。

张居正此举，其实是一种模式的成功。这个模式是指万历照准张居正的票拟，冯保对张居正的票拟进行批红，如此，皇权、阁权与宦权合三为一，但中间真正起主导和决定作用的是以张居正为首辅的阁权。张居正改革雷声大，雨点其实也不小。他大力推行考成法、一条鞭法以及清丈田亩，整顿驿递等。这其中考成法的推行是重中之重。张居正之所以要推考成法，是因为在万历初年，行政效率低下，官员人浮于事现象普遍。红头文件（诏令）下到部院，也仅仅在纸上落实了事。清人赵翼《廿二史札记》卷33《明初吏治》记载，"吏部考察之法徒为具文，而人皆不自顾惜"，推诿搪塞一时成风。万历元年（1573年），张居正推"考成法"，对官员进行绩效考核。"考成法"主要内容是，六部和都察院把所属官员应办的事情定立期限，逐级纠查，将工作落到实处。万历三年（1575年），内阁查出各省抚按官名下未完成事件共计237件，抚按诸臣54人。其中凤阳巡抚王宗沐、巡按张更化，广东巡按张守约，浙江巡按肖廪，以未完成事件数量太多而罚停俸三月；万历四年（1576年），山东计有17名、河南2名官员，因地方官征赋不足九成受到降级处分，而山东2名，河南9名官员受革职处分。总之张居正变法期间，裁革的冗员约占官吏总数的十分之三。在体制内如此大动干戈，其组织人事整合的力度不可谓不大。

清丈田亩也是张居正改革的一项重要内容。应该说大明王朝主要的经营性收入来自土地征税。明初可征税土地有八百五十万顷，到宣德以后只剩下四百二十余万顷。这直接导致朝廷入不敷出。万历初年，国库每年仅收入二百五十余万两，支出则高达四百余万两。为了增收节支，清丈田亩就成了张居正改革一个绕不过去的举措。万历五年（1577年）十一月，张居正上疏请丈量全国土地。经过这次清丈，全国土地较以前增加了三百余万顷，达到了七百余万顷。朝廷的家底差不多增加了一半。而张居正随后推出的一条鞭法规定按田地多少征收赋役，使政府从掌握大量田地的地主手中增加税收，这就有效扭转了由于土地兼并、豪强瞒漏，大量徭役负担转嫁到贫户之不公正现象，缓解了可能存在的矛盾冲突。

而张居正整顿驿递也打击了体制内存在的不公平现象，同样缓解了矛盾冲突。驿站是明代的一种重要的交通方式。从北京到各省的交通干线上都有驿站。明初时对驿道之使用有严格的规定，非军国大事，不能随便使用，但到了万历朝时，官员无论公事、私事，都走驿站，还带大量随从，沿路百般索要，给民生造成很大负担。张居正改革就包括裁驿站，去冗员，节省财政开支。他抓住孔尚贤这个反面典型，严肃处理违法违纪官员。

应该说张居正的体制内改革在最初取得了阶段性成果。首先是财政收入扭亏为盈。一条鞭法实施后，财政收入从每年亏损200万多两白银转为节余300万两左右。另外国库储备的粮食多达1300多万石，可供五六年食用，这和改革前国库存粮不够一年用的情形形成鲜明对比。另外张居正变法期间力推"考成法"，对官员进行绩效考核，裁革冗官约一万人，大大提高了万历官场的活力和效率。

但体制内改革终究存在一个先天不足的问题：在没有制度突破的背景下，强人政治会随着人事动荡很快出现反复，改革成果瞬间凋零。万历六年（1578年）二月十九日，万历大婚，这预示他具备亲政资格。此后张居正改革进入微妙处境。四年之后也就是万历十年（1582年）六月二十日，张居正去世。至此，一场从外围入手，历时两年多时间，有计划、有步骤、层次感极强的大清算呼之欲出。它的核心目标直指张居正，组织策划人正是万历皇帝。万历皇帝下令抄没张居正的家，并削其生前官秩，夺其所赐玺书、四代诰命，以罪状告示天下。正所谓人亡政息，除一条鞭法外，身为首辅的张四维上位后力反张居正的改革措施，导致兼并土地的情况重又盛行，朝廷财政收入大为降低；考成法半途而废，大批冗官复职，政令不通，官员多懈怠的情形再现，朝廷行政效率复又走低。而万历皇帝对张居正的大清算也使得晚明的内阁首辅个个选择明哲保身，不再有变革之念。另一方面，言官、宦官、阁臣为自身利益相互攻讦，党争不已。万历十四年（1586年）的"国本之争"，万历十五年（1587年）的"丁亥京察之争"，万历二十一年（1593年）的"三王并封"和"癸巳京察之争"都是张居正改革失败为此付出的代价，而万历无力掌控如此纷乱局面，自己首先罢工，长期不出来视事。大明王朝失去了一次重振的机会。万历以降，魏忠贤等宦官渐渐出位，木匠皇帝熹宗又不务正业，明王朝前景更是黯淡。最后一任皇帝崇祯虽然励精图治，奈何积重难返，17年后，

246

大明王朝就呜呼哀哉了。张居正的改革终未能有大突破、大持久，也就未能走出一条可持续发展路径，从而既不能改变大明国运，也不能给后世国人带来意外惊喜。而就其个人评价而言，很显然他也不能与几乎同世代的马丁·路德相提并论。

无法抵达

永乐三年（1405 年）六月，一支船队浩浩荡荡地在明帝国以东的大洋上漂荡，34 岁的宦官郑和成了这支船队的总负责人。如果我们从更为广阔的历史背景去看这次出使西洋之举，其实颇有不合情理之处。因为自大明建国三年后的 1371 年宣布海禁令开始，帝国在此前一年设置的"三市舶司"衙门被废除。此后每隔一段时间，有新皇帝上台之时，海禁令就被重申一次。1404 年也就是永乐二年，朱棣还特意宣布海禁令在本朝也将严格执行。但是仅仅一年之后，海禁令就被朱棣自己推翻了——一场历时 26 年，史上著名的郑和七下西洋运动轰轰烈烈地展开。

之所以称其为轰轰烈烈，是因为规模的空前绝后。我们拿它在人类远洋航海史上的分量来说事——继郑和下西洋 87 年后，哥伦布才启航；92 年后，达·伽马才启航；116 年后，麦哲伦才启航。郑和船队拥有的船只数量超过两百艘，哥伦布船队则只拥有帆船 3 艘，达·伽马的 4 艘，麦哲伦的 5 艘。郑和船队总人数达 27000 多人，哥伦布船队只有船员 88 人，达·伽马的 160 人，麦哲伦的 270 人。郑和船队中二千料海船的排水量约为 1000 余吨，哥伦布船队最大那艘船的排水量不足 250 吨，达·伽马的 120 吨，麦哲伦的

130 吨。孰强孰弱，一目了然。

但是收获的成果呢？永乐十三年（1415 年），郑和船队"大有斩获"，他们在非洲东岸第一次发现了长颈鹿。当然这样的斩获准确地说是属于朱棣的，长颈鹿被他视作神兽"麒麟"，作为永乐王朝威德远播、万邦臣服的明证而存在。朱棣在奉天门举行仪式亲迎这只祥瑞的到来。但 1431 年郑和七下西洋之后，帝国便再次重申海禁令，而且间隔的时间很短暂。史料记载：在随后近 30 年时间里，帝国五次重申海禁令，时间分别是 1431 年、1433 年、1449 年、1452 年、1459 年。如果我们在这些背景下看郑和七下西洋之举，它似乎存有不足与外人道的难言之隐。《广志绎》卷一记载："国初，府库充溢，三宝郑太监下西洋，赍银七百余万，费十载，尚剩百余万归。"国库里拿出去七百余万两银子，过了十年，只剩百余万回来。这说明郑和船队七下西洋耗银达六百万两之巨，回收的却只是类似长颈鹿等等不值钱的东西，当然还有万邦来朝。

由此，帝国陷入困境，似乎连接待都成问题了。翰林院侍读李时勉和侍讲邹辑上疏说："连年四方蛮夷朝贡之使相望于道，实罢（疲）中国。宜明诏海外诸国，近者三年，远者五年一来朝贡，庶几官民两便。"（见《明太宗实录》卷一百二十）什么意思呢？意思是说由于郑和下西洋不断带回各国使节进京朝贡，搞得本国都有"接待疲劳"了。事实上朱棣自己也知道国库快撑不住了，早在郑和第一次出发下西洋的第二年，也就是公元 1406 年，朱棣便无奈地宣布：从今往后，农民在农闲季节服徭役三十天、工匠服徭役三个月一律延长至六个月，以贴补国用。

郑和六下西洋之后，在朝中舆论压力下，朱棣黯然宣布"往诸番国宝船"等项，"暂行停止"。这个所谓的"暂行停止"当然是给自己脸上贴金的说法，此后继位的仁宗更是深明事理，不干这赔本赚吆喝的买卖。他下诏曰："下西洋诸番等国宝船悉皆停止，如已在福建、太仓等处安泊者，俱回南京，将带去货物仍于内府该库交收。"——郑和终于"下岗"了。尽管到了1447年，一时心血来潮的明宪宗想再下西洋，但兵部刘大夏一针见血地指出："三保下西洋，费钱粮十万，军民死且万计，纵得奇宝而回，于国家何益？此特一时弊政。"从此，下西洋的"壮举"成为这个帝国的绝响，再无余音产生。

与此相反，在15世纪的海面上，哥伦布们也在出游，只是他们发现的东西与朱棣所渴望的东西大相径庭。哥伦布意外"发现"美洲大陆，欧洲文明第一次碰撞了美洲文明，从而世界历史的走向和洲际文明间融合与洗礼的进程大大提速；麦哲伦环行地球为西方人提供了视野学上的贡献，使得资本主义这一人类历史上全新的制度在全球开始传播和发展，在地理空间和市场空间的拓展上居功至伟；达·伽马的贡献则突出在市场意义上，由于他发现了绕过好望角到达印度的航路，所以葡萄牙开始控制印度洋，为这个国家在新世纪的上位抢占先机，并且达·伽马在航行中运回的香料等货物在欧洲的获利经折算竟然达到他整个远征费用的60倍！这样的远航应该说是具有可持续发展路径的，同时也开拓了全球海洋贸易的市场空间。尽管郑和下西洋也带回了世界各地的土特产，比如他第六次出使西洋，船队所采购的物品有：重二钱左右的大块猫眼石，各色雅姑等异宝，大颗珍珠，高二尺的珊瑚树数株，珊瑚枝五柜，金珀、蔷薇露、麒麟、狮子、花福鹿（即斑马）、金钱豹、驼鸡、白鸠等，但这些物品的价值只在于满足朱棣臣服万邦的虚荣心而已，一如非洲东岸的那只长颈鹿，象征意义多于经济价值。

由是看来，郑和的船队与其说是一支大型船队，倒不如说是永乐帝国的微观世界，近三万人的小社会在几十年的时间里以移动的方式免费向沿途各国表演一出出活报剧，以输出永乐王朝的价值观和世界观为己任。这样的浩浩荡荡貌似不朽，可以传之后世，却很快偃旗息鼓，悄无声息——的确，历史曾经如此意味深长地给朱棣提供了一个可能，让他睁眼看世界，有足够的时间适应正在变化中的世界，以便突破墨守成规的帝国和他自己，但朱棣却只对世界做了一次自上而下的俯瞰，而后匆匆归去——东西方文明的发展路径就此走向南辕北辙，断层的出现变得不可避免。

另一方面，西方各国在地理大发现后很快走向工业革命，他们的远洋船上开始使用蒸汽动力，但是明帝国在海禁国策的限制下，舰船的制式越来越小，并限制使用双桅，规定载重不得超过 500 石。如顺治十二年（1655 年），帝国规定不许打造双桅大船。康熙二十三年（1684 年）皇帝在"开禁"时又规定，"如有打造双桅五百石以上违式船只出海者，不论官兵民人，俱发边卫充军"。康熙四十二年（1703 年）时，帝国虽然允许打造双榄船，却又规定"只能就地巡查，不能放洋远出"。而此时欧洲已经制造出著名的飞箭式多桅大型远洋快速帆船遨游世界了。

东西方文明和观世视野终于渐行渐远。而那个叫朱棣的著名皇帝则被供奉在庙堂之上，固化成一个牌位和传说，不食人间烟火。

当解缙遭遇河州

　　洪武三十一年（1398 年），当 29 岁的解缙被贬为河州卫吏时，他不知道，自己从南京千里迢迢抵达大西北的甘肃河州，不仅仅是一个明朝官员仕途失意的个案，从文化角度来考察，其实也是中原儒家文明对这个有着"河湟重镇"之称的历史名郡一次不期而遇的观照或者说洗礼。

　　洪武三十一年（1398 年）是个动荡不安的年头。这一年，明太祖朱元璋逝世，皇太孙朱允炆即帝位。正在江西吉水老家闭门思过的解缙闻讯，急匆匆进京吊丧。这个帝国问题官员突如其来的举动毫无疑问让新帝有些难堪。因为就在八年之前，因解缙在仕途上急躁冒进，帝国高层们纷纷在朱元璋面前告他的状，朱这才让其回吉水闭门思过。或许朱元璋想用十年时间，让解缙学会修身养性，少安毋躁。但这一回，十年时间未满，解缙就私自返京。曾经受其攻击的御史袁泰乘机向新帝进谗言，终于导致解缙被外放到西北边地做一名小官，由此，解缙命中注定要遭遇河州。

　　毫无疑问，当时的河州显然藐视了解缙的抵达。解缙初到河州的心情，在他写的一首诗里泄露无遗："陇树秦云万里秋，思亲独上镇边楼，几年不见南来雁，真个河州天尽头。""镇边楼"，即河

252

州城北城楼，因城楼北檐挂有"镇边"的匾额，故称"镇边楼"。这首诗字里行间，体现了一个江南才子乍离故土，遭遇西北边地如此粗犷无边的塞外景致，一时间心理不适所产生的恐惧与抱怨。河州与江南到底有多远啊，几年时间都看不见南来飞雁，说明雁子飞断翅膀也到不了这里，细究起来，这地方真可谓天尽头了。

其实，解缙不知道，与小桥流水人家的江南相比，河州又大气得可以。它是大禹治水的极地。《尚书·禹贡》记载，大禹治水，"导河自积石，至龙门，入于沧海"。河州曾几度被洪水冲刷，但多少次推倒重建，依旧将自己站成了河湟重镇。仿佛它要告诉世界，有梦的地方就有家园。而历史人物大禹等人的足迹，也因了这种信念，遍布在这块七千九百多平方公里的土地上；同时，与鲜有战事、繁花似锦的江南相比，河州又似个争强好胜、从不服输的汉子，雄性地存在于西北边地。它既是重要的军事要塞，也是连接中原与西域文明的一大驿站。应该说河州是豪迈的，也是包容的。曾是丝绸之路上的"茶马互市"，黄土高原与青藏高原、农区与牧区、中原与诸蕃之间，不同区域人等不同的生活方式、生活理念在这里并行不悖。当解缙静下心来时发现，他在河州所目击和体察到的，实在是其江南故土所给予不了的，也是他在南京这个纯政治都城从未接触过的。

解缙开始尝试接纳这块土地了。他的诗，从惆怅、抱怨，慢慢转向欣赏、喜爱。他在描写河州名胜古迹冰灵寺一诗写道："冰灵寺上山如削，柏树龙盘点翠微。况有冰桥最奇绝，银虹一道似天梯。"这样的风景，实在是温婉的江南看不到的。解缙描述它时，喜悦的心情溢于言表。《宁城河》一诗更进一步，解缙几乎是以主人翁的姿态，豪迈地向世人推介河州宁城河的奇绝之处："宁河城头百丈涌，泻下通明五色虹，若到关前应驻马，下瓢一饮醉春风。"此诗最后一句可以说是情景交融。醉春风者，真的就是那个曾经抱怨"几年不见南来雁，真个河州天尽头"的解缙解大学士吗？河州这个千年古城的魅力终于让解缙接纳了这块土地。

其实，风景的接纳还是浅层次的，人文或者说文化的接纳和沟通才是解缙与河州在文化地理上亲密接触的重要指征。河州虽然曾是黄河文化的早期发祥地之一，享有西部"旱码头"之美誉，但是出自中原的儒家文明，却似南飞雁一般，罕有到达。解缙来河州之前，此地从未有进士诞生。经济落后是一方面，没有高层次的儒家文明使者来此地洗礼、启迪是另一方面。虽然在洪武五年（1372年），朱元璋曾下令设置河州儒学，延请儒师 5 名、廪膳生 40 名，试图让儒家文明在此地生根、开花、结果，但到底没有层次如解缙之流者参与，文明的传播就显得不那么到位。解缙在河州时，不仅留下许多脍炙人口的诗篇，其书法也广为留存。解缙咏镇边楼"真个河州天尽头"名句一出，后来和韵者数不胜数。镇边楼也因此成了河州的一张人文名片，随着解缙诗作的广泛流传而被越来越多的人知晓。另外关于解缙书法，《河州志》记载："有得其（解缙）片纸只字者藏以为珍玩，河西士大夫赞不绝口。"这也是一种文化传播。

文明特别是儒家文明开始以这样一种具象的方式在河州被仿效，或者说被推崇了。如果不是解缙春风化雨，河州可能依然还是

254

帝国的边地，没有多少人文气息。但进士就是在这块绝无可能出现的土壤上产生了。这一方面是解缙的影响，另一方面应该说也是河州这个城市的凤凰涅槃。现在想来，它实在是一个曾经有着古黄河文明的千年古镇孤注一掷、探源儒家文明的极致努力。没有繁华京都显宦人家的那些权力推手可以暗中运作，也没有书香门第代代相传的四书五经及浩瀚典籍可资借鉴，就是一个先天不足、后天失补的普通城镇，在一块天高皇帝远的文化沙漠上，数百年间苦心孤诣、孜孜以求，其目的就是想看一看文明之光究竟能有多灿烂，一个帝国边缘的城镇读书人从底层跻身高层的努力究竟可以走多远。而数百年的似水光阴也耐着性子将谜底缓缓揭开——一个个河州进士在十年寒窗甚至数十年寒窗后得以高中，终于回乡收拾行囊，拍拍身上来自河州山坡上的泥土，踌躇满志地走进京都，走到历史的聚光灯下，最终也将"河州"两个字走成了传奇。

在解缙离开河州十数年后，河州终于产生了有史以来的第一位进士——王弘。此后在明代，河州共产生进士 6 名，清代共产生进士 5 名。或许从功利的角度来解读河州进士的数量并没有什么意义。事实上，河州进士们传承的不仅仅是儒家文明，他们最重要的贡献是以文明的名义出走，最终在更大的舞台上参与甚至影响历史的进程。河州依然是河州，但从河州走出的人，第一次具有了人文的身份和重量。不再是底层草民，而是可以发声、议政，有了家国情怀。王弘是永乐十三年（1415 年）中举人，永乐十六年（1418年）中进士。作为河州第一进士，王弘当的起一个"义"字。正统年间，大太监王振及其党羽胡作非为，王振私党、锦衣卫指挥马顺在大庭广众之下厉声斥责朝臣。朝臣们敢怒而不敢言，是王弘奋臂而起，揪住马顺头发，"斥其罪，啮其面"，一时间名震朝野。后瓦剌军挟持英宗逼近京师，主和派准备弃城而逃，百官也准备作鸟兽散，同样还是王弘站出来据理力争，劝谏郕王即位（史为代宗），改国号景泰元年，稳定了朝局，也稳定了人心。究其实，王弘的所作所为背负的其实是河州形象，敢担当，敢发声，敢负责。而河州的城市性格也正是如此。硬朗，不屈服，更不随波逐流；河州人朱家仕是进士朱绅的五世孙，他在崇祯元年（1628年）中进士，后政绩卓然，升山西朔州道转大同兵备道加分巡副使。李自成进攻大同时，朱家仕更换朝服，怀抱敕印，投井而死，当得起一个"忠"字。河州人马福禄光绪六年（1880年）中武进士，留京侍卫。光绪二十四年（1898年）清廷调马福禄驻防山海关。光绪二十六年（1900年）马福禄参与抗击八国联军。8月初列强集结2万重兵，向北京进攻。马福禄奉命守正阳门，后以身殉国。清廷追封他为"振威将军"，是为忠义之士。

的确，河州进士们自从走出河州，便与时局发生千丝万缕的联系。如此看来，河州已不仅仅是帝国边城，它不知不觉间俨然成了历史演绎进程中的一个重要节点，与这个国家与有荣焉。在这个意义上说，河州其实也是人文河州。虽然始终蜷缩、蜗居在西北甘肃一隅，却毫无疑问有了天下视野。

还是回到解缙。某种意义上，解缙成全了河州，但其实，河州也在另外的层面上成全了解缙。这是河州的投桃报李。作为一个诗人，解缙被贬河州之前写的诗大多是年少轻狂的意气之作，虽然激情洋溢，却少了苦难生活的磨砺，更无西北边地苍凉、厚重之感。来河州后，解缙诗风为之大变。像"长城只自临洮起，此去临洮又数程。秦地山河无积石，至今花树似咸城"（《河州》），又如"积石唐家节度城，吐蕃羌帽帐纵横。而今河水清无底，时有行人月下游"（《无题》），那种洋溢在诗里诗外的时空沧桑感是此前解缙诗作里从未有过的。河州，给了解缙诗歌以第二次生命；另外，在为人处世上，河州岁月也教会了解缙一种沉稳、大气的处世风格。他后来被建文皇帝召回京城后，在翰林待诏的两年时间里，不再像以往那样牢骚满腹，而是学会了等待与独处，明白了花开花落、月圆月缺都是需要时机的。重要的，是要有担当，懂得团队协作的重要性。这是解缙的河州收获。

永乐元年（1403 年），成祖朱棣登基后，擢升解缙进文渊阁参预机务，不久，又迁为翰林侍读学士，令其总裁《太祖实录》《列女传》等。由于解缙的成熟稳重和特殊重要性，成祖曾公开对大臣们说："天下不可一日无我，我则不可一日少解缙。"永乐二年（1404 年），解缙升为翰林学士兼右春坊大学士，他终于完全走过了朱元璋时代的仕途危旅，而这一切，在某种程度上说，正是河州这个历史名郡对他的成全。

当解缙遭遇河州，当河州遭遇解缙，他们终于相互成全。

中　庸

　　康乾时代的官员张廷玉深谙中庸之道。他一生信奉的人生格言是"万言万当，不如一默"，凡事注重细节，少说多做。每次蒙皇上召对，此公从不泄露所谈内容，也不留片稿于家中。张业务纯熟，慎始敬终，"有古大臣风"。帝国正县级以上官员的履历他无不知晓，甚至县衙门里胥吏的名字他也随口道来。雍正十一年（1733年），他的长子张若霭高中一甲三名探花，张闻知后不是心花怒放，反而"惊惧失措"，立刻求见雍正，"免冠叩首"，认为自己儿子还年轻，登上一甲三名，是祸不是福，恳请将其改为二甲一名。其言辞恳切，让皇帝颇为动容。

　　其实，张廷玉的中庸之道还体现在不做大事，专做小事上。虽然雍正朝的每一项重要决策他都参与过，但张从不揽功。有人因此误解他，称"如张文和（张廷玉）之察弊，亦中人之才所易及。乃画喏坐啸，目击狐鼠之横行，而噤不一语"。但皇帝却很喜欢这样的性格。张廷玉有一次生病数日，痊愈后回去上班，雍正皇帝很高兴地告诉身边近侍说："朕股肱不快，数日始愈。"一些大臣以为是皇帝龙体欠安，争相前来问安，雍正却对他们说："张廷玉有疾，岂非朕股肱耶？"——张在皇帝心目中的重要性，由此可见一斑。

雍正视张廷玉如股肱，要事秘事就专门交代他去办理。雍正事后对他人说："彼时在朝臣中只此一人。"为了防止张廷玉因为经济原因不小心犯错误，雍正专门对他实施高薪养廉。经常赏其万两白银，甚至将一个本银三万五千两颇具规模的当铺赏给张廷玉去经营，以为捞外快之用。对于皇帝的格外恩赐，张廷玉诚惶诚恐，不敢接受。雍正就反问他："汝非大臣中第一宣力者乎！"逼他接受。

应该说作为仕途中人，在处理君臣关系上，张廷玉做得算是如鱼得水了。康熙、雍正、乾隆，三朝皇帝对他恩爱有加。康熙令他入直南书房，提拔他做副部级的礼部侍郎。雍正更是对张廷玉赏识有加，提拔他做大学士、首席军机大臣，兼管吏、户两部。张廷玉有次回家省亲，雍正写信给他："朕即位 11 年来，朝廷之上近亲大臣中，只和你一天也没有分离过。我和你义固君臣，情同密友。如今相隔月余，未免每每思念。"（《张廷玉年谱》）这份情感，已经远超君臣关系了。至于乾隆，也对张廷玉尊敬有加，特封他为三等伯爵，开了有清一代文臣封伯的先例；乾隆甚至在一首诗中把张廷玉比作周宣王时的贤臣仲山甫和宋朝名臣文彦博与吕端，将其奉为汉臣之首，对他可谓推崇备至。

这其实是中庸——中国式生存哲学带来的好处。但古代官员中也有不懂中庸之道，最后栽了大跟头的。比如苏轼。嘉祐六年（1061 年），24 岁的苏轼官居大理评事、签书凤翔府判官，相当于陕西省凤翔市的市长助理。年仅 24 岁的他做了市长助理，前景一片看好，可文人出身的苏轼因为个性奇崛、我行我素，注定了其在仕途上的波澜起伏。在凤翔府判官任上，苏轼与顶头上司陈希亮不对付。陈希亮在他写的公文上涂涂改改，苏轼心里老大不舒服，并且这不舒服很快表现在了脸上；陈希亮为官冷峻，颇有架子，每次接见下属时总是姗姗来迟，苏轼作诗讽刺："谒入不得去，兀坐如枯株。岂惟主忘客，今我亦忘吾。同僚不解事，愠色见髯须。虽无性命忧，且复忍须臾。"这诗传到陈希亮的耳朵里，苏轼的日子自然就不好过。但是作为文人，苏轼又不懂得危机公关。他不参加陈希亮主持的宴请，甚至违背官场惯例，中元节也不出席秋季官方仪典，后被罚红铜八斤。一般人到了这个程度，自然明白官场潜规则，知道官大一级压死人，跟上司对着干是没好果子吃的，但苏轼还偏偏反其道而行之。陈希亮在其官舍后面造了一座凌虚台，很有追望终南山的意思，他觉得苏轼文笔好，请其作记。本来这是一个很好的修补上下级关系的机会，但苏轼却在他写的《凌虚台记》中冷嘲热讽，极尽嬉笑怒骂之能事。苏轼写道："物之废兴成毁，不可得而知也。昔者荒草野田，霜露之所蒙翳，狐虺之所窜伏。方是时，岂知有凌虚台耶？废兴成毁，相寻于无穷，则台之复为荒草野田，皆不可知也。"凌虚台刚刚建成，苏轼就悲观地预言有朝一日它将成为"荒草野田"。这还不算，苏轼嘲弄了"凌虚台"这个物，还要由物及人——"夫台犹不足恃以长久，而况于人事之得丧，忽往而忽来者欤！"意思是你陈希亮也别老是趾高气扬的，以为一辈子春风得意。小心，别在将来某一天栽了跟头……毫无疑问，苏轼这样的文人性格是不可能在凤翔官场再待下去了。

英宗治平元年（1064年）年底的时候，29岁的苏轼被罢凤翔任，回朝廷等候安排。第二年正月，苏轼还朝，判登闻鼓院，直史馆，做一个历史研究员去了。元丰二年（1079年）五月，苏轼被任命为湖州（今浙江湖州）知州，算是坐上了市长的位置。但紧接着苏轼在他的《湖州谢上表》中发了几句牢骚话："陛下知其愚不适时，难以追陪新进；察其老不生事，或能牧养小民。"这些话语难逃冷嘲热讽之嫌。由此，历史上著名的"乌台诗案"爆发，苏轼在湖州任职还不到三个月时间就被逮捕了，20天后押往御史台监狱。又二日，正式审讯。苏轼被贬往黄州，做一个团练副使，相当于现在的人武部副部长。却是没权，不能签署公文；而且不准擅离该地区，颇有看管起来的性质。"乌台诗案"之后，苏轼作为一个标签式的人物，在改革派和保守派的派系斗争中不断浮沉，但偏偏作为一个文人，其书生意气与派系倾轧的冲突显得无比激烈，令人几乎惨不忍睹……建中靖国元年（1101年）六月，在金陵（今江苏南京）往常州的船上，苏轼病倒，一个月后就病逝于孙氏宅院，终年六十五岁。临终前苏轼遗诗一首："心似已灰之木，身如不系之舟。问汝平生功业？黄州惠州儋州！"是为一生感悟。

《中庸》原是《小戴礼记》中的一篇，意思是"执两用中"。"中庸"之本意是指处理问题时不走极端，而是找到处理问题最适合的方法。但作为中国式生存哲学之一种，"中庸"在国人数千年的演绎或者说实践下显然有了另外的意味。韬光养晦、谨小慎微、不做出头鸟的处世哲学往往有大回报，而张扬高烈、有所作为的开放式人格最后多以悲剧收场。《中庸》的作者是孔子的后裔子思，他或许没想到，自己本无心机的人生领悟竟被世世代代的中国人功利性地心领神会并参照执行，中国人的集体人格逐渐走向实用主义和犬儒主义——张廷玉式人物走红，苏轼式人物式微。由此，多少命运与国运在悄然间发生了改变。

鸦片战争的背后

　　鸦片战争的胜负，实际上在开打之前就已经确定。因为它不仅仅是交战双方武器装备和排兵布阵方面的巨大差别，还在于中西方战争观念和看待世界的视野完全不在一个对话平台上。

　　咸丰十年（1860 年）八月对咸丰帝来说是胆战心惊的八月。在京城东郊八里桥，八旗军和蒙古马队被英法联军打得尊严尽失。这是帝国最精锐的部队，但仅仅是在帝国内部而言——放眼世界，热兵器时代已是不期而至，清帝国的土枪土炮在洋枪洋炮面前，的确不堪一击。咸丰帝绝望之下，做了弃京逃跑的打算，但有一个人却在此时站了出来，给咸丰打了一剂强心针。

　　这个人是詹事府詹事殷兆镛。他所谓的强心针是贡献了一个破敌之法——棉被御敌法。殷兆镛说："夷器凶猛，当今之计，要柔能克刚。何谓柔能克刚？《皇朝经世文·兵政守诚篇》曰：防城之法，濡湿棉悬之，以柔克刚。"殷兆镛接下来详解了怎样用湿棉被以柔克刚的法子。那就是"将旧棉被用水浸湿，然后上下贯以粗索，两旁缚以竹竿。竹竿的末端绑上小尖刀，以便插在地上。每一床棉被用两兵各执一端，然后各带长腰刀。马队随后。遇到夷匪，棉被军先上，前蹲后立。一人守被，一人持刀砍马足。这样敌阵虽坚，也难以抵挡了"。

殷兆镛的说法可谓"不怕做不到，就怕想不到"，但在场的官员还是想到了一个问题——敌炮越过棉被墙，炸下阵中怎么办？这当然是一个漏着，但殷兆镛及时补漏了。殷兆镛说英夷的炮弹不是落地就即时炸开，这里面还有个时间差。我军可趁其将炸未炸之际，马上用湿棉被将它盖住，这样它就没法炸了。

这就是詹事府詹事殷兆镛的棉被御敌法。有出处，有想象，有发挥。不过它不符合逻辑和咸丰年代的现实。毕竟热兵器时代的炸弹不是冷兵器时代的湿棉可以盖住，可要命的是咸丰帝相信了这一点，他马上下文要各参战部队"参酌施行"，如果奏效就广为推广。可以说作为一国之君，咸丰帝的见识与决策力与詹事府詹事殷兆镛实在是没有什么区别，而他的一本正经和全力以赴在文明世界的背景下毫无疑问显示出令人捧腹的黑色幽默。这样的黑色幽默其实是东西方文明的断层，也是错位，是一个帝国战争观念和看待世界的视野故步自封的必然反应。

当然，只要这样的文明断层和错位一直存在，类似的黑色幽默也就会层出不穷。继殷兆镛贡献了棉被御敌法之后，山西道御史朱潮也贡献了他的破夷之策。但是比殷兆镛更威猛的地方在于，殷兆镛只贡献了一条计策，朱潮却一下子献出九条妙计，可谓井喷式爆发。我们来看一看他贡献的都是些什么计策。

第一条，海上破船法。选一些动作敏捷的士兵，手拿火炬，从偏僻小道绕行到夷人泊船之处然后抛掷火种。一船点着，数十百船继燃，这样夷人一定抱头鼠窜。

第二条，黄昏破敌法。听说夷人一到晚上即双目不明，秉性还像猪一样嗜睡。我军可在二三更时擂鼓呐喊，夷人必从睡梦中吓醒，睡眼难睁，目不辨物，只能自相践踏而死。

第三条，陷阱捉夷法。听说夷人两脚长而腿直，不能自如弯曲，我军可多挖陷阱，也不用挖得过深，只需接仗时引诱他们坠进陷阱就可以了，如此陷阱爬不上来，即为我军俘虏。

第四条，拐子马法。夷人本来不会骑马，近来被汉奸教会了，但我军可仿效岳飞当年用麻扎刀破拐子马的方法，仿行破敌。

……………

对于朱潮贡献出的九条妙计，咸丰帝下了如是谕旨："将朱潮破敌九策传送胜保军营，供其采择。"

然而，在残酷的现实面前，殷兆镛的棉被御敌法和朱潮的九条妙计都成了纸上谈兵的新教材。一个月后，也就是咸丰十年（1860年）十月，仓皇逃到热河避暑山庄的咸丰帝悲凉地听到了圆明园被烧的消息。圆明园成了一座无人看管的园林。在这座举世闻名的清朝皇家园林中，"军官和士兵，英国人和法国人，以一种不体面的举止横冲直撞，每一个人都渴望抢到点值钱的东西……尊重身份的事情已经完全看不到，占优势的是彻头彻尾的混乱状态"。（见林斯温霍《1860年华北战役纪要》）这座从1709年兴建直到1860年焚毁，已然经营了151年的皇家园林在公元1860年10月18日这一天，毁于一旦。就在这一天，3500名英军在经过充分的洗劫之后手持火把闯入园中，到处纵火。巨大的宫苑烧了三天三夜才慢慢熄灭，余烟则北京城上空月余不息。与此同时，园内300多名太监、宫女和工匠葬身火海，成为帝国混乱时代的殉葬品。

咸丰急切地需要复仇，但要复仇，首先必须找到对付英夷大炮的方法。就是在这个时候，一本叫《破夷纪闻》的书进入了他的视野。

《破夷纪闻》是山西候选教职祁元辅写的，书中对破炮之术做了专项研究。祁元辅总结，当前行之有效的破炮之术主要有五种：

一是牛皮御炮法。首先用木板制成方架，然后用生牛皮并排铺置数层，再用生漆黏合，最后再将其牢固地钉在木架上。这样制成的牛皮架可以缓解敌炮的攻击。

二是木城御炮法。选用坚硬的木板，将被胎钉于上面。把数十板组合为一队，排列起来，状如城墙。临近敌人时，以击鼓为号，士兵从中向敌方开炮，马队步队也从后面突然杀出。

三是渔网御炮法。在木城左右及上方，多挂渔网。这样敌人数十斤重的炮弹打来，渔网悬空一挡，就可消解炮弹的威力，使其不至于击坏木板。

四是沙袋御炮法。在我军和敌人接仗时，每人都带一个装土的布袋。当敌人开炮时，士兵迅速将身上的袋子扔在地上，建成一临时城墙，然后我军再藏匿其中，敌炮就无可奈何了。

五是幕帐御炮法。在我军上空置大布帐数十张，用以御炮。炮弹刚好在帐布之上爆炸，断不会伤及我军。如一帐烧穿，可紧急再换一帐。

毫无疑问，作为一个教育工作者总结的军事理论，不可避免地充满了天真的想象和浪漫主义情怀。尤其是"一帐烧穿，可紧急再换一帐”，很是无厘头，但被失败击昏了头脑的咸丰还是相信，《破夷纪闻》里必有真知灼见。他在随后给胜保的一封谕令里这样交代：“……所陈述各条，虽未必尽合机宜，然亦不无可取。著胜保详细体察，采择务用……”

一个王朝最高决策者的战争观念和看待世界的视野不过尔尔，这场战争大清的惨败也就是题中应有之义了。乱世之中，似乎每一个人都可疑，似乎每一个人都有不可逃避的责任与担当，但最可疑、最应该担当的那个人却是咸丰帝，尽管他一脸无辜、茫然无助地躲在热河避暑山庄为帝国的命运而焦躁，为自己来日无多的生命而惆怅，可一切都由来有自，咸丰的黑色幽默可以说是一以贯之的。

早在咸丰八年（1858 年）四月，美国以和好通商为名，向咸丰递交了请派公使驻扎北京的国书。但是这封国书遭到了咸丰帝的嘲笑。因为他在国书中看到了这样一句话：“朕选拔贤能智士，姓列，名威廉，遣往驻扎撵毂之下……”咸丰笑笑摇头，然后用朱笔在国书后批了一行小字：“该国国王竟然自称为‘朕’，实属夜郎自大，不觉可笑！”

咸丰九年八月，咸丰提出以茶叶大黄离间西洋各国与英法关系的主张，并以此作为克敌制胜的法宝。咸丰帝以为，英国人吃的是牛羊肉磨成的粉，食之不化，不饮用中国的茶叶、大黄就会“大便不通而死”。所以茶叶、大黄是“制夷”的有力武器，盛产茶叶、大黄的大清国在这场战争中将掌握自己的主动权。咸丰并且告诫众官员，要对“茶叶、大黄制夷”的战略严格保密，以收奇效。

∙∙∙∙∙∙∙∙∙∙∙∙

不用再举例了。这样的例子虽然令人哑然失笑，却到底让人笑得辛酸，笑得潸然泪下。其实，圆明园被焚可以说是东西方文明和国力的消长点，因为它以一个决绝的事件，揭示了一种触目惊心的存在——中国龙衰落了；圆明园被焚事件发生后的第二年也就是1861年，洋务运动开始，学习引进外国先进技术成为国人雪耻的自觉选择或者说行动。但一切似乎为时已晚，国运的衰落特别是观念的陈腐不是短时间可以扭转的。鸦片战争期间发生在咸丰朝的黑色幽默成了一个民族的悲情时刻，也是一个王朝的视点盲区。咸丰的悲哀就在于，他注定走不出这个盲区了。中国近代史的悲剧由此酿就。

一座园林

一座园林，能在多大程度上承载一个女人的欲望与归宿，又如何串起晚清帝国最后日子的迷茫与忧伤？

颐和园，这座始建于乾隆十五年（1750 年）完工于乾隆二十九年（1764 年）初名清漪园的园林，从一开始就被承载了过多的价值和情感寄托。它是盛世的具象，也是乾隆对母亲孝心（乾隆十六年是皇太后钮祜禄氏六十寿诞，"孝治天下"的乾隆想以此献礼）的象征。盛世修园，一般来说是盛世雄心和实力的象征，但对后世来说，这样一座园林的存在很可能就成了一种尴尬或者负担，甚至在某些特殊情况下会演变成屈辱。咸丰十年（1860 年）九月，英法联军进犯北京，联军统帅额尔金下令将包括圆明、畅春、清漪、静明、静宜诸园在内的这些园林全部焚毁。此前骄傲地存在了一百零九年的清漪园被烧得面目全非，毫无疑问，这是衰世的伤口和屈辱。这一年慈禧 26 岁，正随丈夫咸丰帝逃往承德避暑山庄，以避时艰。她也许想不到，若干年后，她会搬离储秀宫，会在那个改名叫颐和园的地方度过晚年——也许不能叫安度晚年吧，因为众所周知，慈禧的晚年实在是太不安静了。

如果说储秀宫寄托了少女慈禧和少妇慈禧的青春梦幻，记录了她最初的审美追求和权力轨迹的话，那颐和园就应该是慈禧与艰难国事博弈和妥协的一个载体。光绪十四年（1888年）二月初一日，载湉的一道上谕让沿用了一百三十七年的"清漪园"这个名字正式更名为颐和园。当然这不是一次普通的更名行为，而是体现了帝国意欲重新证明自己的企图和政治权力的交接。光绪要亲政了，颐和园要再现盛世光景，以满足慈禧的成就感或者说个人尊严。毫无疑问，所有这一切堂而皇之的东西都在颐和园这座小小的园林上找到了落脚点。

慈禧选择将这座园林作为自己人生的最后归宿，前提是要足够的华丽、华贵。但是流年不利，光绪十四年（1888年）年底，紫禁城内贞度门失火。一些原本就对修园子心存异议的官员借题发挥，反对慈禧在国事艰难的时候修建颐和园。而此时的真相的确令人触目惊心。帝国内务府估算：修建颐和园中的佛香阁需工料银七十八万余两，德和园大戏台七十一万余两，谐趣园三十五万余两，另外的五十六处建筑工程共需工料银三百一十八万余两。单单这几项用度的总和其实就已经超过乾隆时期修建清漪园的费用了，遑论其他。不过最要命的问题还不在这里，最要命的问题在于——颐和园的修建直接与政治、军事挂钩了。它影响了帝国的政治与军事，在一定意义上逆转了中日军事实力的对比。1891年4月，户部下发文件，要求停购北洋海军军舰上的大炮，并且裁减海军人员；同时户部大幅度削减海军军费，甚至连正常的维修都不能保证。户部勤俭的目的当然是为了暗度陈仓——醇亲王亲自做手脚，向户部虚报申领财政拨款，公开挪用海军经费达千万两之巨，以保证颐和园工程的顺利完工。对于这一切，慈禧是心知肚明的，但她乐见其成。

这是 19 世纪的最后十年，帝国的东侧，日本海军以一种自虐的精神在奋起直追。虽然在 1888 年北洋海军成军时，日本海军的实力远远落在后面，但六年之后，一切已是冰火两重天。六年之后的 1894 年，是慈禧的六十寿诞。她要完成一个女人的心愿——在这个世界上，有一个最美的园林是为她而建的，这是慈禧的人生价值之所在，也是她活着的一个基本意义。然而代价却是巨大的，因为它阉割了一个帝国的防卫力量，特别是海上防卫力量。正如 1891 年 4 月户部文件所规定的那样，在甲午战前六年，帝国海军由于经费紧张没有再添置舰炮；可日本却在静悄悄地发展，差不多以每年添置新舰 2 艘的速度在奋起直追北洋海军。日本天皇甚至拿出私房钱去帮助海军购买战舰。由此，世事开始走向南辕北辙，走向泾渭分明。1893 年，甲午战争爆发前一年发生的一件事更加剧了事态的恶化。这一年，户部为使颐和园工程完美收尾，竟然"商借"海军关东铁路经费 200 万两，"商借"的结果使得已修至山海关的关东铁路半途而废，帝国在来年的甲午战争中饱尝苦果。

不过女人慈禧没想到，她拥有了颐和园，却没有拥有幸福和美满。1894 年的帝国是垂头丧气的帝国。北洋海军被日本海军打得一蹶不振。坐拥颐和园的慈禧眼看帝国上下再也没有过她六十寿诞的氛围，只得黯然宣布，"所有庆辰典礼，着在宫中举行，其颐和园受贺事宜，即行停办"，这一年，颐和园成了寂寞之园。

不过颐和园是不会永远寂寞的，相反它是机锋和机心的代名词。四年之后的 1898 年，慈禧在颐和园中长袖善舞，将权力的机锋和机心挥洒得老到和圆润。一边是光绪乍揽大权，蠢蠢欲动；另一边是慈禧下令：凡授任新职的二品以上文武大臣，都必须到颐和园向皇太后谢恩。同时这位敏感的政治女人还将京城和颐和园的警卫权控制在自己手里。颐和园似乎成了权力的原点，以它为中心，以慈禧太后的欲望为半径，所有毂中人都任其摆布。当荣禄得到袁世凯的密报，称维新派准备围西太后于颐和园中时，慈禧终于发动了颐和园政变。

变法之争一夜间沦为权力之争、身家性命之争。慈禧在视野和机心之间选择了后者，她甚至大开杀心，让很多人为自己在1898年的所作所为付出生命的代价。光绪被囚禁，她再次掌权。作为对光绪变法举动的报复，慈禧大大耍了一把女人的小性子：在一个月左右的时间里，光绪裁撤的机构被她一一恢复；撤销农工商总局；科举考试也恢复旧制重新采用八股文。取消官民上书权，取消言论自由，查封《时务报》；甚至为了体现权力之争的快感或者说胜利感，慈禧还把被光绪撤职的官员一概复职……总之历史在这里开了一下倒车。

毫无疑问，这是一个女人的怄气之举，但帝国却很可惜地失去了一次迎头赶上的机会。对光绪来说，慈禧的颐和园成为他的牢笼——变法失败后，他被长期幽禁在园中的玉澜堂，不得自由。而园林依旧优雅、静谧，似乎什么都没有发生，一如慈禧的表情，不动声色，一脸无辜。

颐和园的命运自此好像与慈禧绑在了一起，荣辱与共。1900年，八国联军侵入北京，颐和园再遭洗劫，慈禧则携光绪帝仓皇西逃，那叫一个狼狈不堪，尊严扫地；1902 年，帝国重修颐和园，而此时的慈禧也早已回銮，恢复了她最高统帅的地位。光绪三十年（1904 年），慈禧和颐和园一起抵达辉煌。这一年她七十岁了。慈禧太后的七十岁生日是在颐和园度过的，那一天排云殿举行的"万寿庆典"令她印象深刻，尽管帝国在这一年依旧动荡不安，但很显然，七十岁的慈禧已经等不到帝国宁静的日子了。她或许明白，对她这样的女人来说，真正能静下来的地方，唯剩一座颐和园而已。

接下来的日子，慈禧在颐和园里过得优哉游哉。她听戏。听六个"样板戏"：《群英会》《定军山》《芭蕉扇》《铁弓缘》《穆柯寨》《金山寺》。她享受美食。颐和园里有一座专供慈禧太后享用的"寿膳房"，下设五局：荤菜局、素菜局、饭局、点心局、饽食局。享乐主义者慈禧将日子过成了神仙。只是这样的日子太过短暂。因为慈禧太后七十岁之时，日俄战争爆发，帝国从此失去稳健改革的战略机遇期。随后慈禧匆忙展开的宪政改革因为没有足够的时间差来消化震荡，一些帝国的异数抓住机会开始有所作为。而慈禧本人也终于垂垂老矣，失去了对这个国家的控制。视野也罢，机心也罢，到此都已是明日黄花，对帝国的命运和她个人的命运都不可能再产生实质性的帮助。王朝唱晚，仅仅四年之后，慈禧就在一片政治体制改革的抗议声中与世长辞，终年 74 岁。

慈禧去世后，颐和园风光不再。由于国事艰难，暂理国政的隆裕太后无心"颐养冲和"，她下诏停止游幸颐和园，自己移居大内。颐和园在见证了一个女人的辉煌和寂寞之后，终于淡出帝国权力的原点，还原为一座普通的园林。又过了三年（1911 年），当帝国的舞台突然坍塌，一派曲终人散的场面来临之时，颐和园甚至不是园林而是寂寞了。所以，在这个意义上说，园林其实是有生命的。从大的方面说，颐和园和中国近代史的走向休戚相关；从小的方面而言，这座园的生命其实只属于慈禧一人。属于她的欲望和宿命。

袁世凯路径

1898 年 9 月 18 日，39 岁的袁世凯面临他生命中的一个重要选择。这一天，维新派人物谭嗣同去法华寺夜访袁，向后者透露了慈禧联合荣禄，要废除光绪的信息；并说皇上希望袁世凯可以起兵勤王，诛杀荣禄及包围慈禧住的颐和园等。此前，轰轰烈烈的戊戌变法运动已经进行了差不多一百来天。光绪皇帝的种种举措，大超慈禧的期待。他令康有为进呈《波兰分灭记》《列国政要比较表》，召见谭嗣同，并命谭嗣同、杨锐、林旭、刘光第以四品卿衔在军机章京上行走，试图对现行体制大动干戈；皇帝甚至拟开懋勤殿——设立政治改革中心，设顾问官，请日本前首相、明治维新的重要角色伊藤博文担任大清改革顾问。所有这些，都是慈禧所不能容忍的。她和光绪皇帝的决裂，已迫在眉睫。

不过对 9 月 18 日的袁世凯来说，选择还是艰难的。虽然皇帝曾经召令时为直隶按察使的袁世凯来京陛见，面谈后升任他为侍郎候补；又在此前一天也就是 9 月 17 日，由于事情紧急，光绪再次召见袁世凯，命他与直隶总督荣禄各办各事——皇帝让袁世凯站队的意图非常明显，但袁世凯不能不首鼠两端。因为这既是决定他命运的选择，也在某种程度上决定国运。原因很简单。袁世凯自 1895

年开始在天津与塘沽之间的小站练兵后，他所统领的部队被称之为北洋六镇（北洋新军），并渐渐发展为清末陆军主力，谭嗣同当时的建议是劝袁世凯兵变，出兵包围慈禧太后所居之颐和园，以控制燕京政局。袁世凯如果选择走这条路的话，毫无疑问他会成为戊戌变法的功臣，帝国的国运或许也将为之一变。

但袁世凯经过一番考虑后，最终选择了向荣禄告密，也就是倒向慈禧一方。据恽毓鼎的《崇陵传信录》披露：1898 年 9 月 19 日黎明时分，得知内情的慈禧冲进光绪的寝宫，将书几上的所有章疏奏折一把捋走，留下的恶言是骂光绪"忘恩负义"："我抚养汝二十余年，乃听小人之言谋我乎?!"

随后光绪被囚禁，慈禧再次掌权。虽然在 1901 年后，慈禧开始新政，可三年后日俄战争爆发，帝国从此失去稳健改革的战略机遇期。随后慈禧匆忙展开的宪政改革因为没有足够的时间差来消化震荡，一些帝国的异数抓住机会有所作为，中国逐步走向乱局——这一切在某种程度上说是拜袁世凯所赐。而国运的跌宕也与袁世凯个人仕途的上升纠结在一起。1899 年 12 月 6 日，袁世凯署理山东巡抚。1901 年，因李鸿章去世，袁世凯接任直隶总督、北洋大臣，成为疆臣之首，北洋之主。1907 年袁世凯调入中央，任军机大臣，成为中枢重臣。

宣统三年，袁世凯面临他生命中的第二次重大选择。这一年 10 月 10 日，一起标志性事件在武昌发生。革命了，改朝换代了，孙中山多年的苦心经营在这一刻开花结果。继 10 月 11 日武昌独立后，各省纷纷宣布独立……毫无疑问，清帝国最后时光的主角或者说影响力人物应该是袁世凯。自从宣统元年（1909年）他被解职回到河南安阳的洹上村终日垂钓后，帝国政治格局里似乎再没有他的位置。但是宣统三年（1911年）八月二十三日，一道谕令将袁世凯重新拉回帝国舞台中央，让他长袖善舞了。该谕令补授袁世凯为湖广总督，并督办剿抚事宜。所有该省军队以及各路援军均归该督节制调遣。那么，袁世凯是怎么反应的？危难时刻，袁世凯没有选择充当帝国的救火队长，而是想当主人，这个国家的新主人。他的底牌是有西方人的支持——西方人也想在这个国家寻找一个新的利益代言人，于是，双方一拍即合。接下来，英国驻汉口领事出面向湖北军政府提出南北停战议和的建议，并提出停战、清帝退位、袁世凯为总统三项条件。而南京临时政府也不是铁板一块，临时政府里的立宪派和旧官僚在面对驶进长江里的英、美、德、日各国军舰时，纷纷认为帝国未来大总统"非袁莫属"。

当然对袁世凯来说，重要的是宣统皇帝必须让位。就在这样的时刻，一篇影响历史的奏文出笼了。袁世凯在他写的这份奏文中冠冕堂皇地宣称："环球各国，不外君主、民主两端，民主如尧舜禅让，乃察民心之所归，迥非历代亡国可比。"暗示清帝可以体面地引退。

这是宣统三年（1911年）年底，与袁世凯奏文同时出现的一个事实是——有四十六个军人联名上奏了。他们是湖广总督段祺瑞、提督张勋等。联名上奏的内容是：立定共和政体，"以现内阁及国务大臣等暂时代表政府"。这样的联名上奏几乎称得上是兵谏了，正如历史学家萧一山在《清代通史》中评论的那样——"段氏通电实不啻满清二百六十八年天下之催命符"，而此次兵谏的幕后操盘手正是袁世凯。

妥协就此达成，大清帝国的命运在这里拐了一个弯儿。它没有交到革命党人手里，而是交给了袁世凯。1912年2月12日，养心殿。爱新觉罗王朝举行了最后一次朝见仪式。溥仪在当了三年零两个半月的皇帝之后宣布退位。

袁世凯的第三个选择是在1914年进行的。此前作为中华民国首任总统的他突然下令解散国会，废止《中华民国临时约法》，并推出新的"袁记约法"，改内阁制为总统制。所幸孙中山、梁启超等人坚决反对帝制，蔡锷、唐继尧等在云南宣布起义，发动护国战争，讨伐袁世凯。贵州、广西相继响应，逼迫袁世凯在1916年3月宣布退位，同时恢复"中华民国"年号——袁世凯人生中的第三个选择只得以未遂告终，中国的国运有惊无险，大江东去。但也正因为袁世凯的搅局或者说反复无常，导致民国年代波折重重，主义纷出。"城头变幻大王旗"成为这个时代的经典表现，从而在一定层面上深刻影响了近现代国人的命运。如果从这个角度看袁世凯的三个人生选择，或许我们可以发现，这个从配角走向主角的历史人物，他的一念一行其实与我们干系颇大。此人不一定时时处处都可以成事，但无论事成与事败，中国近代史的轨迹，就这样被他歪歪扭扭地踩成了。